Della stessa Autrice

SCAR – *E se il cattivo… Vol. II*

EVELINE – *E se il cattivo… Vol. III*

EMILY McINTIRE

UNCINO

E se il cattivo...

VIRGIBOOKS

Tutti i personaggi di questi racconti sono immaginari e ogni rassomiglianza con persone realmente esistenti o esistite è puramente casuale.

VIRGIBOOKS
An imprint of Virginia Creative Studios Ltd.
www.virgibooks.com
www.virginiacreativestudios.co.uk
20 – 22 Wenlock Road, N17GU London

Prima edizione: Luglio 2022

ISBN: 978-1-7395919-0-8

A TUTTI QUELLI CHE SONO STATI I CATTIVI
NELLA STORIA DI QUALCUN ALTRO.

Nella vita puoi avere tutto,
se sacrifichi tutto il resto per averlo.
– J.M. Barrie, Peter Pan

PROLOGO

JAMES

C'ERA UNA VOLTA...

È stato diverso da come mi aspettassi.

Ucciderlo.

Serro le nocche mentre torco il polso, e quando i suoi occhi si spalancano, il sangue gli schizza dal collo e mi inzuppa la pelle dell'avambraccio, sono colpito da un'esplosione di soddisfazione per aver scelto di uncinargli la carotide con la mia lama. Abbastanza letale da assicurare la sua morte, ma abbastanza lento da permettermi di godermi secondo dopo secondo lo spettacolo dello stillicidio della sua miserabile vita, che si è portata via con sé la sua patetica anima.

Sapevo che gli ci sarebbero voluti solo pochi secondi per perdere conoscenza, ma è tutto ciò che mi occorre.

Una manciata di secondi.

Quanto basta per consentirgli di fissarmi negli occhi e sapere che sono io il mostro che ha contribuito a creare. L'incarnazione vivente dei suoi peccati è tornata a seminare giustizia.

Anche se *speravo* che avrebbe implorato. Giusto un

po'.

Rimango accovacciato sopra di lui ancora per molto tempo dopo che gli effetti del suo dissanguamento sono svaniti, con un palmo calloso stretto intorno al suo collo e l'altro avvinghiato al fodero della mia lama, in attesa di *qualcosa*. Ma le uniche cose che giungono sono un brivido quando il suo sangue si raffredda sulla mia pelle e la consapevolezza che non sarà la *sua* morte a darmi pace.

È solo quando mi vibra il telefono in tasca che mollo la presa e tutto il peso del suo dominio scivola via non appena il suo cadavere mi cade dalle braccia.

"Pronto, Roofus."

"Quante volte devo dirti di non chiamarmi così?" sbotta.

Sorrido. "Almeno un'altra."

"È fatta?"

Attraverso l'ufficio ed entro nel bagno privato, ruoto la manopola dell'acqua finché non diventa tiepida, metto il telefono in vivavoce e comincio a lavarmi gli schizzi di sangue dalle braccia. "Naturalmente."

Ru borbotta. "Come ci si sente?"

Mi aggrappo con le mani al bordo del lavandino e mi sporgo in avanti per guardarmi allo specchio.

Come ci si sente?

I battiti del mio cuore non sono accelerati. Non mi scorre alcun fuoco nelle vene. Non mi sta sgorgando alcun potere dalle ossa.

"Piuttosto deludente, temo." Stacco un asciugamano dal gancio sul muro, mi asciugo e rientro in ufficio per cercare la mia giacca del completo.

"Beh, non è *affatto* sorprendente. James Barrie, la persona più difficile da accontentare in tutto il fottuto universo."

Sogghigno, mi abbottono la giacca e mi sistemo i polsini mentre torno nel punto in cui si trova mio zio. Lo guardo dall'alto in basso, i suoi occhi neri puntano il soffitto con aria assente, ha la bocca aperta e allentata – più o meno come ha sempre imposto a me di tenerla.

Divertente.

Ma la mia innocenza era già stata rubata molto prima di lui.

Scanso la sua gamba con un calcio, i suoi atroci stivali di coccodrillo si tuffano nella pozza di sangue che si è accumulata sotto il suo corpo.

Faccio un sospiro e mi pizzico il ponte del naso. "La situazione ha preso una piega un po'... disordinata."

"Me ne occuperò io." Ru si mette a ridere. "Rilassati, ragazzo. Hai fatto bene. Ci vediamo al Jolly Roger? È ora di festeggiare."

Riaggancio il telefono senza rispondere e mi concedo il tempo di realizzare che questo è l'ultimo momento che trascorrerò mai con un parente. Chiudo gli occhi, faccio un respiro profondo e vado alla ricerca di una punta di rimpianto.

Non la trovo.

Tic-tac.

Tic-tac.

Tic-tac.

Il ticchettio erompe dal nulla nel silenzio e mi scortica le viscere. Digrigno i denti, riapro gli occhi di scatto e drizzo le orecchie a quel frastuono *incessante*. Mi accovaccio, sfilo il fazzoletto dal mio taschino e mi sporgo verso i jeans di mio zio, prima di tirare fuori il suo orologio d'oro.

Tic-tac.

Tic-tac.

Tic-tac.

La rabbia mi avviluppa l'intestino e lo stritola nella sua morsa, e io scaravento l'orologio a terra. Mi batte il cuore all'impazzata mentre mi rialzo in piedi, prima di sbattere il piede su quell'orribile oggetto, più e più volte, finché non mi sgorgano delle gocce di sudore dalla fronte e mi gocciolano lungo la guancia e sul pavimento. Riesco a rilassarmi solo quando sono certo del suo silenzio.

Drizzo le spalle con uno sbuffo, mi porto all'indietro i capelli e faccio scrocchiare il collo.

Ecco. Ora va meglio.

"Addio, zio."

Mi risistemo il fazzoletto nel taschino e mi allontano dall'uomo che non avrei mai voluto conoscere.

E ora sono un passo più vicino al responsabile di *tutto*.

Solo che, questa volta, non sarà in grado di scappare.

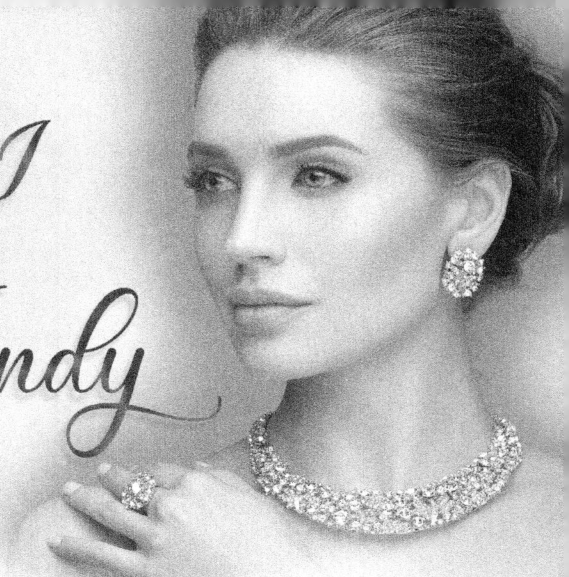

I

Wendy

Non sono mai stata in Massachusetts, ma ho sentito dire che non fa caldo. Quindi, anche se il cambiamento di temperatura dalla Florida rimane uno shock, un po' me lo aspettavo. Tuttavia, mentre tremo con la mia canottiera addosso e la brezza leggera mi soffia sulle braccia, non posso fare a meno di pentirmi di non essere rimasta a casa e di aver deciso piuttosto di trasferirmi con la mia famiglia nella loro nuova casa a Bloomsburg.

Ma non sopporto il pensiero di non essere a loro disposizione con una semplice telefonata nel caso avessero bisogno di me. Mio padre è un maniaco del lavoro – tanto più dopo la morte di mia madre – e, senza di me, mio fratello Jonathan, di sedici anni, sarebbe tutto solo.

Sono sempre stata il tesoro di papà, anche se lui non è una persona semplice. Speravo che, dopo il trasloco, rallentasse un po'. Che trovasse più tempo per la sua famiglia anziché andare costantemente alla ricerca del prossimo grande affare in cui affondare i denti. Ma Peter Michaels è uno che non si accontenta mai. La sua sete di nuovi progetti prevale sul suo desiderio di creare legami con la famiglia. La sua nomina come miglior uomo d'affari nella lista di Forbes per il quinto anno consecutivo significa che gli capitano molte opportunità in quell'ambito. Ed essere il proprietario della più grande compagnia aerea dell'emisfero occidentale comporta anche il fatto che ha molti fondi a disposizione per i suddetti affari.

La NevAirLand. *Se tu puoi sognarlo, noi ti ci possiamo portare.*

"Dovremmo uscire stasera," riflette la mia amica Angie, mentre pulisce il bancone del Vanilla Bean - la caffetteria dove lavoriamo entrambe.

"Per fare cosa?" domando. In tutta onestà, speravo di tornare a casa e rilassarmi. Sono qui da poco più di un mese e ho lavorato così tanto da non aver avuto una sola serata da passare con Jonathan. Anche se è nella fase adolescenziale del *'Non ho bisogno di niente e nessuno'*, quindi potrebbe non volermi comunque tra i piedi.

Angie fa spallucce. "Non saprei. Un paio delle ragazze stavano parlando di andare al Jolly Roger."

Arriccio il naso. Sia poiché ha usato il termine *'le ragazze'* sia per il nome del posto di cui sta parlando.

"Oh, andiamo, Wendy! Sei qui da quasi due mesi e non sei uscita con me nemmeno una volta." Tira fuori il labbro inferiore e unisce le mani in preghiera.

Scuoto la testa e faccio un sospiro. "Non credo di stare simpatica alle tue amiche."

"Non è vero!" insiste. "È solo che ancora non ti conoscono. È per questo, in effetti, che devi *uscire* con noi."

"Non lo so, Angie." Mi affondo i denti nel labbro inferiore. "Mio padre è fuori città e non gli fa piacere che io esca e attiri l'attenzione."

Alza gli occhi al cielo. "Hai vent'anni, ragazza. Taglia questo cordone ombelicale."

Le rivolgo un sorriso poco convinto. Lei, come la maggior parte delle persone, non riesce a capire cosa significhi essere la figlia di Peter Michaels. Anche se volessi, non potrei comunque tagliare il cordone ombelicale. Il suo potere e la sua influenza raggiungono ogni angolo dell'universo e non c'è niente o nessuno che sfugga al suo controllo. E se c'è, io non l'ho mai incontrato.

Trilla il campanello al di sopra della porta d'ingresso e l'amica di Angie, Maria, entra coi suoi lunghi capelli neri, che riflettono la luce dall'alto mentre ci viene incontro.

Inarco le sopracciglia mentre lancio un'occhiata a lei prima di tornare a guardare Angie. "Comunque, che razza di posto lascia entrare una ragazza di vent'anni?"

"Non hai un documento d'identità falso?" chiede Maria quando raggiunge il bancone.

"Certo che *no*." Non mi sono mai intrufolata furtivamente in un locale, né in una discoteca in vita mia. "Il mio compleanno è tra poche settimane, uscirò con voi la prossima volta." Le liquido con la mano.

Maria mi osserva da capo a piedi. "Angie, tu non hai la carta d'identità di tua sorella? Si assomigliano..." Allunga una mano e mi tocca i capelli castani. "Tu metti in mostra un po' di quel corpo e vedrai che non guarderanno nemmeno la faccia sul documento."

Sminuisco le sue parole con una risata, eppure mi si aggroviglia l'intestino, mi avvampa il calore nelle vene e mi si accendono le guance. Non sono una che trasgredisce le regole. Mai stata. Ma il pensiero di andare con loro stasera e di fare qualcosa di sbagliato mi fa correre un brivido lungo la schiena.

Maria è una delle 'ragazze' e non ha mai mostrato nessuna forma di cordialità nei miei confronti. Ma mentre la guardo sorridere e passarsi le dita tra i capelli, mi domando se forse Angie non abbia ragione. Forse è tutto nella mia testa e sono stata io a non averle mai dato un'occasione. Non ho mai avuto un gruppo affiatato di amiche, quindi non so nemmeno bene come funzioni.

"Non mi importa se non ti va di andarci." Angie fa il broncio e mi lancia addosso lo straccio umido. "Sono io a prendere la decisione finale."

Rido, scuotendo la testa, mentre finisco di riassortire

le tazze per domattina.

"Mm." Maria fa scoppiare con uno schiocco la sua gomma da masticare, e i suoi occhi scuri mi arroventano un lato della faccia. "Non ti va di andare?"

Faccio spallucce. "Non è quello, è che..."

"Forse è meglio così," taglia corto. "Non penso che il JR sia il tipo di posto adatto a te."

La mia spina dorsale si irrigidisce, e drizzo la schiena. "E questo che significa?"

Fa un sorrisetto. "Voglio dire... non è un posto per *bambini*."

"Maria, avanti! Non fare la stronza," interviene Angie.

Maria scoppia a ridere. "Non sto facendo la stronza. È solo per dire. E se ci fosse *lui*? Riesci a immaginarlo? Wendy resterebbe traumatizzata a vita anche solo per essersi trovata nello stesso edificio e correrebbe a casa a dirlo a papino."

Alzo il mento. "Ma se mio padre non è nemmeno in città!"

Piega la testa da un lato e le sue labbra si assottigliano. "Allora alla tua babysitter."

Lo sdegno mi trafigge lo stomaco, e il bisogno di provarle che si sta sbagliando fa scattare la mia decisione e mi spinge le parole fuori di bocca. Guardo Angie. "Ci sto."

"Sì!" Angie batte le mani.

Gli occhi di Maria sfavillano. "Spero che tu sia in grado di gestirlo."

"Dacci un taglio, Maria. Starà benissimo. È un locale, non un sex club," la schernisce Angie, prima di voltarsi verso di me. "Non darle retta. Tra l'altro andiamo in quel posto solo perché lei vuole *provare* ad attirare l'attenzione del suo uomo misterioso."

"Io *attirerò* la sua attenzione."

Angie inclina la testa. "Non sa nemmeno della tua esistenza, ragazza."

"La mia fortuna è destinata a cambiare prima o poi."

Maria scrolla le spalle.

La confusione mi fa aggrottare la fronte. "Ma di chi state parlando?"

Un lento ghigno si insinua sul viso di Maria e uno sguardo sognante attraversa gli occhi di Angie.

"Di Hook."

2
JAMES

"C'è una nuova proposta sul tavolo."

Mi verso due dita di Basil Hayden nel tumbler di cristallo, aggiungo un cubetto di ghiaccio e ne assaporo il gusto prima di voltarmi verso Ru. "Non sapevo che stessimo accettando nuove proposte."

Fa spallucce, si accende il sigaro e tira una boccata. "Infatti, no. Ma io sono un uomo d'affari e questo ha un potenziale enorme."

Dato che parla con quel cilindro di tabacco in bocca, gli esce una voce ovattata, ma gli anni passati a recepire le sue parole come un vangelo me l'hanno reso facile da comprendere.

Roofus – noto al mondo come Ru – è l'unica persona nella mia vita degna della mia fiducia. Mi ha salvato dall'inferno e io non sarò mai in grado di ripagare quel debito. Ma la cortesia si estende solo a lui, il che rende tutto più *complicato* quando decide di portare nuove persone nei nostri affari.

Con l'età è diventato avventato.

"Un giorno, la tua incapacità di rifiutare del *potenziale* finirà per farti ammazzare," gli commento.

I suoi occhi si stringono in due fessure. "Non ho intenzione di morire e lasciare la mia eredità a un inglese."

Sorrido. Tutto questo è comunque mio, ma a lui non piace dirlo ad alta voce. Non vuole ammettere che l'allievo ha superato il maestro; che continua a tenere le redini lui solo perché sono io a permetterglielo. È stata questa la verità sin dal momento in cui il sangue di mio zio è sgorgato sotto la mia mano ben otto anni fa, il giorno del mio diciottesimo compleanno. Prima l'ho eviscerato come il pesce senza valore che era, e poi ho usato la medesima lama per tagliare la mia bistecca a cena, sfidando chiunque a chiedermi perché avessi le dita macchiate di rosso.

Ru potrà avere il titolo di capo, ma sono *io* quello che tutti temono.

Appoggio il bicchiere sul bordo della scrivania e mi accomodo in una delle poltrone con lo schienale alto. "La tua mortalità non è un argomento su cui mi piace particolarmente fare dell'ironia."

A volte credo davvero che Ru pensi di essere intoccabile. Lo rende superficiale. Lo porta a fidarsi con troppa facilità. Permette alla gente di avvicinarsi troppo. Per fortuna ha me, e io sarei pronto ad affondare il mio coltello nella pancia di chiunque provasse a fargli del male, e mi crogiolerei nel lento defluire della vita dai suoi occhi, mentre il suo sangue mi gocciolerebbe dalle mani.

Immagino che, quando hai vissuto quello che ho vissuto io, impari rapidamente che l'immortalità è garantita solo nella memoria delle persone.

Ru si sporge in avanti e posa il sigaro nel portacenere decorato all'angolo della scrivania. "Allora presta attenzione. Abbiamo una persona interessata a essere un nuovo *partner*." Ru ghigna. "Vuole incrementare la nostra distribuzione. Portare la nostra polvere magica in nuovi meandri dell'universo."

"Affascinante." Mi spazzolo via un filo dalla giacca del completo. "Chi è?" domando tanto per farlo contento. Non ho alcun interesse a far entrare qualcuno di nuovo. Sono tre anni che ci avvaliamo del nostro attuale narcotrafficante, che sono stato io a tenere sotto controllo personalmente. L'ho visto sudare sette camicie mentre sorvegliava le operazioni di carico della nostra polvere di fata sull'aereo, nascosta all'interno di cassette di aragoste. Sono stato seduto accanto a lui nella cabina di pilotaggio per l'intera durata del volo, facendomi ruotare il mio uncino tra le dita, mentre lui si pisciava addosso per la tensione.

Se vuoi garantirti la lealtà di qualcuno, devi assicurarti che comprendano bene *perché* te la meriti. E io mi sono assicurato che le persone comprendessero bene che la punta di una lama fa più male quando la persona che la impugna gode nel procurare dolore.

Ru si passa la mano sulla bocca. "Hai mai sentito parlare della compagnia aerea NevAirLand?"

Mi paralizzo sul posto e mi si gela il sangue nelle vene. Sono abbastanza sicuro di non aver mai riferito quel nome a nessuno, specialmente a Ru.

"Non mi risulta, no." La mia mascella scatta.

"Beh, devi essere il solo." Ru fa una risata. "Il proprietario, Peter Michaels, si è appena trasferito qui."

Il cuore mi sbatacchia contro le costole. Come faccio a non saperlo? "Ah, sì?"

Ru annuisce. "Sta cercando una nuova opportunità imprenditoriale." Sfodera un ghigno e i suoi denti leggermente storti sfavillano. "È più che opportuno che gli diamo il benvenuto come si deve e gli facciamo sapere come funzionano le cose da queste parti."

Le mie mani si contraggono per la furia che mi monta dentro ogni volta che sento il nome di Peter Michaels. Mi allungo e riprendo il mio bicchiere, agguantando il cristallo in una morsa stretta man mano che la trepidazione mi sboccia nel petto.

Che coincidenza che l'uomo che aspiro a uccidere si stia servendo da solo su un piatto d'argento.

"Beh, credo che questa potrebbe essere una meravigliosa opportunità." Sorrido.

Ru prende il sigaro. "Non stavo chiedendo il tuo

permesso, giovanotto, ma sono felice che tu sia d'accordo."

"Allora, quando lo incontriamo?" Sorseggio il mio drink, cercando di domare i battiti forsennati del mio cuore.

"*Io* ho appuntamento con lui stasera. *Da solo.*" Stringe gli occhi in due fessure.

Mi si aggrovigliano le budella. "Lascia che ti accompagni, Roofus. Non dovresti incontrarlo da solo."

Ru sospira, passandosi una mano tra i suoi assurdi capelli rosso rubino. "Tu sei troppo intimidatorio, ragazzo. Ho bisogno che questo sia un incontro amichevole."

Su questo non posso dargli torto.

"Almeno porta con te uno dei ragazzi." Il pensiero di Ru da solo con Peter Michaels mi fa venire un brivido lungo la schiena.

Ru soffia un anello di fumo in aria.

Mi sporgo in avanti e batto le nocche in cima alla sua scrivania. "Roofus. *Promettimi* che non andrai da solo. Non essere sciocco."

"E tu non dimenticare il tuo posto," sbotta. "Sono *io* a dirigere quest'attività, non tu. Tu rispondi a *me*. Che ne dici di mostrare la tua gratitudine e, per una volta, fare come cazzo ti è stato detto?"

Digrigno i denti davanti al suo tono, e se fosse chiunque altro, lo ringrazierei per il promemoria appena prima di tagliargli la lingua. Ma Ru l'ha vinta su molte più cose di chiunque altro.

La prima volta che conobbi Ru avevo tredici anni – due anni dopo essere stato spedito in America a vivere con mio zio. Stavo leggendo in biblioteca, sentii un trambusto lungo il corridoio e andai a indagare. Sbirciando da una fessura nella porta dell'ufficio, rimasi a fissare incantato quell'uomo massiccio, con la pelle olivastra e i capelli tinti color rubino, che incombeva sulla scrivania di mio zio e lo stava minacciando di togliergli la vita, con una pistola alla tempia e una sfida che trasudava dal suo marcato accento di Boston. Fu una scena tremendamente suggestiva, davvero. Non avevo mai visto mio zio farsi così piccolo al cospetto di nessun altro. Di solito il suo passatempo preferito era vedere gli altri inginocchiarsi davanti a *lui*.

In qualità di politico, era una cosa che succedeva spesso in pubblico.

In qualità di individuo pieno di rabbia e di perversioni, era una cosa che succedeva ancora più spesso in privato.

Pertanto, trovai molto affascinante quell'uomo misterioso e mi misi a seguirlo quando se ne andò, nel disperato tentativo di emulare il suo potere. Suppongo si possa definire ossessione, ma il fatto era che non avevo mai conosciuto nessuno come lui. Non avevo mai visto qualcuno comandare a bacchetta un uomo che governava il mondo.

Volevo imparare a farlo anch'io.

Ma, a tredici anni, non avevo ancora appreso l'arte di passare inosservato, e Ru sapeva benissimo che gli stessi alle calcagna. Mi prese con sé e mi insegnò tutto quello che sapeva. Mi fece conoscere le strade di Bloomsburg e mi aiutò a restare sano di mente malgrado tutti gli incubi che mi tormentavano nel sonno.

Quindi, mi rimetto ai suoi desideri, perché non c'è una sola persona su questo pianeta che si sia presa cura di me come ha fatto lui.

Una volta ce n'è stata una, ma molto tempo fa. In un'altra vita, in realtà.

"Hai ragione," rispondo. "Mi fido del tuo giudizio. È di quello di tutti gli altri che non mi fido."

Ru ride e apre la bocca per rispondere, ma qualcuno bussa alla porta e lo interrompe.

"Avanti!" grugnisce Ru.

Starkey, una delle nostre reclute più giovani, fa capolino dalla porta. "Scusi l'interruzione, capo." Il ragazzo fa scivolare gli occhi su di me, li spalanca e distoglie immediatamente lo sguardo. "Ci sono alcune ragazze che stanno cercando di entrare con dei documenti falsi. Ci stanno creando non poco scompiglio al piano di sotto."

"Sei venuto fin quassù a infastidirci per queste stronzate?" scatta Ru. "Per cosa diavolo vi paghiamo?"

Sorrido alla reazione di Ru e mi avvicino alle telecamere di sicurezza, prima di scrutare quella puntata sopra l'ingresso principale. Proprio come dice Starkey, ci sono tre ragazze, una delle quali sta urlando in faccia al nostro buttafuori. *Patetica.* Continuo il mio scrutinio e i miei occhi si fissano sullo splendore di ragazza in piedi di lato.

Mi si contrae lo stomaco mentre il mio sguardo corre lungo il suo corpo avvolto in un vestito blu attillato. Si tiene le braccia strette attorno al busto e i suoi occhi stanno sfrecciando avanti e indietro tra il buttafuori e i taxi che costeggiano il marciapiede.

Avverto un fastidio in mezzo al petto per il fatto di non riuscire a vederla chiaramente come vorrei. Ma la intravedo quanto basta per capire che sembra a disagio. Innocente. Di sicuro questo non è un posto adatto a lei. E, per qualche ragione, questa consapevolezza spara un brivido dritto al mio cazzo, facendolo ingrossare e pulsare mentre immagino tutti i modi in cui questo locale potrebbe contaminarla. Non sono molte le persone che suscitano una mia reazione. Una vita passata a *non* reagire oramai mi si è infiltrata sottopelle e si è solidificata a formare uno scudo impenetrabile – a nulla è permesso entrare, né uscire. Sono solo un guscio vuoto con un unico scopo.

Il fatto che questa ragazza abbia stuzzicato il mio interesse anche solo di una punta mi ha solleticato la curiosità.

"Lasciale entrare," subentro io, con gli occhi ancora fissi sulla bella ragazza dai capelli scuri.

Starkey smette di sproloquiare e i suoi occhi guizzano su di me prima di tornare su Ru. "Ne è sicuro, io..."

"Mi vedi titubante?" chiedo, girandomi per guardarlo in faccia. "O forse è il mio accento che ti impedisce di comprendere le mie parole?"

"N… no, è solo…"

"È *solo,*" taglio corto. "Hai evidentemente bisogno di una consulenza su come gestire la situazione. O sono io ad aver frainteso le motivazioni che ti hanno spinto a sottoporre questo problema così banale alla nostra attenzione?"

Ru sorride compiaciuto e si appoggia allo schienale della poltrona.

"No, Hook. Non ha frainteso."

"Mm. Allora c'è un problema, questo è certo." Annuisco. "Dimmi, sei d'accordo sul fatto che dobbiamo licenziare tutti quelli che lavorano all'ingresso del locale?"

"Ehm, non saprei," mormora Starkey.

"Dopotutto, se non hanno la capacità di controllare un gruppo di femmine, come possiamo dare per scontato che riusciranno a gestire qualcun altro?" Piego la testa da un lato.

Starkey deglutisce e il suo pomo d'Adamo oscilla. "Io... loro sono..."

"Vedi," continuo, tirando fuori la mia lama a forma di uncino dalla tasca e aprendola. "Sottomettere una donna è tutta una questione di controllo." Gli vado incontro, facendo roteare l'acciaio inox tra le dita, mentre l'intricato intarsio sul manico bruno mi scivola sulla pelle. "Un delicato scambio di potere. Un dare e avere, se vogliamo. Fornire loro il piacere *assoluto* del tuo dominio." Mi fermo davanti a lui e il mio coltello smette di ruotare quando lo stringo nel palmo della mano. "Mi sembra evidente che il nostro buttafuori stasera possegga più di un gene remissivo." Allungo la mano libera e gli raddrizzo la cravatta. "Capisco quanto debba risultarti difficile riconoscere il medesimo tratto dentro di te." Mi avvicino e lascio che la punta della mia lama si appoggi alla sua gola. "Comportati da bravo, Starkey, e falle entrare."

"Sissignore," mugugna.

Dopo che gli ho dato una pacca sulla spalla, Starkey si gira e si precipita fuori dalla porta.

Ru mi indica con il suo sigaro e mi guarda con gli occhi foderati di divertimento. "Ed è proprio per questo che non verrai a quest'appuntamento."

Sorrido, sistemandomi i polsini della giacca. "Mi sembra giusto. In ogni caso, vado al pianoterra. Ho un buttafuori da far sparire e un'improvvisa fame di qualcosa di *grazioso*."

Ru ridacchia. "Assicurati solo che siano maggiorenni."

Afferro la maniglia della porta e mi fermo. "Ru?"

Borbotta.

"Mi raccomando, di' a Peter che *non vedo l'ora* di incontrarlo faccia a faccia."

3
Wendy

Un'ora fa avrei giurato che fossimo a un passo dall'arresto, mentre ora sono seduta nella sala VIP di un locale alla moda e sto sorseggiando uno champagne troppo costoso, per gentile concessione di 'un ammiratore.'

A quanto pare, l'età legale per il consumo di alcolici è un suggerimento più che un requisito effettivo. Mi sento in imbarazzo se ripenso a tutte le persone all'esterno che hanno assistito alle urla di Maria perché il buttafuori non ci è cascato con la mia carta d'identità fasulla. Non sono sorpresa, non assomiglio affatto alla sorella di Angie. Ero a due secondi dal saltare nel taxi più vicino e darmi alla fuga, quando un uomo coi capelli biondi e un completo su misura è uscito e ha sussurrato qualcosa all'orecchio del buttafuori. La cosa successiva che so è che siamo state accompagnate in un'area VIP.

Mi sento estremamente fuori luogo, ma questa è probabilmente la serata più divertente che io abbia passato negli ultimi anni, il che mi fa suonare patetica, considerando che non stiamo facendo altro che bere e osservare la gente.

O, più specificamente, stiamo osservando una persona.

Hook. Uncino.

Alzo gli occhi al cielo per il nome, ma non riesco a frenare quel bocciolo di curiosità che mi è fiorito dentro. Apparentemente è lui il motivo principale per cui vengono sempre in *questo* posto e non vanno altrove. Solo per la speranza di rivederlo.

Maria giura di essere la sua anima gemella, motivo per cui si fa vedere qui ogni fine settimana, con gli occhi ben aperti e le gambe già mezze spalancate, sperando che Hook scenda dalla sua torre d'avorio e lei possa rapirlo e portarselo via.

"Allora, raccontami del tuo uomo," esorto Maria mentre bevo un sorso dal mio calice di champagne e mi guardo intorno.

Angie geme. "Ah, non farla cominciare."

Sul viso di Maria si allarga un sorriso. "È successo circa un mese, fa quando ero al bar a prendere una consumazione, e te lo giuro, la folla si è divisa ed eccolo lì. Seduto come un fottuto dio sul divanetto in fondo, col fumo del suo sigaro che gli fluttuava sinuosamente attorno."

"Sei andata a parlargli?" le domando.

Angie fa una risata. "Si, come no. Per riuscirci avrebbe dovuto superare tutti i suoi lacchè."

Piego la testa da un lato. "I suoi *lacchè*?"

Alza una spalla. "È sempre circondato da uomini."

Le mie sopracciglia scattano fino all'attaccatura dei miei capelli. "Magari è gay."

Angie ridacchia, ma lo sguardo di Maria si stringe in due fessure. "Abbiamo condiviso un momento."

"Un momento così intenso che lui non l'ha mai più ricercata," sbuffa Angie.

"È chiaramente un uomo impegnato," borbotta Maria, scostandosi una ciocca di capelli dal viso. "Ma è per questo che siamo qui ora. Una di queste sere mi vedrà."

"E ti porterà di sopra, nel suo letto, dove ti spaccherà in due con il suo cazzo mostruoso." Angie strabuzza gli occhi mentre allarga le mani fino all'altezza delle spalle.

Sghignazzo e mi passo una mano sulla faccia. "Beh, *quello* sì che sembra plausibile."

Le labbra di Maria si arricciano. "Ragazza, si può sapere perché sei venuta se non fai altro che sparare merda per tutto il tempo? Avresti potuto semplicemente restartene a casa e risparmiarci tutti questi problemi."

Mi faccio piccola per la vergogna e mi brucia lo stomaco per il senso di colpa. "Scusami, ti credo. Davvero." Mi intreccio le dita in grembo, prima di attorcigliarle l'una nell'altra. "È che lo fai sembrare così... leggendario."

Alza gli occhi al cielo. "Non è il frutto della nostra immaginazione, *Wendy*. È un uomo d'affari. Ed è il proprietario di questo cazzo di locale!" Sbatte le mani sul cuscino del divanetto.

Inarco un sopracciglio. "Davvero?"

"Penso di sì, comunque. Non sta fisso qua sotto, ma tutte le volte che c'è, spunta dal retro e si siede sempre nello stesso posto." Maria indica l'angolo più remoto della sala, dove si trova un tavolo - l'unico spazio vuoto nella stanza per il resto gremita.

Beve un sorso del suo drink. "In ogni caso, la fortuna è dalla mia parte. Lo sento." Si picchietta sulla tempia con la lunga unghia scarlatta.

Mi sporgo in avanti, faccio tintinnare la mia flûte contro la sua e cerco di riparare i ponti a cui ho evidentemente dato fuoco prima ancora che fossero ultimati. "Penso che tu abbia ragione. Questa sembra proprio una serata fortunata."

Maria mi fa un sorriso - il primo sorriso genuino che mi abbia mai rivolto - e sento la soddisfazione sbocciarmi nel petto. Forse, alla fin fine, mi troverò bene con questa faccenda dell'amicizia.

Di punto in bianco, mi pizzica la nuca per un calore improvviso e mi giro sul sedile, pervasa dalla sensazione inquietante di essere osservata. Ma, quando mi volto, non trovo nulla.

Strano.

Tracanno quel che resta nel mio bicchiere e mi alzo, prima di allungarmi verso le ragazze. "Ehi, torno subito. Ho bisogno un attimo del bagno delle signore."

"Ohi!" grida Angie quando sono già per metà fuori dalla sala. "Quello al piano di sotto è sempre strapieno. Arriva al corridoio alla destra del bancone del bar, ce n'è uno sul retro che non è così utilizzato."

Annuisco, affido le indicazioni di Angie alla memoria e mi avvio, facendomi strada attraverso la zona principale. Ho la vista leggermente appannata per via dello champagne, così inciampo e vado a sbattere contro un corpo.

"Merda, mi dispiace." D'istinto alzo le mani e atterro contro un solido muro fatto di muscoli. Dei palmi ruvidi mi afferrano per le spalle, e mi viene la pelle d'oca su tutto il corpo per il calore del tocco di questo sconosciuto.

"Che parole sporche per una bocca così bella."

La voce profonda e con un certo accento mi scivola sulla pelle come seta e si avvolge attorno a me, e un brivido mi corre lungo la schiena. La sua morsa si stringe, i suoi palmi si spostano fino a sfiorarmi la parte superiore delle braccia. Le mie mani sono ancora premute contro il suo petto, e sento la morbidezza del tessuto nero del suo abito sotto i miei polpastrelli. Mi si mozza il respiro quando lui mi risucchia nel suo scrutinio, i suoi occhi sono come vetro ceruleo, e nel loro splendore colgo un brivido quasi inquietante.

Spezzo il nostro contatto visivo e lascio filtrare finalmente le sue parole nel mio cervello. "Prego?"

Mi fa un sorrisetto, e io noto i suoi zigomi alti e un bagliore naturale, che fa risaltare gli angoli aguzzi, in netto contrasto con le sue sopracciglia nere e i capelli scompigliati.

Mi si contrae lo stomaco quando mi rendo conto di quanto sia attraente quest'uomo.

La sua bocca si avvicina fino a quando non è a un soffio dal mio orecchio, il suo respiro mi sgocciola lungo il collo e mi scatena un'ondata di calore al centro del corpo. "Ho detto…"

"No, ho sentito quello che hai detto," lo interrompo. "La mia domanda era una domanda retorica."

Si allontana e gli si allarga un lento sorriso sulle labbra, mentre i suoi pollici strofinano su e giù la mia pelle nuda, in un movimento ritmico. "Ah, sì?"

Annuisco. "Già."

Mi si stringe il petto quando faccio vagare lo sguardo e mi rendo conto di ciò che abbiamo attorno. Ci sono decine di persone, eppure sembra che l'unico nella stanza sia lui. La sua energia crepita nell'aria e brama disperatamente avvinghiarsi alla sua pelle. Quest'uomo trasuda potere e, per una frazione di secondo, mi chiedo come sarebbe gettarmi nel tipo di guai che può portare uno come lui. Vivere senza limiti, solo per un pochino.

Ridicolo.

Scuoto la testa e faccio un passo indietro, prima di affondarmi i denti nel labbro inferiore. "Okay, bene, è stato..."

"Un piacere," mormora con voce suadente. Si accosta di nuovo a me, mi afferra il palmo e se lo porta alle labbra, prima di sfiorarmi la pelle avanti e indietro in un bacio appena accennato.

Il mio cuore sussulta. "Stavo per dire bizzarro, ma di certo... un *piacere.*"

Sfilo la mano e mi si rivolta di nuovo lo stomaco. Mi sento quasi delusa di doverlo lasciare, ed è una sensazione destabilizzante. Faccio per girargli intorno, ma lui mi ghermisce il braccio e mi strattona all'indietro finché non avverto ogni singola linea dura del suo corpo contro le morbide curve del mio. Mi paralizzo, ansimando. Quest'uomo - quest'*estraneo* - mi tocca come se fosse suo diritto. Come se fossi sua da toccare.

"Non mi è dato sapere il tuo nome?" Le sue parole mi vibrano contro il collo. Le mie cosce si stringono fra loro, tant'è cavernoso il timbro della sua voce.

Mai nessuno mi ha trattata come mi sta trattando lui.

Né mai un uomo come questo mi ha degnata della sua attenzione. È esasperante e inebriante allo stesso tempo, uno strano miscuglio di emozioni che mi fa sfrigolare i nervi sottopelle.

Mi lascio uscire un sospiro e cerco di contenere il tremore nella mia voce. Forse è lo champagne, o forse è quest'uomo, ma la voglia di essere una versione diversa di Wendy mi scioglie la lingua prima che io riesca a fermarla. "No. Non credo che te lo sia meritato." Strappo il braccio dalla sua presa. "E, tanto per la cronaca, questa bella bocca può dire quello che *cazzo* vuole."

I suoi occhi scintillano e un angolo della bocca si contrae, ma non aggiunge altro. Infila le mani nelle tasche del suo completo a tre pezzi e dondola sui talloni, arroventandomi la schiena con lo sguardo quando mi giro per andarmene.

4

JAMES

Il cuore mi sta picchiando contro la cassa toracica.

Wendy Michaels.

Ovviamente so chi è. L'uomo che sto tenendo d'occhio fin da quando avevo undici anni. Suo padre la tiene imboscata nell'ombra ora che è cresciuta, verosimilmente per tenerla al sicuro dal lato sgradevole della sua attività lavorativa, ma quando hai passato la tua intera vita a seguire le orme di un uomo, impari tutto di lui, inclusa la sagoma della sua ombra.

Ecco perché non riesco proprio a capacitarmi di come abbia fatto a sfuggirmi il suo trasferimento da queste parti.

In ogni caso, non ho mai biasimato i figli per le colpe dei padri. Siamo tutti un sottoprodotto del male, alcuni di noi vi sono nati dentro, mentre altri lo sono diventati, forgiati dalle circostanze. Tuttavia, se l'universo me la sta mettendo tra le mani, il minimo che posso fare è maneggiarla come si deve.

Mi diventa duro al solo pensiero di infilarglielo dentro fino a spezzarla e procurarle delle ferite che, una volta cicatrizzate, le lasceranno il ricordo indelebile che sono passato io di lì; infangare la sua innocenza e poi gettarla ai piedi di suo padre – una versione profanata della ragazza che ha cresciuto.

Squisito.

Le ho tenuto gli occhi addosso dal momento in cui è entrata nel mio locale, e sono rimasto a corto di fiato non appena l'ho riconosciuta, quando ho avuto una chiara visione di lei che la risoluzione granulosa dei nostri filmati della sicurezza non mi consentiva.

Mi si forma un sorrisetto sulle labbra mentre me ne torno in ufficio, da dove continuerò a braccarla attraverso le telecamere di sorveglianza. Mi scorre nelle vene il brivido della caccia e la smania di predarla mi sprofonda fin dentro le ossa.

La verità è che le cose sono state piuttosto noiose negli ultimi tempi. Ho l'acquolina in bocca all'idea di avere qualcosa di nuovo in cui affondare i denti, e Wendy Michaels è il mio piano perfetto. Sono su di giri al pensiero di domarla finché non farà le fusa, e a quel punto la rimanderò indietro, solo che avrà un nuovo padrone a tenerle il guinzaglio – una meravigliosa armonia, mentre dirigo la sinfonia della distruzione di Peter.

Mi sbottono la giacca, scivolo sulla poltrona di pelle dietro la scrivania, digito il nome di Wendy e osservo gli articoli balenare sul mio schermo. Mi si contraggono le viscere per l'eccitazione mentre leggo dell'affetto di Peter verso sua figlia.

'La sua piccola ombra.'

Soprannome appropriato, penso. Dopotutto, non ci si può lasciare la propria ombra dietro senza perderla, prima o poi.

Una visione macabra di me che affondo dentro di lei sopra i resti di Peter e il mio sperma che le gocciola tra le cosce e va a mescolarsi nella pozza di sangue sotto di noi fa sussultare violentemente il mio cazzo, e mi si strappa un gemito dalla gola quando mi impugno l'erezione indolenzita.

Così non va.

Tiro fuori il cellulare e mando un messaggio a una

delle cameriere di turno stasera, Moira, dicendole di interrompere quello che sta facendo e di venire da me. Subito.

Chiudo la schermata con gli articoli, apro le riprese della sorveglianza sul monitor e avverto un moto di soddisfazione nel petto quando la vedo sorseggiare champagne e cercare di comportarsi come se fosse nel suo ambiente.

Non lo è.

Non qui, e di certo non con il patetico gruppo di ragazze con cui sta. La sua innocenza risplende come un faro, un gioiello scintillante in mezzo alla spazzatura, una tentazione per la mia oscurità di andare là a spegnerla.

La porta si apre e si richiude con un clic, il corpo slanciato di Moira mi viene incontro con i suoi abiti succinti e un sorrisetto sulle labbra rosso rubino.

"Hook," sussurra, girando intorno alla scrivania di quercia. "Mi sei mancato."

Lascio che l'accenno di un sorriso giochi sulle mie labbra, senza dar peso al modo in cui la sua voce mi stride nelle orecchie. Le porto una ciocca di capelli scuri dietro la spalla, poi le afferro la nuca e la tiro fino a quando è a pochi centimetri da me e il suo alito umido mi slitta sulla pelle.

Fa uno scatto con la testa. "Scusa, tatuaggio nuovo. Fa ancora un po' male."

"In ginocchio."

Si abbassa diligentemente, mi sfrega il pene con la sua mano fresca di manicure, la sua bocca dà dei baci al di sopra del tessuto. Digrigno i denti, seccato davanti al suo misero tentativo di fare dei preliminari. Poggio il palmo della mano dietro la sua testa, avvolgo i suoi capelli fra le mie dita e le sollevo il viso. Con la mano libera, premo contro la sua bocca finché non sento la rientranza dei denti attraverso la sua pelle e le strofino via dalle labbra tutto il rossetto rosso con il pollice.

Sussulta, scatenandomi un picco di piacere che mi corre lungo la schiena. La prendo per il mento e le torchio le guance quando le stringo forte la mandibola. "Quest'abito è di cashmere, dolcezza. Vediamo di non sporcarlo con delle macchie da tre dollari, intesi?"

Deglutisce e fa di sì con la testa.

"Brava ragazza." Le do uno schiaffetto sulla guancia prima di riabbassarle la testa sul mio grembo.

Il mio sguardo vola verso il computer e contempla il vero oggetto del mio desiderio. E mentre la bocca calda di Moira mi circonda il cazzo, lo lecca per tutta la sua lunghezza e se lo succhia fino in gola, i miei occhi restano fissi sulle telecamere, e fantastico sul giorno in cui avrò Wendy al suo posto.

E la farò strozzare con qualcosa di *veramente* sporco.

"Ancora vivo, a quanto vedo," mormoro con tono piatto quando Ru varca tronfio la porta dell'ufficio.

"Vivo e mai stato meglio." Fa un sorrisetto, si dirige verso la bottiglia tondeggiante e ambrata che ospita il suo brandy e se ne versa un bicchiere.

"Immagino che significhi che l'incontro è andato bene." Aggrotto la fronte quando leggo l'ora. Sono passate solo poche ore.

Per tutto il tempo che ho aspettato il suo ritorno, ho avvertito una tensione nervosa che mi ha pungolato le viscere. A dispetto della facciata immacolata di Peter Michael, so che è un uomo pericoloso. So anche che Ru a volte lascia che il suo caratteraccio prenda il sopravvento, e anche se sono contento che non sia successo nulla di nefasto, avrei comunque preferito che si facesse accompagnare, se non altro per garantire la sua sicurezza.

Non sono diventato un maestro di buone maniere per perdere subito le staffe alla vista di Peter. Avrei mantenuto la calma. Gli avrei stretto la mano e lo avrei guardato dritto negli occhi, mentre nel frattempo avrei vagheggiato su tutti i modi coi quali mi sarei divertito a procurargli una morte tortuosa.

Ru sospira, sprofonda nel divano nero appoggiato al muro, beve un sorso dal suo bicchiere e afferra un sigaro. "Il coglione non si è neanche fatto vedere. Ha mandato un ragazzino a fare il lavoro sporco, come se io avessi messo *tutto* a rischio per un punk da quattro soldi."

Uno strano senso di sollievo mi pervade il petto. "Assurdo."

"Insolente," sputa Ru.

"Questo significa che hai cambiato idea sul lavorare con lui?" Piego la testa da un lato.

Spero che dica di sì, perché avere Peter coinvolto nei nostri affari renderà tutto più difficile, quando arriverà il momento di porre fine alla sua vita. Non impossibile, solo *complesso.*

Ru fa spallucce, fissando il suo sigaro mentre se lo fa rotolare tra le dita. "Ho detto al ragazzo di portare un messaggio al signor Michaels, di informarlo su come facciamo le cose qui da noi, e mi auguro che si renda conto che può avere tutti i soldi che vuole, ma se non è in grado di portare rispetto al mio *fottuto* nome…" La presa di Ru si stringe, il sigaro si sgretola fra le sue dita. "Sai, penso di aver cambiato idea, amico mio. Se vuole un incontro, allora è giusto che incontri sia te che me."

Mi esplode la trepidazione nello stomaco. "Ottime notizie."

I miei occhi si spostano sullo schermo del computer, e noto che Wendy e le sue amiche se ne stanno andando. Mi alzo in piedi e mi abbottono la giacca. "Se vuoi scusarmi, ci sono alcune questioni in sospeso della serata che voglio assolutamente risolvere."

Ru mi saluta con la mano, bevendo il suo brandy.

Esco dalla stanza e scendo le scale sul retro per uscire dal locale, così da passare inosservato. Costeggio di soppiatto il lato dell'edificio e spio Wendy mentre saluta le sue amiche, prima di salire su un taxi giallo. Mi riempiono di disgusto sia la sua incoscienza che la totale mancanza di riguardo delle sue amiche per la sua incolumità.

Suo padre ha un sacco di soldi, eppure non le mette a disposizione nemmeno un autista? Una *qualunque* forma di protezione?

Monto nella mia Audi e imbocco la strada trafficata per seguirla da presso e assicurarmi che torni a casa sana e salva. Non ho alcun interesse a possedere qualcosa di danneggiato, nemmeno temporaneamente.

E, finché non sarò di un altro avviso, Wendy Michaels è mia.

5

Wendy

"In che senso *studi da casa?*" chiedo a mio fratello Jon.

Fa spallucce, i suoi capelli scuri ondeggiano con il movimento e il suo braccio indica i fogli sparpagliati davanti a sé. "È esattamente quello che sembra. Ho chiesto a papà se potessi studiare in questo modo e lui ha acconsentito."

Aggrotto la fronte. *Perché non ne ha parlato con me?*

"Okay. Quindi, tu e papà avete fatto una bella chiacchierata?" Mi siedo accanto a lui al tavolo della sala da pranzo e prendo una patatina fritta dal suo piatto.

Le sue labbra si incurvano appena. "Wendy, sii realistica. Quand'è stata l'ultima volta che papà mi ha parlato sul serio?"

Mi si stritolano le viscere, faccio un sospiro e le scuse per nostro padre mi scivolano via dalla lingua. Ci sono talmente avvezza che non sento quasi più il sapore delle bugie. "È solo molto indaffarato, Jon, tutto qui. Sai che ti vuole bene e gli farebbe piacere stare qui."

Jon sbuffa divertito e stritola la matita così forte che gli si sbiancano le nocche. "Certo, come no."

"Fra l'altro," aggiungo. "Tu hai me, e sappiamo entrambi che sono tutto ciò di cui hai bisogno."

Fa un sorrisetto e alza gli occhi al cielo da dietro i suoi grandi occhiali con la montatura quadrata. "Hai ragione. Chi ha bisogno dei genitori quando si può avere te? Fai più da madre tu a me di tutte le altre madri di questa fottuta città messe insieme."

Forzo un cipiglio sul mio viso, ma il divertimento si fa strada attraverso il mio petto. "Ehi, sta' attento a come parli."

"Vedi che ho ragione?" Si spinge gli occhiali su per il naso. "Comunque, mi piace un sacco... questa cosa di studiare a casa. Sono più felice così."

Non ha torto. Suppongo di fargli da madre più di quanto farebbe una sorella normale, ma io sono tutto ciò che ha. Nostra madre è morta quando Jon aveva solo un anno - un incidente stradale che le è costato la vita per colpa di un autista ubriaco. E anche se non lo ammetterò mai ad alta voce, mio padre sicuramente non dà a Jon il tempo, né l'attenzione che merita. È un punto dolente nel nostro rapporto, su cui non mi va di soffermarmi troppo a lungo.

"Beh, sono contenta che papà ti abbia permesso di restare a casa, se è quello che vuoi. Non pensi che ti mancherà l'interazione con gli altri?"

Fa un sospiro e alza di nuovo gli occhi al cielo. "No. I ragazzi sono degli stronzi."

Avverto una fitta al cuore. Forse studiare da casa sarà *davvero* l'opzione migliore. La speranza divampa al centro del mio sterno, e mi domando se mio padre non abbia effettivamente ascoltato tutte le volte che l'ho supplicato di intervenire riguardo il bullismo ai danni di Jon.

Sorrido. "Va bene, ora devo andare al lavoro. Ti va di vedere un film stasera?"

"Perché lavori se non hai bisogno di soldi?" mi chiede.

Scrollo le spalle e mi mordicchio il labbro inferiore. "Per non morire d'inedia, suppongo."

"Potresti sempre andare al college." Mi sbircia con un ghigno sulla faccia.

"E lasciarti qui da solo? Cosa faresti senza di me?"

Sorride, si china sulle sue scartoffie e, di fatto, mi congeda.

Mi rialzo in piedi con un sospiro e lo lascio al suo studio. Adoro stare con lui, ma mi mancano i giorni in cui si attaccava alle mie gambe o mi metteva le manine appiccicose sulle guance e mi diceva che ero la sua preferita al mondo.

Crescendo è diventato più chiuso, le crudeltà che ha passato come vittima di bullismo lo hanno costretto a nascondersi dietro le barriere che è stato costretto a erigere. Mi si diffonde nel petto un dispiacere che mi accompagna per tutto il tragitto fino al Vanilla Bean.

Un paio d'ore più tardi – dopo che ho incasinato due volte il latte macchiato e ho rovesciato un'intera tanica da quattro litri di caramello per terra – realizzo finalmente che oggi *non* è proprio la mia giornata. L'altra barista si è presa una giornata di ferie, quindi sono solo io, e per qualche ragione non riesco a svolgere una sola mansione senza combinare qualche disastro.

"C'è qualcuno qui che può prendere la mia ordinazione?" sbraita la voce di un uomo dalla sala principale.

Mi rialzo dal pavimento su cui sto ancora pulendo i resti di caramello e mi scosto i capelli dagli occhi, prima di sbirciare dietro l'angolo. Non l'ho nemmeno sentito entrare. "Salve! Mi scusi, mi dia solo un secondo."

L'uomo si acciglia, incrocia le braccia sul petto e al polso gli sfavilla un grande orologio. "Alcuni di noi hanno da fare. Sono qui da cinque minuti."

Mi sento lo stomaco trafitto dalla stizza. Lascio cadere sul bancone lo straccio pieno d'acqua, che sgocciola dal tessuto e va a finire sul pavimento, e mi dirigo verso la sala anteriore. "Sono mortificata per l'attesa, signore."

Sbuffa e tamburella con la mano sul bancone a un ritmo innervosito. Non sono nuova ai clienti maleducati - sfortunatamente nel settore terziario sono praticamente la maggioranza – ma oggi ho i nervi a fior di pelle e sento che la sfera infuocata al centro del mio stomaco sta ribollendo, ruotando e diventando sempre più grande, mentre le fiamme mi lambiscono tutte le pareti interne.

Mi incollo un sorriso sulla faccia. "Cosa posso prepararle?"

"Un caffè in tazza grande, senza latte."

Annuisco, tirando un sospiro di sollievo perché ha ordinato una bevanda semplice. Paga e io mi giro, prima di lanciare un'occhiata di sbieco alla piccola pozzanghera che si è formata sul pavimento, nel punto in cui lo straccio ha continuato a sgocciolare. Verso il suo caffè nella tazza nel momento esatto in cui suona il campanello sopra la porta d'ingresso, con un trillo che mi fa sobbalzare. Non faccio in tempo a girare la testa che slitto col piede sull'acqua, cosa che mi fa inclinare all'indietro e ustionare la pelle col caffè bollente. Avverto una fitta lancinante al coccige quando cado sul pavimento freddo, a occhi chiusi, e cerco di riprendermi dall'umiliazione quanto basta per rimettermi in piedi e *concludere* l'ordinazione di questo signore.

"Gesù *Cristo,* c'è qualcuno qui abbastanza competente da portarmi da bere?"

Il bruciore del caffè si mescola alle lacrime che mi si stanno accumulando dietro le palpebre.

Ma perché questo non va a *farsi fottere*?

Mi muovo con cautela sulle mani e sulle ginocchia, faccio dei respiri lenti e regolari per placare il battito cardiaco accelerato. Oggi non è di *certo* la mia giornata.

"E io che pensavo che gli uomini fossero tenuti a sapere come trattare una signora."

Mi si congela il corpo, la maglietta inzuppata di caffè mi si appiccica alla pelle, le mie mani fanno presa sulle piastrelle del pavimento. *Quell'accento.*

Il cliente furibondo si fa beffe dell'altro, picchiando la mano sul bancone per rimarcare le sue parole, mentre il suo orologio appariscente scandisce i secondi con un ticchettio netto. "E io che pensavo che sarei riuscito ad avere una tazza di caffè senza farne un caso nazionale."

Un rossore mi sale sulle guance e mi alzo lentamente in piedi, sussultando per il dolore che mi pulsa nella zona lombare. I miei occhi s'inchiodano nell'azzurro dell'oceano, l'uomo misterioso che ho incontrato l'altra sera è proprio qui, come se fosse stato strappato direttamente dai miei sogni e piazzato di fronte a me.

Benone. Doveva spuntare proprio nel clou della mia umiliazione.

Punto gli occhi sull'altro cliente, cercando di mantenere il respiro regolare e le mie reazioni sotto controllo, mentre sul viso mi si allarga un sorriso da un orecchio all'altro. "Sono terribilmente mortificata. Gliene preparo subito un altro, offre la casa."

Le sue labbra si incurvano all'ingiù, mentre mi guarda in cagnesco. "Ho già pagato. Prepara quel dannato caffè e basta!"

Mi si raggomitola lo stomaco su sé stesso, la mia mente è pervasa dalle immagini di me che gli preparo un'altra tazza di caffè e poi gliela lancio in faccia.

"Fermati." La voce del mio uomo misterioso mi fa vacillare.

Mentirei se dicessi di non aver pensato a lui negli ultimi due giorni, ma mai in un milione di anni mi sarei aspettata che si presentasse qui.

Si appoggia alla teca di vetro, col suo completo a tre pezzi perfettamente stirato che gli conferisce un'aria di raffinatezza che mette completamente in ombra l'uomo accanto a lui. "Hai la tendenza a lasciare che degli omuncoli si rivolgano a te in questo modo, tesoro?"

La vergogna mi ghiaccia le viscere. "No, io..." Mi schiarisco la gola. "È un cliente, tutto qui."

"Naa, amico, è che questa stronza non sa svolgere nemmeno un compito semplice."

Una risatina rimbomba dal petto del mio uomo misterioso, un rombo che vibra per tutto il locale. Torreggia già con la sua stazza sull'altro uomo ma, come un mutaforma, si tramuta, risucchiando tutta l'energia intorno a lui e usandola per aumentare la sua statura.

Non ho mai visto niente del genere e il mio sguardo è come ipnotizzato davanti a questa vista.

Si avvicina all'orecchio del cliente. "Il tuo orologio è piuttosto rumoroso."

L'uomo aggrotta la fronte. "Eh?"

Il mio uomo misterioso indica con un cenno il polso dello stronzo, puntando l'orologio tempestato di diamanti che risplende come un faro. "Il tuo orologio. Sta... *ticchettando.*"

"Okay, e?"

Lui fa un sospiro, e si porta una mano sulla parte inferiore della mascella per strofinarsela. I miei occhi seguono il movimento e realizzo quanto sia incredibilmente attraente, ancora di più alla luce del giorno, benché ci sia qualcosa in lui che urla che appartiene alle tenebre.

Il pezzo di merda si volta verso di me, sgrana gli occhi e picchia di nuovo la mano sul bancone, producendo uno stridore che mi gratta contro le viscere come chiodi su una lavagna. "Ti stai godendo lo spettacolo? Prepara il mio caffè."

Digrigno i denti. Se non fossi al lavoro, non mi sforzerei così tanto di mordermi la lingua, ma quest'impiego mi piace. È il primo che abbia mai ottenuto, e nonostante non ne abbia nemmeno lontanamente *bisogno*, è bello avere qualcosa che mi sono guadagnata per conto mio. Qualcosa che non mi è stato consegnato per via del mio cognome e del sangue che scorre nelle mie vene.

Per quanto io ami mio padre, a volte diventa pesante vivere alla sua ombra.

"*Non* fargli il caffè, tesoro." Il vezzeggiativo mi fa contorcere lo stomaco e i miei occhi volano tra i due uomini.

Il viso del cliente diventa vermiglio, ma non parla. Non ribatte. Presumibilmente perché anche *lui* riesce a sentire il potere irradiarsi dall'uomo in piedi al suo fianco.

Il mio sconosciuto si fa correre la lingua lungo il labbro inferiore, scatenando un forte indolenzimento che si diffonde in mezzo alle mie gambe. "È garbato," mormora, incrociando il mio sguardo. "Il modo in cui ti stai comportando. Dice di più sul tuo carattere che sul suo."

Mi sale il calore lungo le guance e la gratitudine mi illumina come le luci di Natale. Com'è possibile che quest'uomo sia riuscito a levarmi la mia umiliazione e a trasformarla in qualcosa di bello con poche, semplici parole?

"Vaffanculo," bofonchia il cliente.

Gli occhi azzurri dell'uomo misterioso si induriscono, un sorriso teso gli distorce le labbra. Si infila una mano in tasca, si avvicina all'uomo e gli sussurra qualcosa all'orecchio.

Allungo le orecchie, incapace di frenarmi dal cercare di origliare, ma lui parla a voce così bassa che è impossibile sentirlo. Qualunque cosa stia dicendo, l'uomo spalanca gli occhi, poi si gira e si precipita fuori dalla porta senza dire un'altra parola.

Resto congelata sul posto, col cuore che mi batte a mille nel petto mentre mi guardo intorno. Ed è solo allora che mi rendo conto che ci sono altre persone nel locale. Due giovani uomini, in piedi da un lato, entrambi in completo nero e con delle facce identiche. *Gemelli.*

Ero così concentrata su ciò che stava accadendo che non li ho nemmeno *visti*. Gli occhi dell'uomo misterioso si poggiano su di loro e gli fa un breve cenno del capo. Senza indugiare oltre, i due escono dal negozio e vanno in strada.

Curioso.

Lui riporta la sua attenzione su di me e, come una falena attratta da una fiamma, sono risucchiata nel suo sguardo e ogni interrogativo svanisce in fondo alla mia mente.

"Stai bene?" mi chiede.

Il mio cuore sussulta. "Sì, sto bene. Grazie,

comunque, per aver preso le mie parti."

"Era un mascalzone, tesoro." I suoi occhi brillano. "Non era degno di sentire il sapore dell'aria che respiri."

Le mie guance avvampano. Avevo dimenticato quanto fosse diretto – e quanto la sua presenza ti divori se gli stai accanto.

"Se lo dici tu." Sorrido, guardando le mie unghie rosa prima di alzare gli occhi su di lui. "Cosa vorresti?"

"Un appuntamento."

Il mio respiro vacilla, il mio stomaco fa una capriola. "Un... cosa?"

Sogghigna, sollevando un angolo della bocca. "Penso che tu mi abbia sentito."

Inarco un sopracciglio, e quello stesso fuoco che ho avvertito due giorni fa si riaccende. "Ti ho sentito."

"Fantastico." Lancia un'occhiata ai tavoli vuoti. "Quando stacchi dal lavoro?"

Appoggio le dita sul bancone. "Grazie per il pensiero, ma... ho già degli impegni stasera."

"Esatto," ribatte. "Con me."

L'irritazione mi risale nello stomaco. "*Non* con te. Dio, sei un dannato arrogante, non è vero?"

Colgo uno scintillio nel suo sguardo. "Ecco di nuovo quella tua bocca sconcia."

Sorrido, e il mio cuore trasalisce mentre mi martella contro il petto.

Si sporge in avanti sul bancone. "Dimmi il tuo nome."

"Non sei riuscito a trovarlo, pur avendo scoperto in qualche modo dove lavoro?" Piego la testa da un lato.

Ridacchia e si drizza sulla schiena, arroventandomi col suo sguardo. "È stata una felice coincidenza, te lo assicuro."

"Come ti chiami?" ribatto io.

"Io sono James." Allunga una mano da sopra il bancone.

Mi si contraggono le budella e mi affondo i denti nel labbro inferiore. Adagio, sollevo il mio braccio e faccio scivolare il mio palmo nel suo, e il calore della sua pelle mi risale lungo il braccio. "Wendy."

"Wendy." Gira la mia mano e se la porta alle labbra. "È un *piacere*."

Il calore guizza al centro del mio corpo.

Il campanello suona sopra la porta, una giovane donna entra con dei bambini e io tiro via la mano dalla sua, prima di lisciarmi il grembiule.

Il lato sinistro della sua bocca si solleva, i suoi occhi non lasciano il mio corpo nemmeno per un istante. "Ci vediamo, Wendy, tesoro."

E a quel punto si gira ed esce dalla porta, e la donna che è appena entrata lo fissa a bocca leggermente aperta.

Non posso dire di biasimarla.

Faccio un respiro profondo per placare la mia agitazione e ignoro il calore che all'improvviso divampa nella mia pancia. Non ho mai ricevuto le attenzioni che mi riserva lui, e non posso fare a meno di domandarmi se faccia così con tutti - come se il suo mondo smettesse di girare e se il suo asse si inclinasse solo per te.

A ogni modo, mi piace.

È solo qualche ora più tardi, dopo che ho chiuso il negozio e mi sono preparata per la mia serata film con Jon, che mi sovviene che non ha ordinato nulla da bere. Un piccolo sorriso mi illumina il viso e le farfalle mi esplodono nello stomaco al pensiero che forse, dopotutto, lui era lì per me.

Dovrebbe farmi scattare un campanello d'allarme, e invece mi sento inondata dall'eccitazione.

E, quella sera, quando vado a letto, sogno l'oscurità e il blu ceruleo.

James.

6
JAMES

La mia scarpa tamburella contro le mattonelle in pietra del seminterrato del JR. Sorrido al ricordo della discussione che ho dovuto fare con Ru quando le ho fatte installare, perché lui avrebbe preferito tenere il cemento. Ma ho insistito. Il cemento è poroso, più difficile da pulire. Alla fine, mi ha ringraziato, una volta che si è reso conto che avere una prigione di cemento nei sotterranei di un locale avrebbe destato molti più sospetti quando i federali fossero venuti a ficcare il naso.

Cosa che fanno ogni manciata di anni.

Tanto più dopo che Ru ha sprovvedutamente sparato a un uomo in pieno giorno, aspettandosi di passarla liscia.

Se si fosse trattato di chiunque altro, l'avrei lasciato marcire. Dopotutto, l'unico modo per crescere dai propri errori è subirne le conseguenze. Ma qui stiamo parlando di *Roofus*. E se Ru è la sabbia, io sono l'onda che lava via le impronte.

Quindi, sono corso ai ripari. E ora abbiamo i federali sul nostro libro paga, ci concentriamo sulla nostra concorrenza e ci assicuriamo che sulle loro scrivanie non passi alcun fascicolo con i nostri nomi scritti sopra. Abbiamo carta bianca, purché le loro tasche ne escano più piene e le loro famiglie restino in vita.

I *Bimbi Sperduti* - come ci hanno affettuosamente definiti i giornali – non hanno freni.

Sono sicuro che sarebbe uno shock per le persone che non capiscono il gioco. La maggior parte degli americani vive nell'illusione che tutto funzioni come dovrebbe; che il governo e le persone che prestano giuramento proteggano e servano *sul serio.*

Lo fanno. Solo che proteggono e servono me al posto degli altri.

Ed è uno dei motivi per cui trovo *tanto* incantevole che Peter Michaels e sua figlia siano venuti proprio nella fossa dei leoni. Peter è un uomo potente. Ma in questo posto il suo nome non conta nulla. I suoi soldi non sono altro che carta colorata.

Gli abitanti di questa città rispondono a *me.*

Incluso questo penoso surrogato di un essere umano che è legato alla sedia di metallo al centro della stanza. Quello che si è persuaso di poter dare a Wendy Michaels della stronza senza andare incontro a nessuna conseguenza. Non sopporto la mancanza di rispetto, specialmente quando qualcuno sta esercitando un potere malriposto su una donna che ho in progetto di possedere personalmente.

"Allora," esordisco, con le mie scarpe che tintinnano sulle piastrelle mentre mi sposto di fronte a lui. "Eccoci qui." Sorrido, sollevando le braccia ai lati.

L'uomo scatta contro le fascette che lo tengono legato, con due occhi arrossati e spalancati. Farfuglia qualcosa, ma è difficile sentire quello che dice, dato che ha del nastro adesivo che gli copre la bocca.

Il mio sorriso si allarga e mi sporgo in avanti. "Scusami, credo di non aver capito."

Mi volto verso i gemelli: due fratelli che sono alle mie dipendenze da quando li ho trovati a mendicare all'età di quindici anni. Sono identici e li confondevo talmente spesso che alla fine ho smesso di chiamarli per nome.

"Voi lo avete capito?" chiedo loro.

"No, Hook. Io non sono riuscito a sentire niente,"

risponde uno di loro.

"Mm." Torno a guardare l'uomo legato di fronte a me, mentre mi picchietto le labbra con un dito. "È difficile sentirti con quello scotch. Forse dovremmo togliertelo."

Il gemello numero uno annuisce e si avvicina, prima di strappare il nastro adesivo. Gli occhi dell'uomo si contraggono in un'espressione di dolore, e dato che lo scotch gli è stato levato dalla pelle con uno strappo brusco, ora ha la bocca tutta irritata.

"Ecco." Annuisco. "Ora... cos'è che vorresti dire?"

"Vaffanculo, amico," sputa.

La stizza guizza nel profondo del mio petto, mentre osservo la saliva che si è accumulata sul pavimento all'altezza del punto in cui è colata dalla sua bocca disgustosa.

"Dovrei andare affanculo *io*?" Mi indico, ridacchiando mentre mi incammino verso il tavolo di metallo accostato al muro e mi sbottono la giacca. "Trovo sempre divertente quando un uomo non riesce ad accorgersi che la sua vita è in pericolo. Ritengo che, di solito, sia per uno di questi due motivi. Ti va di ascoltarli?"

Il silenzio è la mia unica risposta.

"È piuttosto interessante, te lo assicuro." Prendo i guanti neri, me li infilo e muovo le dita una volta che sono avvolte nel cuoio, crogiolandomi nella sensazione che mi dà a contatto con la pelle. "O è una questione di orgoglio, o è mancanza di consapevolezza. Ma sono entrambe delle circostanze terribilmente sconvenienti."

La trepidazione mi ribolle nello stomaco.

"Sai in quale caso ricadi tu?" Mi giro, frugo in tasca ed estraggo il mio uncino. Lo apro e me lo intreccio tra le dita mentre mi dirigo a passi lenti verso la sua sedia, prima di fermarmi proprio di fronte a lui.

Non risponde, i suoi occhi seguono il movimento della mia lama. Mi avvicino e le sue braccia strattonano le fascette, facendo raschiare la plastica contro lo schienale di metallo della sedia.

"No?" Inclino la testa. "Se lo chiedessi a me..." La punta del mio uncino sfiora la sua guancia, mentre passeggio dietro di lui. "A te manca quel tipo di consapevolezza necessaria per cogliere il pericolo. Per *percepirlo* davvero. Perché, vedi, se ce l'avessi..." La mia mano col guanto si posa sulla sua spalla. "Avresti intuito da solo che non era il caso continuare a mancare di rispetto a Wendy Michaels in mia presenza."

"Senti, non so chi… chi tu sia, ma se si tratta della caffetteria, mi dispiace, amico," balbetta, e la sua voce si fa più acuta e tesa.

Mi rammarico. "Ecco la perdita dell'orgoglio. È un peccato che non me la possa gustare."

"Lasciami andare! Farò qualunque cosa, andrò a scusarmi con quella ragazza, se è questo che vuoi. Solo... *per favore*." Dalle sue parole trapela il panico.

Stringo la presa e mi chino finché la mia faccia non è vicina al suo orecchio. "*Smettila* di parlare, o ti taglierò la lingua e la darò in pasto ai cani mentre sanguini su tutto il tuo vestito di poliestere scadente."

Il suo corpo si irrigidisce sotto la mia mano, ma non spiccica una sola parola.

Mi drizzo e gli do una bella strizzata alla spalla. "Bravo ragazzo."

Faccio il giro per tornare davanti a lui, abbasso lo sguardo sul suo corpo tremante, mentre la mia ombra proietta su di lui un'aura inquietante, che in qualche modo allude all'oscurità nel suo futuro.

"Dov'era quest'istinto di autoconservazione alla caffetteria, amico mio?" Mi si allarga il sorriso sulle labbra. "Avremmo potuto risparmiarci tanto di quel tempo se solo tu fossi stato al posto tuo."

La mia testa si inclina quando lui non risponde, il mio intestino si contrae per l'esaltazione davanti alla paura che turbina nel suo sguardo fangoso. Mi avvicino e mormoro a bassa voce: "Ti ho fatto una domanda."

"Non… non… lo so... però... mi dispiace... per favore, la… lasciami andare."

"Ecco, era così difficile?" Mi giro verso i gemelli. "In tutta onestà, trovo scortese che così spesso la gente non risponda quando gli si rivolge parola." Mi giro di nuovo verso l'uomo e noto la chiazza bagnata che gli si allarga sulla parte anteriore dei pantaloni e fa diventare scuro e umido il tessuto grigio chiaro. Se la sta facendo sotto, senza dubbio.

Mi si forma un ghigno sul viso e mi sfugge una risatina dal petto. "Rilassati, *amico*. Stavo solo scherzando sul fatto di tagliarti la lingua."

Tic-tac.

Tic-tac.

Tic-tac.

Un brivido mi graffia le viscere e mi fa girare la testa di scatto. Respiro profondamente dal naso, cercando di placare la passata di nausea che sta montando come un incendio incontrollato.

Perdo la battaglia.

Mi lancio in avanti e abbranco il viso dell'uomo tra le mie dita guantate. Grugnisce per il dolore. "Ti ho già detto una volta quanto sia assordante quello spregevole marchingegno, eppure ti ostini a indossarlo in mia presenza?"

Strabuzza gli occhi e gli colano le lacrime sulle guance rubiconde.

Tic-tac.

Tic-tac.

Tic-tac.

Quel ticchettio mi fa rinsecchire le budella, i ricordi tornano a galla e mi fanno tornare in mente tutte le volte che sono stato totalmente impotente. Tutte le volte che sono stato forzato ad assumere posizioni prive di ogni dignità e rispetto. Tutte le notti che ho passato a letto quando avevo undici anni, appena andato via dall'Inghilterra e a lutto per la morte della mia famiglia, a domandarmi perché mai Dio avesse lasciato in vita proprio *me*.

Cosa avevo fatto di tanto sbagliato?

Mi si rivolta lo stomaco e mi viene altra nausea, la bile mi ustiona il fondo della gola, mentre mi gira la testa con tutti quei flashback. Sono accerchiato dallo schiocco degli stivali di coccodrillo di mio zio sulle assi del pavimento di legno. Avverto una morsa al petto al ticchettio del suo orologio da taschino, quel *tic-tac, tic-tac, tic-tac* che spilla nel silenzio della notte quando mio zio si richiudeva la porta della mia camera da letto alle spalle.

Il livore si diffonde dal centro del mio stomaco, denso e pesante, mi scoppia nelle viscere, e l'esplosione mi acceca finché non riesco a vedere altro che fuoco.

Afferro la mascella dell'uomo fino a che non gli si deformano le labbra e costringo la sua bocca a formare una O. Allungo l'altra mano, quella con cui brandisco il coltello, raggiungo l'orifizio aperto e gli uncino la punta della lingua, tirandola fino a quando non urla e il suo corpo si dimena contro la sedia. La sensazione della mia lama che trafigge la carne polposa mi fa correre un brivido di soddisfazione lungo la spina dorsale.

"Beh," commento, mentre recido l'ultimo brandello di tessuto connettivo, e lo *strappo* del muscolo mi fa sogghignare. "Suppongo di aver mentito."

Lancio l'inutile pezzo di carne da qualche parte dietro di me, gli arpiono l'ascella col mio uncino e affondo la lama fino a quando il bordo del manico non incontra la pelle, poi lo strattono via. Dalla sua arteria ascellare parte uno spruzzo di sangue, e sento il liquido caldo schizzarmi sul viso.

Il sangue gocciola lungo il mio braccio mentre sollevo il coltello dietro di lui. Si avverte lo *scatto* della fascetta tagliata, che si perde nelle urla imbrogliate di agonia che gorgogliano dalla sua bocca senza lingua, ma piena di sangue. Porto il suo braccio verso il lato della sedia, brandisco il bordo acuminato del manico del mio uncino, lo sbatto sull'orologio e le schegge di vetro scintillanti piovono sul pavimento.

"Non." Ripeto il medesimo gesto. "Mancarmi." Gli si spezzano le ossa del polso all'impatto. "Mai più." Ora è il turno delle dita. "Di rispetto."

Scaravento le mie braccia verso il basso ancora e ancora, finché non me le sento sfibrate a furia di ripetere lo stesso gesto. I capelli mi cadono sulla fronte, ho le sopracciglia leggermente velate di sudore. Impugno l'uncino dall'altro lato e la furia che mi arde nell'anima mi sprona a mozzargli completamente la mano. In questo modo mi assicurerò che quest'uomo non abbia mai più il controllo delle mie reazioni.

Come ha anche solo osato pensare di poterlo avere?

Il mio coltello sega i tendini e i vasi sanguigni fino a incontrare l'osso. Gli lascio l'inutile estremità penzoloni, la pelle mutilata e irriconoscibile.

Vado avanti, praticandogli degli squarci sul torso – uno per ogni *tic-tac* che mi ha costretto a sopportare.

Le urla farfugliate si smorzano, così come il ticchettio del suo orologio – e man mano che svaniscono, scema anche la mia rabbia.

Lentamente, gli incubi scompaiono e i miei occhi rimettono a fuoco. Punto lo sguardo in basso, in preda all'affanno, e noto gli schizzi di sangue sulle parti esposte della mia pelle e sul tessuto dei miei abiti.

Faccio scrocchiare il collo, prima di immergermi nel meraviglioso suono del *silenzio*.

I miei occhi si spostano dai gemelli, che stanno poltrendo dal capo opposto della stanza, all'uomo legato di fronte a me, con gli occhi vacui, la bocca spalancata e il corpo senza vita inzuppato del sangue colato dai lunghi squarci frastagliati lungo tutta la sua sagoma. Il braccio gli penzola a una strana angolazione, una pozza di carminio si è formata sotto la pelle screziata. Mi avvicino, e il vetro dei frammenti rotti del suo orologio mi scricchiola sotto le scarpe.

Il senso di oppressione al petto si attenua e faccio un respiro soddisfatto. Torno verso il tavolo di metallo, mi tolgo i guanti e recupero la giacca del completo prima di girarmi per uscire dalla porta. Occhieggio i gemelli, che si sono raddrizzati e staccati dalla parete, e mi fermo sui miei passi quando il mio piede schiaccia qualcosa di morbido. Guardo a terra e il divertimento mi scorre nelle vene non appena trovo la lingua mozzata schiacciata sotto la suola della mia scarpa.

Lancio un'ultima occhiata ai gemelli, mentre mi passo una mano tra i capelli. "Ripulite tutto quanto e accertatevi che non fosse nessuno di importante."

Annuiscono e io esco dalla stanza. L'adrenalina sta facendo sprizzare tutte le cellule al di sotto della mia pelle, il mio sangue pompa all'impazzata e ho il cazzo duro per il brivido dell'uccisione.

C'è qualcosa di stranamente gratificante nel diventare il giudice, la giuria e il carnefice di qualcuno. Un tipo di brivido che non può essere replicato. Un brivido che ti scorre dentro e ti fa sentire inarrivabile. Infallibile.

Come un *dio.*

Salgo la rampa di scale sul retro ed entro nell'ufficio, prendo una busta di plastica e mi sbottono la camicia, seguita dai pantaloni. Mi tolgo di dosso tutto il tessuto intriso di sangue, di modo da farlo gettare via da uno dei ragazzi.

Dopo essermi messo i vestiti di ricambio che tengo sempre appesi nell'armadio, mi siedo sulla poltrona, poggio i piedi sulla scrivania e accendo un sigaro per godermi il suo sapore terroso. Clicco sullo schermo del computer e apro una foto di Peter Michaels e della sua famiglia. La brama mi fa venire i crampi allo stomaco quando mi concentro sulla faccia di Wendy e immagino come sarebbe averla sotto di me, farla sottomettere pienamente a me prima di spezzarla e rispedirla in una casa senza il padre.

Gemo, mi strofino il cazzo al di sopra dei pantaloni, mentre mi pulsa al di sotto della cerniera lampo.

Wendy Michaels è un bocconcino delizioso, e io non vedo l'ora di gustarmene ogni singolo morso.

7

Wendy

"Ma per cena verrai a casa?" Odio il modo in cui suona la mia voce, intrisa di un tono implorante, nella speranza che mio padre venga effettivamente a casa.

Avverto il debole fruscio della carta di sottofondo. "Non ce la faccio per stasera, amore, ma ce la metto tutta per il fine settimana."

Mi mordicchio il labbro inferiore, rosicchiandomi la carne. Mio padre è sempre stato un uomo impegnato, ma prima trovava sempre del tempo per me. Nel corso degli anni, a poco a poco si è allontanato sempre di più, e ora non so come raggiungerlo. Non so nemmeno come fargli capire che anche noi abbiamo bisogno di attenzioni.

"Non sei mai nemmeno passato dalla nuova casa, papà. È un po'... non lo so."

Sospira. "Cosa ti aspettavi, Wendy? Sai come stanno le cose."

Non voglio che Jon debba continuare a crescere per fatti suoi.

Ce l'ho sulla punta della lingua, ma lo ingoio, augurandomi che, se mi mordo la lingua, forse verrà a casa. "Che stai facendo, comunque?"

Sospira di nuovo, e stavolta colgo distintamente una

voce femminile di sfondo.

Il mio stomaco si tende e la mia mano stritola il telefono. "Sei a Bloomsburg, almeno?"

Si schiarisce la gola. "No, al momento no."

Sbuffo stizzita, mentre il risentimento fluttua come una nuvola temporalesca al centro del mio petto. "Papà, avevi *promesso* che, dopo il trasloco, saresti stato di più con noi."

"Ci sto. Ci *starò*."

Mi bruciano gli occhi. "Allora perché sei ancora... altrove?"

C'era un tempo in cui pensavo che fosse stato mio padre a mettere la luna in cielo. Lo seguivo ovunque e facevo di tutto con lui. Tanto che mi soprannominò la sua 'piccola ombra.' Ma, quando sono cresciuta, le cose sono cambiate. Lentamente, sono stata spinta verso il retro dell'autobus, finché a un certo punto non ero più nemmeno nel suo stesso veicolo. Scaricata come un bagaglio superfluo.

A volte mi chiedo se per Jon sia più facile, visto che non ha mai nemmeno saputo come fosse prima. Nostro padre non gli ha mai dato le attenzioni che ha riservato a me. Eppure, farei quasi qualunque cosa per riavere l'amore di mio padre come lo avevo una volta, e farei ancora di più per garantire a Jon di poterlo assaporare per la prima volta.

Non penso che mio padre sia un uomo cattivo, penso solo che la sua sete di avventura abbia surclassato il suo bisogno di una famiglia, fino al punto che, da qualche parte lungo il cammino, ha direttamente dimenticato di averne una.

"Sentiamo solo la tua mancanza, tutto qui." Deglutisco il groppo che ho in gola, farcito di tutte le cose che voglio dire. "Grazie, comunque, di aver messo Jon a studiare a casa."

"Sì, a tal proposito, ho cambiato idea. Lo manderò in un ottimo collegio fuori Bloomsburg."

Mi si stringe il cuore nel petto. "*Cosa?*"

"L'altro giorno ho conosciuto il preside, e mi ha assicurato che sarebbe il posto più indicato per lui."

Mi si mozza il respiro quando realizzo che ha avuto un appuntamento con uno sconosciuto, ma non riesce a trovare il tempo per i suoi figli. "Un collegio? Papà, lo *odierà*. Sai come vanno i suoi rapporti con gli altri ragazzi."

"Beh, questi sono dei ragazzi diversi."

"Papà..."

"Wendy," mi scimmiotta. "Ascolta, non è in discussione."

Stringo ancora di più il cellulare fra le dita. "Perché?"

Esita e si schiarisce la gola *di nuovo* - è il gesto che fa sempre quando sta cercando di evitare un argomento. Prende tempo, mentre formula i suoi pensieri, prima di lasciarseli sfuggire sotto forma di parole tangibili nell'aria. "Il preside è un mio socio in affari. Mi ha assicurato che questa sarà la soluzione migliore."

La mia mente ripercorre la conversazione che ho avuto con Jon l'altro giorno, il relax nelle sue spalle mentre parlava di aver ottenuto di poter restare a casa. E, di punto in bianco, un filo di rancore si infiltra al centro del mio petto, prima di dispiegarsi come fumo e arricciarsi intorno alle mie estremità. L'unico motivo per cui mi sono trasferita qui è per stare con Jon, per cercare di riunire la nostra famiglia spezzata. Mio padre ha promesso che sarebbe stato di più a casa, che Bloomsburg era il posto perfetto per stabilirsi, mettere radici e smetterla di vivere per gli altri.

E ora mi porterà via l'unica persona che ho. E io resterò qui. A lavorare in una caffetteria e vivere in un palazzo. Da sola. *E per cosa?*

Stringo forte gli occhi e soffio fuori l'aria. "Quando glielo dirai?"

"Resta a casa per un'altra settimana, quindi tornerò per comunicarglielo."

"Papà, *non puoi* lasciare che sia io a prendermi carico di questa situazione. Ha bisogno di sentirselo dire da te.

Ha bisogno che sia tu a spiegargli i motivi."

Ho i crampi allo stomaco davanti alla consapevolezza che posso parlare fino a farmi venire mal di gola, ma questo non cambia il fatto che, in qualche momento indefinito, mio padre ha smesso di ascoltare quello che avevo da dire. E per ogni giorno in più che nostro padre passa lontano - un ennesimo viaggio d'affari o un'altra meta da visitare che non include noi - scivola sempre più fuori dalla nostra portata. Via, in un posto che nessuno potrà mai raggiungere, neanche se lo volessimo.

"Lo capisco, tesoro, lo so. Ci penserò io quando torno a casa. Mi dispiace per la cena."

Clic.

Ingoio il risentimento e do un'occhiata al camino e alla foto di noi due che vi ho messo sopra, nella speranza che mi ricordasse giorni migliori. Nella speranza che li ricordasse anche a lui. Sono a cavalcioni sulle sue spalle, con due grandi sorrisi che riempiono i volti di entrambi. Mi chiedo quando sia avvenuto il cambiamento. Mi domando se non sia stata io a cambiare e a diventare troppo grande per la mia visione ingenua e fiabesca, o se sia stato lui a regredire dopo la morte di nostra madre. Anche se, in tutta onestà, è successo già prima di allora.

Forse le persone non cambiano *mai* e sono solo le nostre percezioni ad alterare la vista.

Mi squilla il telefono nel momento in cui lo metto giù e la speranza inespressa si diffonde come una spirale al centro del mio corpo, nonostante *sappia* già che non può essere di nuovo mio padre.

E, ovviamente, non lo è. È Angie.

Angie: Al JR stasera, bellezza! Non dire di no. Passo a prenderti alle sette.

Mi si capovolge lo stomaco mentre leggo il suo messaggio, e la mia mente vola all'istante al bellissimo sconosciuto che mi ha chiesto di uscire e poi è scomparso per giorni.

Lui ci sarà?

Mentre mi mordicchio il labbro inferiore, scrivo una risposta.

Io: Va bene. Contami.

8
JAMES

"Peter Michaels vuole un incontro."

Il mio cuore si stringe nell'istante in cui il suo nome passa sulle labbra di Ru. "Questo lo so già, Roofus. Non hai parlato di altro per tutta la settimana."

Ru aggrotta la fronte. "Non fare il saputello. È... com'è che dici tu? *Sconveniente*."

Le mie labbra si piegano al suo tentativo di parlare con l'accento britannico, anche se, a essere onesti, nemmeno il mio è più così marcato come una volta. Con gli anni si è affievolito fino a che non è diventato uno strano miscuglio, non proprio britannico, ma ben lontano dall'americano.

"Vuoi arrivare al punto?" lo incalzo.

"Il *punto* è che ho bisogno che tu venga con me."

Mi lascio uscire un sospiro, mi sbottono la giacca e mi accomodo dall'altro lato della sua scrivania. "Vuoi ricordarmi per quale motivo non sono potuto venire la prima volta?"

I suoi occhi si stringono. "Perché metti la gente in soggezione."

Le sopracciglia si alzano fino a fissarsi all'attaccatura dei capelli, e mi indico con la mano. "Io?"

Sghignazza. "Non fare il finto scemo, ragazzo. Sappiamo entrambi che hai questa..." Il suo braccio oscilla tra di noi. "Tua peculiarità. Ad alcuni uomini potenti non mette a proprio agio."

Mi rimangio il mio sorrisetto compiaciuto. "*Tu* sei un uomo potente, eppure eccoci qui."

Ru sogghigna, rotolandosi un sigaro tra le labbra. "Io conosco la tua lealtà. Lavori per *me*." Scrolla le spalle. "Non sono in pensiero per il mio posto in questo mondo, né sono in ambasce per il tuo ruolo su questa terra."

Per quanto apprezzi il sentimento dietro le sue parole, mi provocano comunque un crampo al centro dello stomaco. Ru può pure credere di conoscere il mio scopo in questa vita, ma nemmeno lui sa la verità. Non sa che mio padre ha lasciato l'America quando aveva poco meno di vent'anni ed è diventato l'uomo d'affari più importante di tutta l'Inghilterra. Non sa che sono nato in mezzo agli agi e che, fino alla sua morte, io non ho mai ammirato nessuno al mondo più di lui. Ru *non ha idea* che, da quando mio padre è morto, ogni secondo della mia vita è stato incentrato sulla vendetta contro il responsabile.

Una fitta fantasma mi spacca il fianco e le mie nocche si tendono nel tentativo di frenare l'impulso di sfiorarmi la cicatrice frastagliata che mi deturpa il busto.

Alcuni uomini vengono al mondo con uno scopo - altri lo trovano dopo essere stati mutilati.

Un'emozione indesiderata minaccia di insinuarsi in questo istante, uno strano dolore che tenta di gravarmi sul petto. Stringo la mascella mentre la spingo indietro. Il tempo dell'afflizione è passato da un pezzo. Ora è semplicemente la sete di vendetta a farmi andare avanti.

Mi sporgo in avanti sulla poltrona, mentre le fiamme dello scopo della mia vita mi accarezzano con il loro allettante ardore. "Allora... quando ci vediamo?"

Ru sorride. "La settimana prossima."

"Perfetto, ho dei programmi per le prossime serate, sarebbe un peccato se andassero a monte."

"Cioè?"

Faccio un cenno del capo, poiché non mi va di scendere nei dettagli – non ho voglia di vendere la pelle dell'orso prima di averlo catturato. Voglio che Wendy venga di sua spontanea volontà. Voglio che sia il vanto brillante al mio braccio, mentre la mostro al mondo intero. Voglio vedere la faccia di suo padre quando mi porterà a casa a cena.

Mi si insinua un sorriso sulle labbra. "Un *progetto*, se vogliamo."

Ridacchia, facendo scorrere la mano sulla parte anteriore del viso. "Fanculo, ragazzo. Se avessi il tuo aspetto, sarei a mollo nella fica tutti i santi giorni. Sono già abbastanza sorpreso che tu dimostri tutta questa moderazione."

Contraggo i muscoli della mascella e ingoio il disgusto davanti alla visione che le sue parole generano. Come se dovessi rinunciare al controllo per il piacere sessuale. Provare degli impulsi è una cosa, smarrirsi nella tentazione è un'altra. E anche se sì, posso usare Moira per tenere a bada i miei impulsi più oscuri, non ne avverto mai la *necessità*. Anni passati nelle mani di un uomo che perdeva spesso la testa mi hanno insegnato che il controllo è essenziale. E per quanto scopare e venire allevino lo stress, è solo a questo che si riducono. Non servono mai per un reale diletto.

"Stasera ci sei, invece?" chiede Ru, con gli occhi che vagano sul piano della sua scrivania e una vulnerabilità che gli si insinua nelle parole – talmente sottile da essere quasi impercettibile.

Annuendo, mi alzo in piedi e mi dirigo verso l'ingresso del suo ufficio. "Certo, Roofus."

Infilo la mano nella tasca della giacca e prendo la scatolina che ho portato con me oggi. Ru non è un grande patito di regali, ma va pazzo per i suoi accendini. Ha riempito un'intera teca con la sua collezione. Questo qui è speciale. Un ST Dupont personalizzato, tempestato di rubini rossi e un'iscrizione sulla parte frontale.

Dritto fino al mattino.

È il primo consiglio che mi ha dato lui, e da allora non me lo sono mai più levato dalla testa. Strofino le lettere con il pollice e la mia mente torna a quella notte.

Con il respiro affannoso per lo sforzo, sbircio attorno all'edificio. I mattoni mi si sgretolano sotto le dita – la riprova di quanto sia trascurata l'area nel suo insieme. Non siamo in una bella zona della città, e la mia mente corre, facendomi domandare chi sia l'uomo che ho seguito fin qui e cosa faccia di mestiere per riuscire a sentirsi così a suo agio in una zona da cui persino mio zio mi ha detto di stare alla larga.

"Sta' lontano dalla piazza del paese con la torre dell'orologio."

I capelli rosso rubino dell'uomo ondeggiano quando si sposta dalla veranda anteriore della costruzione e il tessuto verde sbiadito della tenda da sole gli fluttua sopra la testa. Dice qualcosa e i ragazzi con cui sta fanno un cenno d'assenso del capo prima di entrare, lasciandolo solo. Lo sconosciuto si torce con un movimento repentino e mi fa salire il cuore in gola. Sussulto, nascondendomi dietro l'angolo, e avverto la ruvidezza dei mattoni contro la schiena, persino attraverso il tessuto della mia maglietta.

Dopo qualche respiro profondo, sbircio di nuovo oltre lo spigolo, ma stavolta me lo ritrovo in piedi proprio di fronte, con le mani in tasca e gli occhi grigi scintillanti di divertimento.

"Mi stai seguendo, ragazzo?"

Il suo accento è netto, la sua 'R' suona come una 'A' strascinata, e i miei occhi si spalancano mentre lo guardo e annuisco. Non sono mai stato un bravo bugiardo.

Forse dovrei avere paura, ma non ne ho. Il mostro più grande di tutti è quello che siede alla mia stessa tavola all'ora di cena. La paura ha fermentato da un pezzo in fondo alle mie viscere come un calderone gorgogliante, e sta aspettando che io impari a padroneggiare la miscela per poterla utilizzare come veleno. Quindi, anche se magari non ha senso, quest'uomo non mi spaventa. Mi suscita speranza.

Un nemico del mio nemico è un mio amico.

"Beh, hai avuto la mia attenzione," continua. I suoi occhi mi esaminano, le sue labbra si incurvano agli angoli. "Sei il figlio di Croc?"

Inarco le sopracciglia al nome. "Non so chi sia," rispondo.

"Croc?" Si passa la mano sul viso, mentre reclina la testa verso il cielo. "Ah, merda. Tu sei... ti ho visto che ci spiavi dal corridoio prima. Che diavolo sei venuto a fare fin qui?"

Lo stomaco mi si stringe in una morsa, la vergogna mi scorre nelle viscere quando realizzo di non essere stato furtivo come pensassi. Lui ha capito che ero lì fin dall'inizio. La nausea mi solletica la gola quando rifletto che potrebbe essersene accorto anche mio zio. Mi passo una mano tra i capelli. "Non fa niente. È una scemenza."

Mi giro per andarmene, ma una presa ruvida sulla mia spalla strattona il mio corpo fino a quando non mi volto di nuovo. "Non andartene via quando qualcuno ti fa una domanda, ragazzo. Hai già fatto tanta strada. Ormai tira dritto, non trovi?"

La mia fronte si accartoccia mentre registro le sue parole. "Dritto fin dove?"

Indica la torre dell'orologio che si trova al centro della piazza della città, con la luna e le stelle che brillano sullo sfondo. "Dritto fino al mattino."

Piego la testa da un lato. "Che significa?"

Mi mette un braccio intorno alle spalle e mi attira a sé. "Significa che non devi mai fermarti finché non ottieni quello che vuoi. Anche se dovesse volerci tutta la dannata notte. Comprendi?"

Sorrido al ricordo e lancio il regalo sulla scrivania. "Roofus," lo redarguisco. "Avanti, pensavi davvero che me ne fossi scordato?"

Ru grugnisce e mi liquida con un gesto della mano, ma colgo il peso che gli scivola via dalle spalle e le sue labbra che si piegano.

Come se potessi mai dimenticare il compleanno dell'uomo che mi ha salvato.

Jason è uno spacciatore da quattro soldi che si fa chiamare Nibs. È il tipo che va in giro con le canottiere intime tutte sporche e pensa che una catena d'oro al collo lo faccia sembrare un duro, ma ha sempre fatto un discreto lavoro nel vendere la nostra polvere magica. Ultimamente, tuttavia, fa fatica a tenere la bocca chiusa. Sta cercando di scatenare una rivolta con gli altri miseri delinquenti che battono le mie strade ma che, eppure, sono persuasi che siano le loro.

Jason cambia posizione sul divanetto di fronte a me, mentre mi accendo un sigaro. Le luci fioche del locale proiettano un'ombra sul suo viso e mettono in risalto le gocce di sudore che gli si stanno formando lungo l'attaccatura dei capelli. Non sono del tutto sicuro che sappia chi sono io: gli spacciatori di basso livello normalmente non godono del privilegio di incontrarmi di persona.

"Jason, sai perché sei qui?" gli chiedo.

"Perché lavoro per te?"

Faccio roteare il sigaro tra le mie labbra prima di appoggiarlo sul posacenere. Avverto la robustezza del tavolo sotto i miei gomiti. "Esatto, Jason. Tu lavori per me."

Contrae il viso.

"Te ne sei dimenticato?" Inclino la testa.

"No," bofonchia.

Mi sporgo in avanti. "*Nossignore.*"

Lancia un'occhiata ai gemelli ai suoi lati, e il suo pomo d'Adamo oscilla quando deglutisce a fatica.

"Non guardare loro," gli faccio presente. "La tua occasione di avere a che fare con i gemelli è passata da un pezzo. A dire il vero," mi gratto il mento con le dita, "sei stato tu a decidere di allontanarli a suo tempo. Quindi ora dovrai vedertela con me. Intesi?"

Si schiarisce la gola. "Uh... s…sì, sissignore."

"Bravo ragazzo." Sorrido, rilassandomi nella mia seduta. "Mi sono appena reso conto che non hai da bere. Devi avere sete. Ti va un drink?"

Faccio un cenno a Moira, che si avvicina con le mani piantate sui fianchi. Gli occhi di Jason rimbalzano tra me, i gemelli, Moira e poi tornano su di me. Apre la bocca per parlare, ma un movimento all'ingresso del locale mi distrae da qualunque cosa stia dicendo.

Come un faro di luce che separa i nuvoloni scuri, Wendy Michaels entra col suo passo leggiadro nel locale, dritta nel covo di vipere, come se stesse aspettando di essere morsa.

Come se questo posto fosse il suo.

Divampano delle scintille in fondo al mio stomaco, il mio sguardo la assorbe come l'acqua fa col sole. Raggiunge il bancone del bar, seguita da presso dalle sue amiche. Curly, il nostro bartender, la accoglie subito e le commenta qualcosa che le fa gettare la testa all'indietro per le risate, mentre i suoi capelli brillano sotto la luce e le svolazzano lungo la schiena scoperta. Le mie spalle si tendono per lo sforzo necessario a trattenermi dall'andare lì da loro e strapparla alle sue attenzioni.

Distolgo lo sguardo e mi concentro di nuovo su Jason. Avevo intenzione di tirarla per le lunghe, ma all'improvviso ho un disperato bisogno di chiudere questa faccenda alla svelta. Le mie viscere si contorcono per una smania che devo tenere a bada, cercando di mantenere la concentrazione sul compito da portare a termine.

"Jason, sembri un uomo dai... molti talenti."

Gli si gonfia il petto, come un pavone.

"Ti ho fatto venire qui oggi perché sembra che ci sia un traditore in mezzo a noi. E ho bisogno del tuo aiuto." Ho un tic alle labbra quando lui annuisce in segno d'assenso e sul suo viso si diffonde un evidente sollievo. Che creatura semplice, e *stupida*. "Mi è giunta voce che qualcuno sta tramando contro di noi dall'interno."

Jason si sporge come se si aspettasse che io continui, ma non lo faccio. Mi appoggio allo schienale del mio divanetto, recupero il mio sigaro e ignoro il modo in cui il fumo impregna l'aria mentre mi turbina intorno al viso.

E aspetto.

I secondi si allungano fino a diventare degli attimi di agonia, l'unico rumore di sottofondo è il brusio dei clienti del locale e la mia voce interiore che mi tormenta per farmi riportare l'attenzione sulla bella ragazza in prima fila. Ma non lo faccio. Rimango concentrato su Jason, aspettando che vada in pezzi.

Più lo fisso e più si agita, finché, alla fine, non gli si intirizziscono le spalle. "No, non penserai che io..."

Alzo una mano, interrompendo la sua frase a metà. "Trovo molto interessante il procedimento che scatta quando si lascia spazio alle persone per parlare." Faccio una piccola risata. "Vedi, spesso il silenzio è il modo migliore per stanare i topi."

Mi accosto e abbasso la voce. "Abbiamo due modi per risolvere questa situazione, Jason. Puoi conservare un briciolo di dignità personale e permettere ai gemelli di scortarti nei tuoi nuovi alloggi senza fare scenate." Sorrido. "Oppure possiamo passare alle maniere forti." Mi infilo una mano in tasca, afferro il manico di pelle del mio coltello e lo appoggio con calma sul tavolo accanto a me. "Ti assicuro che questa seconda opzione non andrà a tuo favore."

Jason scuote la testa avanti e indietro, e il suo petto si gonfia e si sgonfia a ogni respiro trafelato. "Ascolta, tu non capisci. È stato *lui* a costringermi. Mi avrebbe ucciso, amico. Non posso... non ho avuto scelta."

Piego la testa e decido di archiviare il suo lapsus per dopo. Non sono sorpreso che non sia lui quello dietro le voci, Ru e io abbiamo entrambi molti nemici, ed è più probabile che qualcuno del calibro di Jason sia solo un povero stronzo piuttosto che un burattinaio. Mi sento una morsa attorno allo stomaco mentre mi domando se si mostrerà collaborativo con il nome o se glielo dovrò strappare dalla gola con la forza.

Annuisco, scivolo fuori dal divanetto e mi passo la mano sulla parte frontale del completo, mentre mi sposto dal suo lato del tavolo. Mi accosto al suo orecchio. "C'è *sempre* una scelta."

E poi me ne vado, con gli occhi già fissi sulla ragazza davanti al bancone del bar.

9

Wendy

"Oh, *cazzo*, sta venendo da questa parte," sussurra Maria, che in pratica sta vibrando sullo sgabello accanto a me. L'ha preso di mira dal primo momento in cui siamo entrate nel locale, dandomi delle gomitate nelle costole fino a farmi male per informarmi che il suo uomo stasera è qui.

È proprio come l'ha descritto lei: circondato da galoppini, seduto al tavolino in fondo, sotto una luce così fioca da permetterti a malapena di discernere la sua ombra.

Ma io riesco a *sentirlo.*

Il fatto di essere cresciuta all'ombra di un uomo di una simile levatura ha affinato le mie capacità di riconoscere come ci si sente quando qualcuno trasuda potere. E, per quanto mi rifiuti di ammetterlo, capisco il fascino.

Sorrido e faccio l'occhiolino a Maria, girandomi sul mio sgabello per vedere, ma le sue unghie scavano nel mio braccio e mi serrano come una morsa. "*Non* guardare," sussurra. "Che credi? Questo è il mio momento. Non possiamo farci vedere troppo impazienti."

Angie fa uno sbuffo divertito col naso nel suo drink. "Come se non ti avesse vista occhieggiare da quella parte ogni due secondi. Come fai a sapere che sta venendo da *te*? Magari sta andando solo al bancone."

Le sopracciglia di Maria scattano all'insù. "Quando mai gliel'hai visto fare?"

Angie fa spallucce e io bevo un sorso del mio vino, e il liquido rosso e fermo mi fa fare una smorfia non appena mi tocca le labbra.

"Io scommetto che sta venendo da te," la rassicuro. "Tu e lui avete avuto questa specie di incontro, giusto? Probabilmente è stato solo impegnato fino a ora."

"Dici?" mi domanda.

Annuisco, nel disperato tentativo di andarle simpatica, sebbene con me non abbia fatto altro che la stronza dalla prima volta che ci siamo conosciute. "*Carpe diem!*" Rido brandendo il pugno in aria.

Le sue labbra rosso rubino si allargano in un sorriso e i suoi occhi si spalancano leggermente quando volano alle mie spalle.

"Lieto di vederti qui, tesoro."

Il fiato mi sguscia fuori dalle labbra, l'angoscia si fa strada serpeggiando nelle mie viscere, perché riconoscerei quella voce ovunque. E, dal modo in cui Maria sta fissando, ho il vago sospetto che il *suo uomo* sia anche il *mio uomo misterioso.*

Lo ignoro, nella speranza che magari, se non reagisco, se ne andrà. Ma negli ultimi tempi sembra che non si avveri nessuno dei miei desideri, quindi, ovviamente, lui non se ne va.

Maria raddrizza le spalle e spinge il petto all'infuori e, che mi piaccia o no, mi si aggrovigliano le budella, perché, anche se non voglio le attenzioni di quest'uomo, non sono sicura di volere che le dia a lei.

Butto giù un altro sorso di vino.

Un brivido caldo mi formicola lungo la schiena, facendomi rizzare i peli. Sbircio con la coda dell'occhio e vedo l'espressione di Maria cambiare e le sue labbra incurvarsi leggermente all'ingiù. Lancio un'occhiata dall'altra parte e noto lo sguardo di Angie spostarsi tra me e l'uomo alle mie spalle.

"Mi stai ignorando nel mio locale?" Il suo respiro mi soffia lungo l'orecchio e io chiudo gli occhi, ricacciando all'indietro un brivido. "Non è molto gentile da parte tua."

Rivolgo un altro sguardo a Maria, cercando di porgerle delle scuse attraverso la mia espressione, poi prendo una boccata d'aria profonda e dedico la mia attenzione all'uomo che la esige. "Non sapevo fosse il *tuo* locale."

Mentre ruoto mi aspetto che indietreggi, invece resta dov'è, e le mie ginocchia gli sfiorano le cosce mentre ingombra il mio spazio personale. Mi si stringe il petto quando i miei occhi incontrano il suo sguardo azzurro e glaciale.

"Ci sono molte cose che non sai di me." Piega la testa da un lato. "È qualcosa a cui possiamo rimediare."

La mia mente ripercorre tutti i nostri incontri. "Sei stato tu a farci entrare la volta scorsa?"

Il lato destro della sua bocca si solleva.

"E l'ammiratore segreto che ci ha offerto da bere?"

Mi guarda e le sue mani gli scivolano in tasca con nonchalance, in un gesto molto simile alla prima volta che ci siamo incontrati. "Vuoi che ti dica di sì?"

"Vorrei che dicessi la verità."

Sorride. "E dov'è il divertimento?"

"*Wendy*." La voce di Maria attraversa l'aria, tirandomi fuori da quel momento. "Hai intenzione di presentarci il tuo... amico?"

"Non lo chiamerei mio *amico*." Faccio una smorfia. "Maria, Angie, lui è James. James, ti presento Maria." La indico con un cenno della mano, ignorando il lieve bollore nel mio stomaco. "E Angie."

"Buonasera, signore," le saluta, senza mai staccare gli occhi dai miei. "È un piacere."

"Oh, credimi, il *piacere* è tutto mio!" esclama Maria.

Resisto all'impulso di rabbrividire davanti alla sua battuta di cattivo gusto, ma aspetto che James sposti altrove la sua attenzione. Che si renda conto che c'è una donna pronta e matura per essere colta. Ho sempre pensato che agli uomini piacciano le prede facili, e anche se non mentirò a me stessa dicendo che le sue attenzioni non mi hanno fatto piacere, di certo *non* sono un bersaglio sicuro.

Tuttavia, i suoi occhi restano inchiodati nei miei.

Né io, dal canto mio, interrompo il nostro contatto visivo, poiché ho come il sentore che, se lo facessi, mi ritroverei ad aver perduto qualcosa che non sapevo nemmeno di avere.

L'aria si fa sempre più densa e la mia lingua scivola fuori per leccarmi le labbra secche. I suoi occhi si scuriscono quando si posano sulla mia bocca.

Angie si schiarisce la voce. "Insomma," commenta. "Sei proprietario di questo posto?"

Mi tiene ancora i suoi occhi addosso, prima di staccarli finalmente – *finalmente* – da me e di rivolgerli ad Angie. Mi si dilata il petto quando mi riempio i polmoni di aria per la prima volta, dopo quello che mi sembra un secolo, e guardo Maria, che però sta evitando il mio sguardo, con le labbra increspate e la schiena rigida.

Benissimo.

"Sì," risponde. "Spero che tu stia trovando tutto di tuo gradimento."

Le guance di Angie diventano rosee e fa un sorriso. "Si potrebbe lavorare sui cocktail."

"Ah, sì?" Si avvicina, il calore del suo corpo mi corre lungo il fianco e mi avvolge nel suo tepore, e ora sta tenendo il braccio appoggiato allo schienale del mio sgabello. Un semplice cenno del capo da parte di James e il barista si precipita verso di lui, con lo straccio bianco sulla spalla che contrasta con la sua pelle marrone scuro.

"Signore?"

"Sembrerebbe che le signore non siano soddisfatte dei tuoi drink, Curly."

Osservo le spalle larghe di Curly irrigidirsi, e per qualche motivo mi sento formicolare dentro una specie di urgenza. Come se ci tenessi a fargli sapere che i suoi drink vanno bene, che Angie stava solo scherzando, molto probabilmente per allentare la tensione che si sta ancora propagando da una Maria stranamente silenziosa.

"I cocktail sono speciali!" lo rassicuro. "Sono perfetti, James. Angie stava solo scherzando."

Lo sguardo di James si sposta dal barista a me. "Ne sei sicura?"

Annuisco e lui torna a rivolgersi a Curly. "Queste donne sono le persone più importanti qui dentro, capisci? Non accettare soldi da loro e dagli *tutto* quello che chiedono."

Curly annuisce. "Intesi, capo."

"In tal caso, ne prendo un altro." Angie ridacchia. "Voi ragazze volete?"

James sta già fissando di nuovo me, con uno sguardo talmente intenso da spaccarmi in due e scavare nel mio petto.

"Non dovevi," mormoro.

Sorride. "Io non *devo* fare proprio niente." Alza una mano e mi scosta una ciocca di capelli dalla guancia. È un gesto delicato, *gentile*, che mi fa esplodere le farfalle nello stomaco. "Voglio assicurarmi che tu sia servita e riverita, tesoro."

Il calore divampa nel profondo del mio addome e resisto all'impulso di strofinare le cosce fra loro, poiché non voglio far vedere quanto quest'uomo mi faccia effetto, come questo sconosciuto virtuale possa dire una cosa del genere, e anziché provare repulsione o disgusto, mi sento eccitata.

Il suo palmo scivola nel mio, il mio stomaco fa una capriola al suo tocco, James si porta la mia mano alla bocca e ne sfiora il dorso con le labbra. "Esci con me."

Mi spunta la pelle d'oca lungo tutto il braccio. Avverto vagamente un sussulto alla mia sinistra, ma non riesco a prestarvi attenzione, perché tutto ciò che riguarda quest'uomo mi risucchia come in un vortice. Una dimensione alternativa in cui tutto tace, tranne lui.

L'eccitazione vortica alla bocca del mio stomaco. "Okay."

Fa un sorrisetto, e io rimango senza fiato, tanto è disarmante il suo sorriso. Prima che James possa aggiungere altro, un giovane - lo stesso che ci ha fatte entrare al locale la scorsa settimana - gli viene di corsa incontro da dietro e gli sussurra all'orecchio. E, di punto in bianco, James cambia completamente atteggiamento e quella scintilla sul suo viso si spegne. Fa un cenno d'assenso col capo, prima di voltarsi. "Purtroppo, ci sono alcune questioni di cui mi debbo occupare." Solleva i nostri palmi intrecciati e se li preme sul petto. "Non te ne andrai senza salutare?"

Faccio di no con la testa, dato che la mia lingua è incapace di formulare le parole, e lui allunga l'altra mano e mi sfiora la guancia con il pollice. "Bene." Guarda verso Angie e Maria e inclina la testa. "Signore."

E poi si allontana e mi lascia seguirlo con lo sguardo, col cuore in gola, e delle occhiate pesanti che mi stanno ustionando da entrambi i lati.

10

Wendy

Appoggio la bocca al bicchiere e mi spingo giù di forza il liquido amaro in gola. Che poi il vino rosso non mi piace nemmeno, ma volevo adattarmi - fare la *sofisticata* - pur di non ammettere che non mi andava per niente di bere. Sento una morsa al petto, ma non so perché mi preoccupi, visto che è andato tutto a puttane lo stesso da quando si è presentato *lui*.

James.

Apparentemente, lo stesso uomo da cui Maria è ossessionata, il che significa che è anche...

Hook.

La realtà mi colpisce come un martello e fa a pezzi tutto quello che pensavo di sapere. È lui quello su cui hanno fantasticato per ore. L'uomo da cui si sarebbero lasciate '*spaccare in due con il suo cazzo mostruoso.*'

Sbuffo nel mio drink e una risatina mi risale dal centro del petto, anche se non so se è colpa del vino che mi ha dato alla testa o se sono i residui del giramento di testa che mi fa provare James.

È inafferrabile. *Pericoloso.*

Mi divampa un brivido alla bocca dello stomaco.

Non dovrei essere entusiasta davanti a questa possibilità. Dovrei essere in ansia per il fatto che è uno che non si fa scrupoli a far entrare delle ragazze minorenni nel suo bar; che è perennemente circondato di uomini che sembrano sempre a sua disposizione. *Dovrei* diffidare della rapidità con cui mi destabilizza finché non mi ritrovo così avviluppata dalla sua presenza da riuscire a malapena a respirare.

Ma non è questo che provo.

E forse è perché, nel profondo di me, avevo già intuito che lui fosse diverso. Il sentore di pericolo striscia sulla mia pelle come un tentacolo e si attacca con le sue ventose come una carezza oscura. È *eccitante*, anche se so che non dovrebbe esserlo. Anche se so che mio padre non approverebbe.

Ma mio padre ha smesso di darmi retta molto tempo fa, quindi forse è arrivato il momento che io restituisca il favore.

"Si può sapere *cos'era* quello?" chiede Angie.

Faccio spallucce, cercando di arginare l'ardore che mi sta scorrendo nel sangue e surriscaldando le guance. Non avevo in progetto di cedere. E di sicuro non intendevo accettare un dannato *appuntamento*, soprattutto non di fronte a Maria, che sono mesi che si consola con la consapevolezza che lui è 'intoccabile.'

Ma non lo è.

A me permetterebbe di toccarlo.

I nervi mi esplodono nella pancia e, per quanto tenti di far finta di niente, mi piace la sensazione che si prova ad essere io quella che sta attirando la sua attenzione. Come se fossi *speciale*.

Maria tracanna il suo drink, prima di appoggiare con cautela il bicchiere sul bancone e di rivolgermi uno sguardo pungente che mi fende la pelle.

"Ascolta," comincio. "Non avevo idea che fosse lui l'uomo di cui parlavi."

Mi sbeffeggia.

"Mi dispiace davvero, Maria. È stato... tenace." Faccio una smorfia, sapendo che sto solo peggiorando una situazione già brutta.

"Va bene, sto *bene*." Fa una pausa. "Sono solo

sorpresa, tutto qui. È che non riesco a immaginarlo attratto da una come te."

Arriccio il naso, mentre il suo giudizio mi si riversa addosso come pioggerellina. Non ho mai passato un momento in sua presenza nel quale lei non abbia trovato un modo per mortificarmi, e mi sono stufata.

"Maria, non..." comincia Angie.

"Scusami e questo cosa starebbe a significare?" la interrompo io.

Maria scrolla le spalle. "Semplicemente, non ha senso. È un uomo potente. Uno che potrebbe avere qualsiasi donna volesse, e si è fissato proprio con *te*?"

Il mio corpo si raggomitola istintivamente su sé stesso. "Ahi," bisbiglio.

Sorride, si allunga e mi dà una pacca sull'avambraccio. "Senza offesa, ovviamente."

Le sue parole hanno colpito nel segno, mi hanno escoriato le viscere e mi hanno aperto una ferita abbastanza profonda da far sanguinare la mia rabbia. Mi impazza dentro come una bufera, ma la respingo indietro con dei respiri profondi.

Non mi importa quello che pensa.

"Non mentirò, ragazza. Quell'uomo è stato piuttosto intenso," subentra Angie. "Come fai a conoscerlo? Non ce lo avevi detto."

Le mie dita giocherellano con un tovagliolo e fanno a brandelli la carta fragile. "Non sapevo chi fosse." Guardo Maria. "Lo *giuro*. Gli sono andata a sbattere letteralmente addosso l'ultima volta che siamo state qui, e poi si è presentato alla caffetteria."

Gli occhi di Angie si spalancano. "*Davvero*? Non ce l'ho mai visto prima."

Alzo le spalle e abbasso lo sguardo sul bancone, con una nausea che mi fa ribollire lo stomaco tanta è la voglia di cambiare argomento.

"Non è niente di grave." Maria sventola un braccio. "Ci sono un milione di pesci nel mare e via discorrendo. Fra l'altro, magari si farà vedere più spesso. Non ti dispiace se lo rapisco una volta che si è stufato di te, giusto?" Sogghigna.

Probabilmente ha ragione e io sono solo un brivido passeggero. Qualcosa di irraggiungibile che è smanioso di catturare, ma la visione che si forma nella mia mente di loro due insieme mi fa contorcere le viscere, e la gelosia mi fruscia nel petto.

Quella sensazione rimane lì per il resto della serata, molto tempo dopo che sono passata all'acqua frizzante e ho visto le ragazze ubriacarsi.

È ancora lì mentre usciamo dalla porta d'ingresso e fermiamo un taxi, e le mie viscere sprofondano nella delusione perché James non si è mai più fatto vedere.

Sono già con una gamba a bordo del taxi quando una voce ci chiama alle spalle.

"Signorina."

Mi giro, col cuore che mi batte forte.

"Lei." Mi indica. "Mi è stato detto di assicurarmi che non se ne andasse."

Quando mi volto di nuovo, mi trovo faccia a faccia con Maria e Angie, che mi fissano con gli occhi sbarrati da dentro l'abitacolo.

Mi secca il fatto di aver aspettato tutta la serata, come mi aveva chiesto lui, e che si sia preso la briga solo ora di fermarmi. Fra l'altro, nemmeno *lui.*

Mi ha supplicato di uscire con lui e poi, con la stessa facilità, mi ha rifilato ai suoi dipendenti.

La mia mascella si pietrifica e faccio per scivolare in macchina con le ragazze, ma le pugnalate gelide e ubriache che mi lancia Maria con lo sguardo mi fanno titubare, e mi ritrovo a ripetermi tutte le parole che le sono uscite nell'arco della serata - gli insulti appena velati che mi hanno colpito più duro di ogni sferzata.

Il sussurro rabbioso che mi si è accumulato nelle viscere alla fine risale a galla, e se devo scegliere tra l'essere arrabbiata con James o aggredita verbalmente da Maria, la scelta è piuttosto semplice. Mi sporgo nell'abitacolo. "Andate avanti senza di me, ragazze.

Grazie per la bella serata."

Gli occhi di Maria si restringono in due fessure.

Angie ride. "Sei sicura?"

Annuisco e mi volto indietro, prima di incamminarmi verso l'uomo senza nome e di sventolare un braccio verso l'ingresso. "Allora? Portami dal tuo padrone."

Il suo sorriso si trasforma in una smorfia stizzita, ma non dice una parola e mi poggia la mano sulla parte bassa della schiena per spingermi verso la porta d'ingresso.

11

JAMES

Il mio ufficio al JR è la stanza più grande di tutte quelle sul retro. Un tempo era di Ru, ma l'ho convinto a fare scambio, adducendo la mia necessità di avere la doccia interna. Lui non è uno che fa necessariamente il lavoro *sporco*, quindi non ha opposto resistenza, mentre ci sono *talune* occasioni in cui io ho bisogno di lavare via le macchie dalla pelle.

Stasera è una di quelle.

Ho i capelli ancora umidi quando mi siedo dietro la scrivania e mi tornano in mente le informazioni che ho strappato dal cervello di quell'idiota di Jason. Si è messo a singhiozzare non appena sono entrato nella stanza e il mio coltello ha luccicato sotto le luci fluorescenti. Gli è bastata la vista della mia lama uncinata che roteava tra le mie dita per spifferarmi tutto ciò che sapeva. Non che la sua versione della verità mi serva poi a molto. Non ha mai conosciuto *di persona* l'uomo per il quale aveva deciso che valesse la pena scavalcarmi. Nemmeno il nome.

Ma Jason è il patetico surrogato di un ragazzino. E i ragazzini sono volubili.

Sono gli uomini veri a essere fedeli.

Detto questo, non sono un idiota. Non ci vuole uno scienziato missilistico per fare due più due. C'è un nuovo giocatore in città, uno che ha abbastanza potere e denaro da volare al di sotto dei radar. Abbastanza da non esporre il suo male al mondo, mentre nel frattempo se ne va in giro in pompa magna come una specie di re.

Peter Michaels.

È intelligente, davvero. Dopotutto, è più facile compiere dei misfatti quando li nascondi alla luce del sole. La gente non si *aspetta* di vedere l'oscurità alla luce del giorno.

Qualcuno bussa alla porta del mio ufficio e mi strappa ai miei pensieri.

"Avanti."

Un cipiglio deturpa la faccia da bamboccio di Starkey mentre spinge Wendy dentro la stanza.

Il rosa delle sue guance si ravviva mentre si guarda in giro per l'ufficio, prima di fissare i suoi occhi su di me dietro la scrivania. Si contorce le mani, e io ricaccio indietro la soddisfazione che provo nel vederla così visibilmente in agitazione.

"Vai via," ordino a Starkey, senza staccare gli occhi da Wendy nemmeno per un istante.

L'aria è densa – come sempre quando lei è qui – e l'energia sfrigola tra di noi. Personalmente mi renderebbe tutto più semplice se non fossi attratto da lei, ma provare questo tipo di chimica contribuirà senza dubbio allo svolgimento del mio piano.

Aiuterà a renderlo *credibile*.

Si avvicina, e il vestito azzurro le ondeggia intorno alle ginocchia, mentre i capelli scuri le incorniciano le guance color ciliegia. Tira fuori la lingua per passarsela sul labbro inferiore.

"Ciao," esordisce.

Mi si ribalta lo stomaco. "Ciao a te."

"Normalmente mandi dei lacchè a fare il lavoro sporco al posto tuo?"

Piego la testa. "Dipende. Hai in progetto di… sporcarti?"

Ride. "Non lo spegni mai, eh?"

"Spegnere cosa?"

"Il tuo fascino. Devi aver fatto molta pratica, vista la maestria con cui lo maneggi."

Mi alzo dalla poltrona, faccio il giro della scrivania e mi ci appoggio sopra. "Mi trovi affascinante?"

Il suo viso assume una più profonda sfumatura cremisi, che mi fa sfrecciare un fremito attraverso il petto. "Non hai bisogno di me per pompare il tuo ego."

Allungo una mano e le afferro il palmo, mentre osservo lo smalto rosa sulle sue dita delicate. Le accarezzo il dorso della mano col pollice. "Al contrario, tesoro, credo di aver bisogno di te per molte cose."

La sua bocca si schiude per prendere una boccata d'aria.

"Ora è il mio turno di fare domande." Mi accosto a lei. "Ti rendo nervosa?"

"No," mormora. Il suo petto sfiora il mio busto a ogni respiro, e mi fa correre un brivido lungo la schiena.

La mia mano libera le porta una ciocca di capelli dietro l'orecchio. "Non mentirmi."

"Altrimenti?" sussurra.

L'angolo della mia bocca si piega. "Meglio che tu non lo scopra."

I nostri sguardi si inchiodano di nuovo l'uno nell'altro e il mio petto è scosso dagli spasmi. Wendy mi guarda come se stesse cercando di scorgere i colori della mia anima, e mi fa venire una sensazione di *prurito,* quindi spezzo il nostro contatto visivo, poiché so che l'unica cosa che troverebbe è l'assenza di quei colori.

Allunga una mano e mi gira il viso, e il mio stomaco sussulta a quel gesto.

"Perché mi hai fatta tornare qui?"

Il mio sguardo guizza fra i suoi occhi e la sua bocca, e avverto all'improvviso il bisogno disperato di sapere se il suo sapore sia buono quanto le sensazioni che mi fa provare. Mi avvicino, e il respiro le scivola sulle labbra. "Per augurarti la buonanotte," le mormoro con voce roca.

Si avvicina ancora di più a me, le sue curve premono

contro tutto il mio corpo e riesco a sentire il suo calore perfino attraverso il tessuto della mia camicia.

Questa ragazza rischia di farmi perdere la testa.

"Ebbene? Hai intenzione di farlo?" mi incalza. "Darmi la buonanotte, intendo."

Le mie sopracciglia scattano fino all'attaccatura dei miei capelli e vengo colto di sorpresa davanti alla sua audacia. Il sangue mi scorre verso il cazzo, facendolo indurire, e le cingo la vita con un braccio, attirandola di più a me, mentre le accarezzo il fianco con le dita. "Vorresti che lo facessi?"

"S…sì," balbetta.

Mi preme entrambe le mani sul petto e io mi chino fino a che le mie labbra non sono a un *soffio* dalle sue.

Toc. Toc.

Wendy balza all'indietro e io digrigno i denti, inondato da una frustrazione che mi scorre nelle vene per l'interruzione. "Che c'è?" sibilo.

Ru apre la porta ed entra. "Ragazzo, io... oh, merda." I suoi passi vacillano mentre osserva la scena. "Ho interrotto qualcosa?"

Soffoco l'impulso di dirgli di uscire e mi incollo piuttosto un sorriso sulla faccia. "Se lo stai chiedendo, allora conosci già la risposta."

Si siede sul divano contro la parete più lontana e allarga le gambe. "Non vuoi fare le presentazioni?" Fa un cenno della testa verso Wendy.

Il mio cuore sussulta. *No.* Non avevo ancora intenzione di farla conoscere a Ru. L'ultima cosa che voglio è che faccia due più due e si renda conto che lei è la figlia dell'uomo che sta cercando di mettere le mani nei nostri affari.

"Io sono Wendy."

La mia testa scatta verso di lei, poi verso Ru, e poi... succede la più strana delle cose.

Un'ondata di qualcosa di bollente mi frusta le viscere e mi fende l'addome, finché non mi trovo costretto a trattenermi fisicamente dal prenderla tra le braccia e assicurarmi che Ru sappia che è *mia*.

"Wendy." Sorride. "Io sono Ru. Piacere di conoscerti."

"Piacere mio." Wendy alza la mano in un piccolo gesto di saluto. "Vi lascio alle vostre cose. Buonanotte." Fa un sorriso, ma è tirato, e mi si stringe il petto quando si dirige verso la porta. Le prendo il polso mentre mi passa accanto. "Lascia che ti accompagni a casa."

Scuote la testa. "No, non ti preoccupare, davvero. Prendo un taxi."

Serro la mascella, ho voglia di discutere, ma so che potrei spaventarla se mi comportassi in maniera troppo decisa. "Almeno lascia che ti accompagni fuori."

Si morde il labbro inferiore e annuisce, girandosi verso la porta.

Le poggio la mano sulla parte bassa della schiena, lanciando un'occhiata torva a Ru quando noto il sorriso gigante sul suo viso. "Tu." Lo indico. "Resta lì."

Alza le mani in aria, ridacchiando. "Va' a occuparti dei tuoi affari, ragazzo. Abbiamo tutta la notte."

Accompagno Wendy all'esterno, ignorando i pochi avventori rimasti nel locale, oltre a Moira e Curly nell'angolo, che stanno ripulendo tutto per la notte. Quando usciamo in strada, c'è già un taxi che aspetta.

Wendy si sporge per aprire lo sportello, ma io la fermo, ingabbiandola fra le mie braccia, e sento il metallo freddo del tettuccio dell'auto sotto le dita. "Sei sicura di non volermi permettere di darti un passaggio?"

Si gira e mi sorride. "Grazie, ma va bene così."

Le cingo la guancia con una mano e le sfioro il labbro inferiore con il pollice. Le sue pupille si dilatano sotto il bagliore giallastro dei lampioni. "Quando otterrò il mio appuntamento, tesoro?"

"Quando lo vuoi?"

"Ieri." Premo il mio corpo contro il suo. "Adesso." Va a sbattere contro la portiera del taxi. "Domani."

Le sue mani premono contro il mio petto. "Domani può andare."

Mi chino e le mie labbra sfiorano il suo orecchio. "E come farò a trovarti?"

"Puoi passarmi a prendere alla caffetteria alle sette." Si alza in punta di piedi per sfiorarmi la guancia con le labbra. "Buonanotte, James."

E poi si infila nel taxi e si chiude la portiera alle spalle.

Mi sporgo in avanti, busso al finestrino del passeggero finché il tassista non lo abbassa, leggo il nome sulla sua targhetta e mormoro a voce bassa di modo che Wendy non senta: "Se le succede *qualunque* cosa, non ci sarà un solo angolo della terra in cui potrai nasconderti da me. Ci siamo intesi?"

Gli occhi del tassista si spalancano mentre prende il rotolo di banconote dalla mia mano e annuisce.

"Bravo." Batto con la mano sul tettuccio del taxi e resto in piedi sul marciapiede finché non svoltano l'angolo, a interrogarmi sulla natura di questa sensazione di calore che avverto nel petto e sul perché mi senta così impaziente per l'arrivo di domani.

12

Wendy

Il mio armadio è distrutto e ci sono pile di abiti accatastate sul pavimento. Gemo, fissando i mucchi. Com'è possibile possedere un milione di capi di abbigliamento, ma non avere una sola cosa da indossare?

I nervi mi sfrecciano lungo la spina dorsale quando guardo l'orologio e mi rendo conto che ho mezz'ora prima dell'appuntamento con James al Vanilla Bean.

Merda.

Avrei potuto farmi venire a prendere qui, ma il pensiero che lui veda dove vivo mi fa risalire lo stomaco in gola. Se vede la villa, si chiederà come faccia a viverci, e visto che è la prima persona in tutta la mia vita a cui sembro piacere per quello che sono *io* – e non per via di chi è mio padre – spero di procrastinarlo il più a lungo possibile.

Sono molti gli uomini che hanno cercato di far breccia nel mio cuore, tutti con un doppio fine nascosto nel loro sorriso. Facevano gli occhi dolci, ma è stato solo questione di tempo prima che gli brillassero per mio padre come non avevano mai fatto per me. Non che io mi sia mai innamorata di loro. Ho imparato in tenera età – a sei anni, per l'esattezza - che le persone erano molto più interessate a come avrei potuto tornare utile al loro benessere piuttosto che prendersi cura del mio. Perfino i bambini avvertono il dolore acuto della solitudine, e quando mia madre è morta, tutti quelli su cui avevo imparato a fare affidamento sono sgusciati via. Come se fossi *io* il problema. Come se il mio dolore fosse per loro un fardello troppo grande da sopportare.

E forse è per questo che mi sento così attratta da James. Perché, per la prima volta nella mia vita, c'è qualcuno che mi vuole per *me sola,* e non per tutte le altre stronzate che ne discendono.

Con un sospiro, opto per un tubino nero, attillato quanto basta per mostrare le mie curve, ma abbastanza semplice da non farmi passare per una che vuole strafare, e finisco di prepararmi prima di scendere le scale.

Jon è seduto nel soggiorno, con un centinaio di pezzi di un modellino di aeroplano smontati, che occupano l'intero tavolino da caffè. Mi metto seduta di fronte a lui.

Alza lo sguardo e spalanca gli occhi dopo avermi osservata da capo a piedi. "Che carina! Appuntamento galante?"

Sorrido, e mi si scalda il petto al complimento. "Grazie, sì, in realtà... ho un appuntamento."

"Fico!" Mi sorride. "Io mi porterò un po' avanti coi miei studi da casa."

Le sue parole mi schiaffeggiano le budella e mi fanno sentire il peso dell'indecisione sul petto. Non gli ho ancora parlato del collegio. Non mi sembra giusto saperlo e non dirgli niente, ma papà ha detto che sarebbe tornato a casa. Dovrebbe essere *lui* a vedere l'espressione sulla faccia di Jon quando realizzerà di essere stato spedito via.

Mi guardo intorno e faccio caso ai vari modellini di aeroplani già costruiti e sistemati in diversi punti. È sempre stata una passione di Jon ma, da quando ci siamo trasferiti, sarebbe capace di riempire tutta casa con quegli affari. "Come te la passi nel complesso?" gli domando.

Inclina la testa da un lato, tenendo gli occhi socchiusi sui pezzetti che sta incollando fra loro. "Domanda vaga, Wendy."

"Sto parlando... *in generale*. Tipo, il trasloco e roba del genere... Stai bene?"

Fa spallucce. "Sto bene. In realtà preferisco così. Se potessi restare qui, in questa casa, per sempre e non andarmene mai più, non sarebbe comunque abbastanza."

Il senso di colpa si fa strada dentro di me, stritolandomi nella sua morsa fino a farmi scoppiare. Forse sono ancora in tempo per dissuadere papà da questa stupida idea del collegio. D'altro canto, quanto può essere davvero salutare per un ragazzo della sua età restare rinchiuso in casa per tutto il giorno, in compagnia soltanto della sorella maggiore?

Si strofina il naso. "Sul serio, Wendy. Sto *bene*. Tu ti preoccupi troppo."

Sorrido. "Qualcuno deve pur farlo."

"Va' a goderti la tua serata." Sventola una mano.

Mi mastico l'interno della guancia, mentre mi attorciglio le dita in grembo. "Se vuoi posso annullare l'appuntamento e possiamo uscire insieme tu e io."

Lo sguardo di Jon, infine, si stacca dal suo aereo, e i suoi occhi sbarrati si fissano su di me.

Faccio uno sbuffo. "E *va bene*, non serve che fai quella faccia così afflitta al solo pensiero."

Sorride alla mia battuta, e le fossette sulle sue guance mi fanno male al cuore, tanto sono identiche a quelle di nostra madre.

"Bene, allora. Ci vediamo più tardi, suppongo." Mi alzo per andarmene.

"Non fare niente che io non farei."

Stringo gli occhi in due fessure. "Tu non fai *niente*."

Sghignazza. "Esattamente."

Per mezzo secondo, prendo in considerazione di cancellare comunque il mio appuntamento con James. Mi mette in soggezione... è uno di quei tipi totalizzanti che ti scatena un terremoto nelle viscere e ti manda in poltiglia il cervello. Ma nello stesso momento in cui quel pensiero mi sfiora la mente lo metto da parte, sapendo già che non lo farò.

L'attenzione di James è come un tizzone ardente che

sfavilla dentro di me e illumina ogni cosa sul suo cammino. E, nei meandri più oscuri della mia mente, mi auguro che, se mio padre rimetterà finalmente piede a casa, gli giungerà voce che sto frequentando un uomo come James - leggermente più grande di me e decisamente potente.

Mi monta dentro un'ansia come un uragano mentre sono sulla strada per la caffetteria. Mi incammino verso la porta d'ingresso, strofinandomi le mani appiccicose sulla parte frontale del mio tubino, mentre faccio dei respiri profondi per placare i nervi.

Come mi è venuto in mente di accettare quest'invito?

A essere precisi, sono arrivata con un po' d'anticipo, quindi dovrei avere un po' di tempo, ma quando entro nella caffetteria lo trovo già qui, a chiacchierare con Angie come se fossero vecchi amici, con indosso un completo che si adatta perfettamente alla sua struttura. Mi ritrovo a domandarmi distrattamente come starebbe con addosso un paio di jeans o una vecchia maglietta chiazzata. Perché da quello che sembra è sempre tutto in ghingheri.

Il mio sguardo vaga per il locale. È affollato stasera e James non si è ancora accorto che sono arrivata. Mi martella il cuore contro le costole. Andare incontro a lui è come tuffarsi nell'acqua alta senza saper nuotare, ma questo non fa comunque vacillare i miei passi. Anzi, semmai li allungo, in preda a uno strano senso di trepidazione che mi fa venire voglia di scoprire quanto sia profonda l'acqua.

Angie mi vede per prima e le brillano gli occhi quando incrocia il mio sguardo. "Ehi, ragazza, guarda chi c'è qui. Alto, bello e tenebroso, e si è presentato qui *presto.*"

James si gira verso di me e, come per una scarica di corrente, il mio corpo scintilla, e l'elettricità del suo sguardo mi fa rizzare i peli.

"Ciao." Gli sorrido.

Drizza le spalle e mi viene abbastanza vicino da

darmi un leggero bacio sulla guancia. Prendo una boccata d'aria, il calore del suo corpo mi fa correre un brivido lungo il fianco. Le sue dita scendono lungo il mio braccio mentre fa un passo indietro e mi fissa con uno sguardo pesante, in grado di spogliarmi con una semplice occhiata. Nel mio ventre si scatena una sensazione inebriante che va a depositarsi in mezzo alle mie gambe.

"Bellissima," mormora.

È una parola sola, ma mi accarezza come velluto, e le mie viscere fanno le fusa davanti alla sua approvazione.

"Anche tu."

Sorride. "Mi trovi bello?" Il suo tono è giocoso e accende lo stesso fuoco sconosciuto della prima sera che ci siamo conosciuti, quando mi sono chiesta come sarebbe stato essere un tipo diverso di Wendy.

Inarco le sopracciglia. "Perché, pensi che un uomo non possa possedere la bellezza?"

"Un uomo può possedere molte cose, tesoro." Si avvicina. "Ma l'unica bellezza che spero di possedere stasera è la tua."

Il mio stomaco fa una capriola, e le farfalle vi scoppiano dentro come un cannone. "La tua bocca dovrebbe essere illegale," mormoro. "Allora... dove mi porti?"

Angie ride. "Chi se ne frega di dove ti porta, ragazza! Tu vai e basta." Mi scaccia sventolando entrambe le mani.

James le lancia un'occhiata prima di posare la mano sulla parte bassa della mia schiena. "Ha ragione, sai? Dovresti rilassarti e lasciare che io ti faccia cenare e bere vino come si deve." Si sporge verso di me e le sue labbra mi sfiorano l'orecchio. "E se farai la brava, forse ti mostrerò la *vera* ragione per cui la mia bocca dovrebbe essere illegale."

Il calore inonda il mio corpo, turbinando attraverso le mie viscere e pulsando tra le mie gambe. Sbuffo per la sorpresa e gli premo una mano contro il petto. "È estremamente presuntuoso da parte tua."

I suoi occhi scintillano e la sua mano non lascia mai

la mia schiena, mentre mi accompagna verso la porta. "Giusto per informarti su cosa c'è nel menu."

Mi scorta all'esterno verso un'Audi coi vetri oscurati. Allungo una mano verso la maniglia, ma prima che faccia in tempo ad afferrarla, lui è lì, mi apre lo sportello e mi aiuta a entrare.

Il mio cuore perde un battito. Un gesto così semplice, ma che mi fa sentire speciale. *Accudita.*

"Sento che dovrei essere indignata," commento mentre siede al posto di guida.

Sogghigna, mettendo in moto la macchina, ma lasciandola a folle, mentre si gira per guardarmi. "Perché mai?"

"Mi hai appena detto di fare la brava e che... lo sai."

Aggrotta la fronte. "Non sono sicuro di saperlo."

Si muove alla svelta, si sporge da sopra il bracciolo centrale e il suo corpo invade il mio spazio finché non sono premuta contro il sedile. Mi sfiora il collo con il naso e il crampo che sento allo stomaco è così intenso da mozzarmi il respiro.

"Perché voglio metterti la bocca addosso?" Le sue labbra danzano dal mio orecchio lungo la mia mascella, finché non restano sospese a un soffio dalle mie.

Il cuore mi picchia contro la cassa toracica. *Mi sento così un pesce fuor d'acqua.*

"Ti garantisco che ti piacerebbe," sussurra.

E, con quello, il calore del suo corpo scompare quando si risposta dal suo lato dell'abitacolo, fa retromarcia ed esce dal parcheggio.

13
JAMES

Andiamo verso il porto; a casa mia. Ho considerato l'opzione di un'uscita più pubblica, ma l'ho scartata, poiché non mi va di correre il rischio che suo padre lo scopra prima che io sia pronto.

Voglio che sappia esattamente chi sono prima di sfilargli il tappeto da sotto i piedi.

Per fortuna, Ru non ha fatto domande, molto probabilmente dando per scontato che Wendy fosse un'avventura veloce giusto per procurarmi piacere. Se ci avesse riflettuto un po' più a fondo, si sarebbe reso conto che non ho mai portato una ragazza qualunque nel mio ufficio, a parte Moira, e solo quando ho bisogno di liberarmi. Ma ogni persona vede il mondo attraverso le proprie lenti, e a volte è più semplice credere che ciò che pensi *tu* sia la verità anziché dover comprendere gli altri. In generale, questo è un meccanismo che gioca a mio favore.

La nostra riunione con Peter è domani, e ho praticamente le vertigini al pensiero di incontrarlo di persona e vedere l'espressione sulla sua faccia quando gli diremo di no. Può essere un uomo d'affari che gioca sporco quanto vuole - anzi, sono abbastanza sicuro che abbia brillato in questo ruolo per molti anni - ma non metterà piede in *questo* territorio, né le mani sulle azioni di questa società. Si è già preso abbastanza da me, non gli permetterò di avere anche questo.

Una folata di vaniglia mi sale nelle narici.

Wendy.

Forzo un sorriso e rifocalizzo la mia attenzione su di lei, non volendo dare a vedere i pensieri violenti che mi stanno passando per la mente. Sorprendentemente, non provo alcun risentimento, nonostante sia la figlia del mio nemico. In effetti, se ci penso abbastanza a lungo, colgo una punta di qualcosa di stucchevole e dolce che si sta snodando nelle mie viscere, e mi rincresce che lei debba essere usata in questo modo – come una pedina verso un obiettivo molto più grande di quanto lei non sarà mai.

Ma io sono uno che non si lascia sfuggire un'occasione d'oro, e lei è esattamente questo. Una maniera per giocare con la mia preda prima di ucciderla.

Peter Michaels non merita una morte rapida, merita una resa dei conti.

Merita di prendere coscienza che non ha amici. Non ha una famiglia. Nessun orgoglio. Merita di sapere che gli è stato tolto *tutto*, che è stato privato della sua facoltà di scelta e che la sua realtà si è trasformata in un incubo.

E solo *allora* lo ucciderò.

Entriamo nel porto turistico e, prima ancora che io sfili la chiave dal quadro, Wendy si sta già allungando verso la portiera. Faccio scattare la mano e le abbranco il polso. "Che fretta c'è? Stai ferma."

Sgrana gli occhi mentre si blocca. "Ah, io..."

La mia mano molla la presa e scendo dall'auto, prima di fare il giro per andare ad aprire lo sportello del passeggero. Mi sfolgora dentro un picco di eccitazione quando abbasso lo sguardo e vedo i suoi occhi color cioccolato brillare mentre mi sorride, col suo viso all'altezza del mio inguine. Siamo in una posizione meravigliosa. Allungo la mano e lei mette il palmo nel mio, glielo stringo leggermente con le dita e la faccio alzare dal suo sedile. Non appena è in piedi, la strattono in avanti e la sento sussultare mentre viene a sbattere addosso a me. "Permetti a un uomo di essere galante. Non ti pare?"

Abbassa appena la testa per appoggiarla al mio petto, poi si schiarisce la voce e la ritrae. Si guarda intorno. "Andiamo in barca?"

Sorrido. "Ti fa piacere?"

Annuisce e si intreccia le dita davanti al busto. "Sì, è solo che... non do il meglio di me sull'acqua."

Le poso una mano in fondo alla schiena e la guido lungo la banchina, al di là delle altre barche, fino all'ultimo molo, dove si trova la mia barca a vela di quarantatré metri. *Giglio Tigrato*.

"Non usciremo in barca, ho pensato solo che avremmo potuto cenare in un posto privato."

Le faccio scivolare il palmo della mano intorno alla vita e la aiuto a scendere dalla passerella e salire sul ponte laterale. Normalmente non porto le persone dove vivo, e di sicuro non ci porto mai una donna, ma voglio che si senta speciale. *Diversa*.

"È tua?" mi chiede.

Annuisco e mi accodo a lei, mentre sento la morbidezza del suo vestito nero sotto la mia mano. "Già."

Le barche a vela sono meravigliose per una vasta serie di motivi. Sono lussuose, comode e, soprattutto, sono estremamente mobili, cosa che mi permette di scappare in uno dei tanti pied-à-terre che ho in giro per il mondo, se necessario.

Si guarda in giro per la dinette, coi suoi mobili color crema che si adattano bene ai pavimenti in legno di ciliegio. "Vivi qui?"

Mi si stringe lo stomaco mentre la guardo osservare l'ambiente. "Sì."

"È bellissimo."

Sento un calore diffondersi nel mio petto. La raggiungo da dietro. "Tu sei bellissima."

Si gira e io mi avvicino, godendomi il modo in cui il suo corpo arrossisce ogni volta che lo faccio. "Vuoi che ti faccia fare un giro per la barca adesso o più tardi?"

"Mm." Inclina la testa da un lato e io resisto all'impulso di abbassarmi e sfiorarle la pelle con le labbra. "Penso prima la cena, e poi un giro."

Annuisco e la conduco sul ponte scoperto dove ho fatto preparare la cena a Smee, il mio membro fisso dell'equipaggio. Sorrido, soddisfatto del risultato del suo lavoro. Le lucette sospese sul patio creano un bagliore romantico, mentre il tavolo rotondo, circondato dalle panche imbottite a forma di U, è apparecchiato con la tovaglia bianca e i piatti. Al centro della tavola c'è dello champagne già in fresco.

"Wow, è stupendo quassù!" sospira lei. "Quella è una *vasca idromassaggio*?"

Scosto la sua sedia per farla accomodare, prima di andare dal mio lato del tavolo. "Sì. Possiamo farci un bagno, se ti va."

Una volta seduto di fronte a lei, stappo lo champagne e ne verso a entrambi un bicchiere, ignorando il modo in cui il mio petto si tende alla vista di lei circondata dalle tonalità rosa e viola del tramonto. Non stavo mentendo quando le ho detto che è bellissima. Lo è.

È di una bellezza che fa male.

"Spero che il salmone ti piaccia," indago.

Lancia un'occhiata al cibo, annuisce e prende la forchetta. "È perfetto."

Resta in silenzio mentre mangia, e io resto a osservarla. Il mio cazzo diventa sempre più grosso a ogni piccolo boccone che si infila in bocca, mentre chiude gli occhi e geme per le pietanze gustose. Finiamo entrambi le nostre porzioni, e le uniche cose a tenerci compagnia sono qualche piccolo commento qua e là e la brezza che soffia sull'acqua.

Smee viene sommessamente a portare via i nostri piatti e fa saltare Wendy sulla sua sedia. "Oh, mio *Dio*, non sapevo che ci fosse qualcun altro qui!"

Sogghigno. "Lui è Smee. Il mio primo ufficiale, se vogliamo."

Smee le rivolge un sorriso e i suoi capelli castani ondeggiano sotto il suo ridicolo berretto rosso quando inclina la testa. "Piacere, signorina."

"Primo ufficiale." Wendy ridacchia. "Come i pirati? Questo fa di te il capitano?"

Il divertimento mi scorre nel petto e mi sporgo in avanti. "Beh, sì, in realtà. Io depredo *ogni* nave in cui mi infilo. Sarei più che felice di mostrartelo."

La sua bocca si spalanca e le sue guance si macchiano di rosa.

Il sole è tramontato da un pezzo, la luna proietta un bagliore ammaliante sull'acqua, e io aspetto che Smee sparecchi e rientri prima di parlare. "Sei uno splendore al chiaro di luna, tesoro."

Beve un sorso del suo drink e fa una piccola risata. "Sei davvero speciale, lo sai?"

Mi porto la flûte di champagne alle labbra e lascio che un sorso di bollicine mi frizzi sulla lingua prima di deglutirlo. "Rispetto a cosa?"

Piega la testa da un lato. "Beh... non saprei. A tutti gli altri uomini, immagino."

"Ed è una cosa brutta?"

"No, affatto." Fa un sorrisetto.

È un sorriso incantevole, che però non le illumina il viso, e mi sento travolto da un brivido di stizza davanti alla consapevolezza che, all'improvviso, sta recitando una parte. Potrei usarla come oggetto di scena - un giocattolo temporaneo - ma non mi diverto quando le cose che considero mie vengono bistrattate in mia presenza. E lei è proprio questo, finché non deciderò altrimenti: mia.

"Non farlo," le dico.

"Fare cosa?"

"Non recitare una parte. Non qui. Non con me."

Scuote la testa e posa la forchetta sul piatto. "Allora posso essere sincera?"

"Spero che tu non sia mai nulla di meno."

"Non so davvero come comportarmi con te. Non

riesco a capire se stai cercando di conoscermi sul serio, o... se stai cercando di far colpo su di me, o non so cosa."

Inarco le sopracciglia. "E se stessi *effettivamente* cercando di far colpo su di te?"

Il suo labbro si contrae appena. "Allora non sta funzionando."

"Davvero?" Corrugo la fronte e poso la flûte di champagne, prima di sporgermi verso di lei. "E dunque, *cosa* riuscirebbe a far colpo su di te?"

Sfodera un ghigno. "Se fossi io a dovertelo dire, allora non sarebbe poi così sorprendente, non trovi?"

Una risata mi gorgoglia nel petto, ma la ricaccio indietro e alzo una mano per strofinarmi la barba appena ricresciuta sul mento.

"Voglio sapere di *te*," ammette.

Mi si rivolta lo stomaco alle sue parole. Apro le braccia e mi guardo intorno. "Mi dispiace deluderti, ma è *questo* ciò che sono, tesoro."

Scuote la testa e posa il tovagliolo sul tavolo, prima di alzarsi e fare il giro per venire davanti a me. E poi mi si mette seduta proprio in braccio. Le mie mani scattano all'istante per poggiarsi sulle sue cosce, e vengo colto alla sprovvista dalla sua audacia. *Questo* non me lo aspettavo.

"No," sussurra, col viso a pochi centimetri dal mio. Il mio addome si contrae quando noto per la prima volta delle pagliuzze ambrate che si disperdono nel marrone scuro dei suoi occhi. "Questo è ciò che hai," continua. "Io voglio sapere cosa c'è qui dentro." La sua mano mi preme contro il petto.

Il mio cuore sbatte contro la sua gabbia, e spero che lei non lo senta attraverso la mia pelle, poiché non voglio ammettere, nemmeno a me stesso, che quello che sta facendo sta avendo un qualche effetto su di me.

Eppure, è così.

Le poggio una mano sulla guancia e le premo il pollice sul labbro inferiore. Ha il fiato corto, il suo petto sfiora il mio a ogni respiro. I nostri occhi sono inchiodati gli uni negli altri e avverto questa sensazione destabilizzante che mi fermenta nelle viscere. È nuova e *sgradita,* e non so come controllarla, quindi faccio l'unica cosa che mi viene in mente per soffocarla.

Mi sporgo verso Wendy e la bacio.

14

Wendy

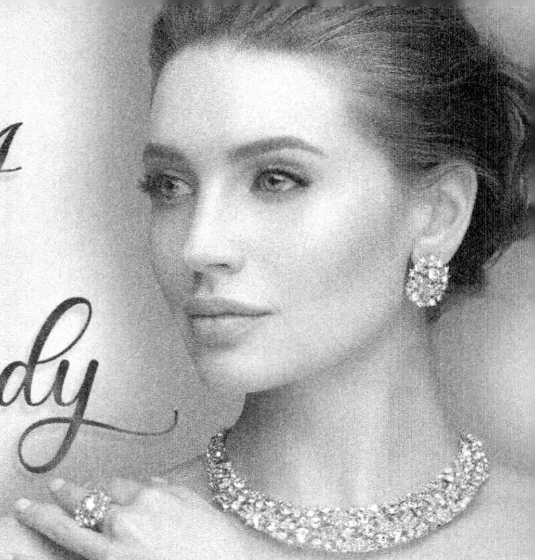

Le sue labbra sono sorprendentemente morbide quando incontrano le mie - non che me ne lamenti.

Mi arrendo, sprofondando ancora di più nella sua presa, col suo braccio che mi avvolge la vita e mi stringe più forte mentre la sua mano mi cinge la guancia.

Il mio cuore spicca il volo con la dolce carezza di James, ma non molto dopo, come se il fuoco che sta lambendo le mie vene si riflettesse nelle sue azioni, il bacio diventa più intenso e la sua lingua forza la mia bocca ad aprirsi. Gemo quando sento il suo sapore e il mio stomaco fa una capriola per il modo in cui James mi sta consumando - completamente. Sento un'ondata di calore al centro del corpo che mi pulsa tra le cosce, e mi siedo a cavalcioni sopra di lui, in modo tale da poggiare il mio sesso direttamente sul suo grembo.

Lo sento mugugnare quando mi appoggio di peso, e i suoi fianchi spingono verso di me. Sussulto al movimento, le mie labbra si staccano da lui alla sensazione della durezza e dello spessore di James sotto di me. Ma lui mi riporta il viso verso il suo con una mano.

Spingo verso il basso, mi dondolo in avanti, e l'attrito della sua erezione lungo la mia fessura mi fa attraversare da un formicolio, mi si gonfia il clitoride e una scarica bagnata mi cola dalla vagina.

James sposta la mano dalla mia guancia e posa entrambi i palmi sui miei fianchi, guidando i miei movimenti mentre assumiamo un ritmo, e le sue labbra si allontanano dalle mie per spostarsi lungo il mio collo. Morde, succhia e bacia, e anche se sono sicura che stia lasciando qualche segno, non riesco proprio a curarmene, tanto sono persa nel modo in cui sembra che mi stia modellando per adattarmi perfettamente a ogni singolo pezzo del suo corpo.

"Hai un sapore molto migliore di quanto immaginassi," mi mormora contro la pelle.

Getto la testa all'indietro per permettergli di avere un accesso migliore alla mia gola.

"Fammi un favore, cucciola."

"Qu… qualsiasi cosa," balbetto.

"Strofinami quella piccola fica dolce addosso, finché non mi avrai sporcato tutti i pantaloni."

Mi sfugge un gemito, sebbene le sue parole sconce mi facciano avvertire una scarica di imbarazzo. Mai nessuno mi si è rivolto in quel modo. Tuttavia, c'è un'imperiosità talmente allettante nel suo tono - che si stende per avvolgere il mio corpo e mi spinge a obbedire.

I miei umori stanno inzuppando il tessuto dei miei slip, mentre cerco il picco del mio piacere. Il suo pene pulsa sotto di me, diventando sempre più duro a ogni movimento dei miei fianchi. Il pensiero di essere io quella che gli sta facendo quest'effetto, di essere io quella che glielo fa diventare così duro mi dà un'iniezione di fiducia, e raddoppio i miei sforzi, man mano che una sorta di calore mi avviluppa il basso ventre.

Il suo sguardo mi assorbe come una spugna, e chiudo gli occhi, pregustando il momento in cui lo avrò dentro di me. Mi si contrae il sesso, bramoso di essere riempito da qualcosa, sebbene non ci fosse nulla lì dentro nemmeno prima.

Si sporge in avanti, le sue labbra sfiorano il lato del mio collo e mi fanno venire la pelle d'oca su tutto il corpo. "Quando sei tutta sola nella tua stanza, come fai a venire?"

Riesco a malapena a concentrarmi sulle sue parole, tanto la mia mente è annebbiata dal piacere, ma capisco quello che mi sta chiedendo. E, per qualche ragione, me la sento di confidarglielo. Quindi, anziché parlare - cosa che non sono nemmeno sicura di essere in grado di fare in questo momento - glielo mostro.

Stacco la sua mano dai miei fianchi e gliela rimetto sul mio collo. E poi faccio pressione sulle sue dita, perché voglio che stringa la morsa.

I suoi occhi scintillano, mi mette un braccio tutt'attorno alla vita e mi fa sbattere il corpo contro il suo. "Ti piace essere soffocata, tesoro?" Le sue dita serrano la presa in sincrono con una spinta dei fianchi. "Vuoi che ti stringa la gola finché non sei sull'orlo dell'oblio e vedi le stelle?" La pressione aumenta.

Gemo, i miei occhi roteano all'insù mentre la mia testa cade all'indietro. Il piacere scivola sulla mia pelle e scorre veloce nel mio flusso sanguigno. La verità è che, pur con tutta la mia inesperienza, ho degli impulsi. Di notte, quando sono nel mio letto, do sfogo alle mie fantasie all'ombra della luna. E c'è stato solo un modo in cui sono riuscita a raggiungere l'orgasmo: trattenendo il respiro finché non mi sono sentita i polmoni completamente bloccati e la mente oscurata.

Forse è stupido da parte mia permettere a quest'estraneo di controllare qualcosa di così vitale come l'aria che respiro, ma per qualche ragione mi fido di lui.

"Per piacere." Impongo a quelle parole di lasciare la mia bocca.

Ci ribalta, il mio corpo è malleabile e volenteroso sotto di lui, mentre mi adagia sulla panca imbottita. La sua sagoma incombe su di me come un pericolo in forma umana, i suoi occhi si scuriscono mentre applica la perfetta quantità di pressione sulla mia trachea. L'altra mano scivola lungo il mio corpo, facendo scattare delle scintille nelle mie viscere, il suo tocco è come benzina sul fuoco nelle mie vene. Fa scorrere il palmo lungo l'orlo della mia gonna, prima di infilarlo sotto e di sfiorare coi polpastrelli il bordo dei miei slip fradici. I miei fianchi spingono contro la sua mano, nel disperato tentativo di sentirlo toccare la mia pelle.

La sua morsa sul mio collo si stringe nello stesso momento in cui scivola sotto la cucitura delle mie mutandine. "Così bagnata per me," mormora, tirando fuori le dita prima di spalmarmi la mia eccitazione sulle labbra.

Il mio cuore sussulta, il mio stomaco si contrae così forte che potrebbe andare in frantumi da un momento all'altro.

"Una tentazione così deliziosa." Lecca i miei succhi direttamente dalla mia bocca.

Mi tremano le gambe.

E poi la sua mano torna di nuovo sulla mia vagina, due dita mi divaricano e scivolano dentro senza alcuno sforzo, tanto sono zuppa. Trasalisco e inarco la schiena per l'invasione.

Il suo viso è ancora vicino al mio, la sua bocca mi sta dando dei baci lungo la mascella. "Com'è stretta. Qualcuno ti ha mai toccata qui?"

Non so se voglia sentirsi dire di no, ma il pensiero che lui presuma che io sia un fiore incontaminato senza *alcuna* esperienza è così poco allettante che non ce la faccio proprio a mentire. "Sì," sibilo con voce roca.

I suoi occhi si fanno ancora più scuri, le sue dita si contraggono attorno alla mia trachea. Il suo respiro soffia sul mio orecchio e sul mio collo, facendomi correre un brivido lungo la spina dorsale. "Nessuno potrà mai più toccarti qui." Le sue dita pompano dentro e fuori mentre il suo pollice ruota lentamente contro il mio clitoride gonfio. "Sono un uomo molto possessivo, Wendy. E ti voglio tutta per me."

Le sue parole dovrebbero farmi scattare dei campanelli d'allarme, e invece non fanno altro che alimentare le fiamme della mia passione, il cui fumo fluttua con le sue volute intorno a me e mi rende difficile respirare.

O forse è la sua mano che sta pian piano aumentando la pressione sul mio collo.

Prendo una boccata d'aria, la più profonda che posso sotto la sua morsa di ferro, e sento che rischierei di morire se non riuscissi a raggiungere l'orgasmo. Mi gira tutta la testa mentre i miei polmoni implorano aria, la mia mente mi supplica di aggrapparmi a James con le unghie per cercare di alleviare la pressione. La mia mano scatta verso l'alto, le mie dita gli scavano nel polso, le vene del suo avambraccio si tendono sotto il mio palmo. Il mio sesso si contrae.

La sua presa sulla mia gola si fa ancora più stretta, mentre la pressione nel mio clitoride prende a pulsare, diffondendo una sensazione di formicolio attraverso tutto il mio corpo. Mi monta un bruciore nel petto, prima di irradiarsi verso l'esterno, e l'oscurità circonda il mio campo visivo. E poi esplodo, la mia bocca si spalanca in un urlo silenzioso, le mie pareti interne si contraggono ritmicamente attorno alle sue dita, come se volessero risucchiarlo e non lasciarlo mai più andare. La sua morsa si allenta all'istante, trasformandosi in carezze dolci e rassicuranti, mentre io faccio dei respiri affannosi e il mio petto ansima contro il suo.

"Che brava ragazza," mi lusinga.

La soddisfazione scorre nelle mie vene e si insinua nel mio petto - è una sensazione calda, soave e tutto il resto che c'è di buono. James si sposta e solleva il mio corpo di modo da farsi spazio dietro di me, e io mi rannicchio su di lui, mentre mi accarezza i capelli con la sua grande mano e mi sussurra delle parole di elogio.

Non provo nemmeno a parlare, non provo a pensare troppo a quello che ho appena lasciato accadere. Mi sta trattando come una specie di animaletto domestico di cui va fiero - o meglio, è così che mi fa sentire quando lo fa. Chiudo solo gli occhi e lascio che questo momento sia ciò che è.

E, quando mi risveglio, non sono più sul ponte, e sono tutta sola.

15

JAMES

La teiera sta bollendo sul fornello e io ho gli occhi fissi sul dorso delle mie mani aggrappate al bancone. Quello... quello che è successo prima con Wendy è stato inaspettato. Ma *Cristo,* il modo in cui si è disintegrata sotto le mie dita, il modo in cui mi ha *implorato* di bloccarle l'afflusso d'aria e ha tremato sotto il mio tocco… mi ha portato pericolosamente vicino a perdere il controllo.

E non è accettabile.

Mi piacerebbe negarlo, ma sfortunatamente conoscere le proprie debolezze è fondamentale per superarle, e il fatto che *Wendy* sia diventata una debolezza è inequivocabilmente ovvio. Soprattutto dopo che l'ho portata in braccio dalla terrazza al mio alloggio personale e poi ho continuato a guardarla dormire e mi sono goduto il contrasto dei suoi capelli scuri con le mie lenzuola color crema.

Guardo torvo la teiera, irritato dalla potenza dell'effetto che sta avendo su di me; indispettito poiché sta attirando i miei istinti più primordiali e li sta facendo venire a galla, facendomi lottare per il controllo. Con uno sbuffo, tolgo il bollitore dal fuoco e mi passo una mano tra i capelli.

"Posso farlo io per te, lo sai," commenta Smee

entrando nella stanza col resto delle stoviglie della cena.

"Non è necessario, grazie."

Annuisce, mentre tira dritto verso il lavandino e posa i bicchieri lì vicino. "È una bellissima ragazza."

"Mm?" chiedo, strofinandomi il mento con pollice e indice.

"Ho detto che è una ragazza carina."

Mi giro e lo scruto. Smee ha su per giù la mia età e lavora sulla mia barca da quando l'ho trovato per strada vicino al JR, quando avevo diciotto anni - il fine settimana dopo che ho ucciso mio zio. Era un clochard e stava chiedendo l'elemosina, ma ho colto qualcosa nei suoi occhi. Qualcosa che mi ha rivelato che gli era capitata qualche disavventura nella vita e aveva solo bisogno di un modo per riprendere il controllo dopo che gli era stato strappato via.

Ed è qualcosa in cui non faccio fatica a immedesimarmi.

Sono passato a trovarlo per settimane, portandogli dei piccoli gruzzoli di denaro e cibo caldo e vestiti, e l'ho osservato da bordo campo per capire se fosse un sottoprodotto delle droghe che immetto nelle strade o se fosse qualcosa di diverso. Una persona degna di una seconda possibilità.

Fortunatamente per lui, era la seconda.

Quando ho comprato *Giglio Tigrato* con i soldi che mi sono stati lasciati in eredità dai miei genitori - lo stesso patrimonio che mi era stato tenuto nascosto da mio zio - sono andato direttamente da Smee e gli ho offerto vitto e alloggio. Una nuova possibilità. Un nuovo inizio. Purché mi avesse giurato la sua lealtà e avesse accettato di lavorare solo per me. Al di fuori di Ru, Smee è stato la persona più costante della mia vita.

Ciononostante, lo tengo a debita distanza e non lo metto a parte delle parti più oscure della mia vita. Chiunque mi si potrebbe rivoltare contro, se gli venisse dato il giusto incentivo, e anche se so che Smee mi seguirebbe fino ai confini della terra, non sono disposto a rischiare che venga catturato e sveli segreti che non spetta a lui spifferare. Sarebbe un vero peccato dover porre fine alla sua vita.

"Non ho bisogno che tu approvi le mie conquiste, Smee. Lava i piatti e tieni in ordine il mio yacht. È per *questo* che ti pago," replico secco.

"Ti chiedo scusa, capo." Annuisce e mi dà le spalle, prima di concentrarsi sui piatti nel lavandino. Ma le sue parole si sono comunque infiltrate nei miei bordi già logori. *So* che bella persona è Wendy. La sua innocenza, dettata dal suo cuore puro, sanguina dai suoi pori come olio, abbagliante e impossibile da non guardare. Forse è per questo che mi attira in questo modo: le parti nere come la pece della mia anima bramano il suo fulgore.

Mentre torno ai miei alloggi personali, rammento a me stesso la posta in gioco. Lei è uno *strumento*. Qualcosa da usare e da spezzare, un mezzo per un fine e niente di più. E per quanto sia impaziente di spassarmela con lei, non mi arrecherà alcun vantaggio lasciare che questi *sentimenti* mi imbroglino le viscere.

Con una rinnovata determinazione, apro la porta, ma i miei passi vacillano quando la vedo seduta al centro del mio letto, coi capelli arruffati sulla testa e gli occhi ancora gravidi di sonno.

Un sorriso le illumina il viso e mi fa stringere lo stomaco.

"Ciao. Mi sono preoccupata quando mi sono ritrovata tutta sola al mio risveglio."

Mi siedo sul bordo del letto. "Ti chiedo perdono. Ho pensato che potessi avere sete, ma poi mi sono reso conto di non sapere esattamente cosa potrebbe farti piacere."

"Oh." Le sue guance si curvano con il suo sorriso. "È molto gentile da parte tua. Per un momento ho avuto paura di essere stata rapita. Svegliarsi in una stanza sconosciuta è stato un po' destabilizzante."

"Un rapinatore magnifico, per tenerti in lenzuola così lussuose."

"Beh… non si sa mai, potrebbe anche aver provato a

indurmi alla sottomissione col raggiro."

Le mie labbra si contraggono, il divertimento mi ribolle nel petto. "Col raggiro?"

"Sì, sai..." Si sposta una ciocca di capelli dalla fronte. "La sindrome di Stoccolma o roba del genere."

Alzo le sopracciglia. "E pensi di essere suscettibile a un fenomeno simile?"

Annuisce. "Penso che siamo tutti suscettibili a delle reazioni strane, quando il nostro stato emotivo e fisico sono sotto coercizione."

"Molto perspicace, tesoro." La nausea mi fermenta nella pancia.

Si appoggia il dorso delle mani sulle guance. "Sono mortificata di essere crollata dal sonno dopo... lo sai. Non era mia intenzione."

Scuote la testa e un debole accenno di colore cattura il mio sguardo. Allungo il braccio per sfiorare con la punta delle dita i segni rosa che le adornano il collo. "Non scusarti mai per aver passato un bel momento con me." Tolgo la mano, e il sangue mi scorre verso il pene quando mi rendo conto che Wendy porta le mie impronte intorno alla gola come un collare. "Il tuo collo sta bene?"

Si sposta la mano dalla guancia alla trachea. "Sta bene."

"Sei sicura?"

"Non mi fa male." Le sue labbra si curvano all'insù. "Me lo sento perfetto."

"Ma a vederlo sembra ferito."

Fa spallucce.

Mi sporgo, piego la testa da un lato e le do un morbido bacio sulle impronte. "Mi piace non poco l'idea che tu abbia un ricordo di me sulla tua pelle."

La sua bocca si schiude e inspira aria. Le piego il mento e le chiudo le labbra con la punta delle dita. "Puoi restare qui se ti va, altrimenti posso riportarti alla tua macchina."

"Che ore sono?"

"Tardi," rispondo.

Si attorciglia le dita in grembo. "Penso... che probabilmente dovrei tornare a casa. Devo lavorare stamattina."

Annuisco. "Capisco, anche se vorrei che tu mi viziassi e restassi qui."

Il viaggio in macchina per tornare al Vanilla Bean è silenzioso, della soave musica classica risuona dagli altoparlanti mentre lei guarda fuori dal finestrino. Ancora una volta, mi ritrovo ad apprezzare il fatto che lei non insista mai per fare conversazione e che piuttosto scelga di crogiolarsi nel nostro silenzio. Non sono molte le persone in grado di farlo, e questo fa aumentare la mia stima nei suoi confronti.

Parcheggio accanto alla sua macchina, e stavolta lei non fa nemmeno il gesto di aprire lo sportello. Mi sento attraversato da un'ondata di piacere davanti alla presa di coscienza che sta già facendo quello che chiedo. Una volta aperta la portiera, afferra la mia mano e si alza in piedi, prima di appoggiare i palmi delle mani sul mio petto. "Grazie per la splendida serata," afferma.

"Puoi ringraziarmi di nuovo dopo il nostro prossimo appuntamento." Le cingo la vita con le braccia e la attiro verso di me.

"Sei così sicuro che ce ne sarà un altro?"

Faccio un sorrisetto e la spingo all'indietro finché non è schiacciata contro la fiancata dell'auto. La mia mano lascia la sua vita e le si avvolge delicatamente intorno al collo, e le strofino i lividi con le dita. Le piego la testa all'indietro. "Te l'ho già detto una volta che ti voglio tutta per me." Le mie labbra sfiorano la sua mascella. "Credo che scoprirai che so essere molto *tenace*."

Le viene a mancare il fiato e un desiderio viscerale mi si schianta dentro, facendomi fremere per il bisogno di sprofondare dentro di lei; di sentire il suo corpo plasmarsi intorno a me mentre la sfondo dall'interno.

Mi costringo a tirarmi indietro, le mie dita si stringono leggermente prima di rilasciare.

"Come fai di cognome?" mi domanda.

"Barrie," rispondo senza pensarci. Il mio cuore scatta, i miei polmoni si contraggono. Non avrei voluto dirglielo. È troppo rischioso, suo padre e il mio hanno lavorato insieme per anni e non posso dare per scontato che Wendy non l'abbia mai sentito. Per fortuna, non ha il minimo trasalimento.

Il ricordo di chi è lei si diffonde nelle mie vene come veleno, la rabbia fende l'annebbiamento dovuto alla sua presenza, e riprendo il controllo che ho sentito scivolare via.

Mi poggia una mano sul viso e allarga le dita sotto i miei occhi. "Che cos'era?"

"Cos'era cosa, tesoro?"

Scuote la testa. "Qualcosa... nei tuoi occhi... sono cambiati."

"Davvero?" Dondolo sui miei talloni, ignorando il modo in cui mi si sta annodando lo stomaco. "Sto solo sperando che tu ponga fine alle mie sofferenze e accetti di essere mia."

Guarda a terra, prima di riportare lo sguardo su di me. "Se io sono tua, allora tu cosa sei per me?"

Il tuo peggior incubo. "Sono qualunque cosa mi permetterai di essere."

Si affonda i denti nel labbro inferiore e io glielo tiro col pollice per farglielo lasciare. "Dimmi che sei mia Wendy, tesoro."

"Sono tua," sussurra.

La soddisfazione scorre nel mio flusso sanguigno e sorrido, prima di sporgermi e di premere le mie labbra sulle sue, poi la aiuto a salire in macchina.

Non appena gira l'angolo, il mio sorriso si spegne, e mi fanno male le guance per la messinscena. Ma la contentezza mi vaga liberamente per il corpo, e sento il sapore della vendetta fresco sulla mia lingua.

16
JAMES

L'euforia mi scorre nelle vene come la polvere di fata fa nell'organismo di un drogato, e ho la mente che sta schizzando a mille chilometri al minuto. Ho aspettato anni per vedere Peter Michaels faccia a faccia, e quel momento è finalmente arrivato. Prima di quanto avessi previsto all'inizio, ma è comunque il benvenuto.

Mi chiedo se mi riconoscerà. Crescendo, mi è stato detto spesso che ero l'immagine sputata di mio padre, ma non so più quanta verità ci sia in quella affermazione.

Subito dopo la morte dei miei genitori, ricordo che stavo seduto nella nostra casa vuota, con degli sconosciuti che cercavano di consolarmi e intanto mi chiedevano cosa volessi mettere in valigia. Cosa mi avrebbe fatto piacere *conservare*. Come se tutta la mia vita potesse essere sintetizzata e spedita in pochi bauli di indumenti. Rimasi in silenzio e scelsi di prendere solo una piccola scatola di ricordi. Un vecchio libro di favole che mia madre mi leggeva ogni sera, e una sola foto di noi tre: mia madre, mio padre e io. Li tenevo nascosti sotto il letto da mio zio, e la notte, quando il dolore si faceva strada nelle mie viscere e mi attanagliava la gola, facendomi sentire a corto di fiato, li tiravo fuori.

Stringevo tra le mani i loro visi immobili e piangevo nel mio cuscino, mentre immaginavo la voce di mia madre che mi leggeva delle fiabe a lieto fine.

Ma una sera, non molto dopo il mio arrivo, li trovò mio zio. Implorai e supplicai in ginocchio come un patetico *cane,* disposto a qualunque cosa pur di conservare quei piccoli frammenti di loro che avevo. Ma a lui non importava nulla di quello. Non aveva a cuore molto altro al di là dell'obbedienza e del dolore. E, quella sera, si assicurò che imparassi il significato di entrambi. Mi tenne in ginocchio, mentre mi prometteva di restituirmi le mie cose e al contempo mi sfregiava il busto col suo coltello sottile, facendomi uscire delle gocce di sangue alla vista delle quali la paura strinse il suo pugno di ferro intorno alla mia anima. Mi rivelò che aveva sempre nutrito odio nei confronti di mio padre e che la vista della mia faccia gli dava il voltastomaco. E, dopo avermi strappato via quel po' d'innocenza che mi era rimasta, diede fuoco a ogni singolo oggetto, e si fece delle grasse risate mentre io intanto piangevo – una vergogna e un dolore agonizzante che si mescolavano al retrogusto del suo vile piacere.

Ma le mie lacrime si asciugarono in fretta e giurai che non ne avrei mai più versate.

Nel corso degli anni, ho cercato di aggrapparmi al ricordo dei loro volti, al suono delle loro voci e all'odore dei loro capelli. Ma, come tutte le cose, i ricordi svaniscono. La mente è fin troppo facile da manipolare, perfino dal nostro stesso subconscio. I fatti diventano finzione, o quantomeno una versione alterata della verità. E il passato diventa distorto e sfocato.

"Abbiamo appuntamento con lui al Covo dei Cannibali." La voce di Ru mi tira fuori dai miei pensieri.

Alzo le sopracciglia, sorpreso che Peter voglia incontrarci lì.

Il Covo dei Cannibali è una caverna abbandonata nel cuore della foresta, a circa un'ora e mezza fuori città. Gira voce che sia stata utilizzata dal governo negli anni

Cinquanta per stivare dell'equipaggiamento militare, ma è andata in disuso da tempo. Di tanto in tanto ci passa davanti qualche escursionista, ma si tratta perlopiù di uno spazio vuoto, talmente imboscato alle spalle della folta vegetazione che nemmeno i senzatetto vanno a cercarvi riparo.

Ru sogghigna, si appoggia allo schienale della sua poltrona e si accende un sigaro. "Allora, dov'eri ieri sera? Ho chiesto ai gemelli di andare a ritirare il nuovo carico e pensavo che ci saresti stato anche tu per ispezionare il prodotto."

Mi si annodano le viscere. "Ho avuto un impedimento. I gemelli sono in grado di cavarsela da soli."

"Ma non hanno la conoscenza delle armi che hai tu."

"Si è verificato qualche intoppo?"

"Non che io sappia."

Annuisco. "Bene. Se si verificheranno dei problemi, vedrò di occuparmene io."

Ru si acciglia e solleva il dorso della mano come se fosse pronto a prendere a schiaffi l'aria. "La quantità di mancanze di rispetto che ti escono di bocca, ragazzo. Giuro su Dio."

"Oh, avanti, Roofus. Sei una delle pochissime persone viventi a cui porti *rispetto*."

Tira una boccata di sigaro. "Sì, beh... l'altro giorno non te l'ho detto, ma grazie per il regalo."

Faccio una smorfia e mi si annoda lo stomaco.

"Ora non cominciare a fare storie con me, ragazzo," bofonchia. "Lasciami dire quello che ho bisogno di dire."

Faccio un sospiro e mi alzo in piedi, mi avvio verso la bottiglia stondata in un angolo del suo ufficio che ospita il brandy, me ne verso due dita e mi volto. Il ghiaccio tintinna contro i bordi del bicchiere.

"Sei quanto di più vicino a un figlio io abbia mai avuto," dichiara.

Mi si contorce violentemente il cuore nel petto, le mie dita attanagliano il drink con un tale vigore che i bordi acuminati del cristallo mi si imprimono nella pelle.

"E so che non ti piacciono tutte queste porcherie sentimentali, quindi andrò dritto al punto. Abbiamo un sacco di nemici. E sto solo dicendo..." Si schiarisce la gola. "Che sono contento di averti con me, ragazzo."

I tendini della mia mascella si contraggono mentre stringo i denti, ingoiando il groppo dell'emozione che mi si sta formando in gola. Protendo il mio drink verso di lui. "Tutta la notte."

"E dritto fino al mattino." Fa l'occhiolino.

La prima e unica volta che ho incontrato Peter è stata durante una 'vacanza di famiglia,' che in realtà era il nome in codice che mio padre Arthur usava quando aveva degli affari da sbrigare in America. Non ho mai saputo di cosa si occupasse di preciso, a parte il fatto che era potente e che a Londra sembravano conoscerlo e riverirlo tutti quanti. Sapevo che aveva un socio in affari qui negli Stati Uniti, a cui veniva spesso a far visita, di solito senza di noi. Invece, quella volta cadeva l'anniversario dei miei genitori e mia madre aveva insistito perché partissimo anche noi.

Fu al mattino seguente, al brunch, che conobbi Peter e la sua famiglia da cartolina. All'epoca non ci feci molto caso. Dopotutto, avevo dei genitori che mi amavano e non mi facevano mancare nulla. Eppure, per qualche ragione, mi sentii pervaso da un senso d'urgenza particolarmente violento quando vidi Peter per la prima volta. Lo ascrissi al fatto che odiavo il clima della Florida. Era troppo afoso e caldo. Troppo *soleggiato*, dopo una vita sotto i cieli plumbei di Londra.

E poi la sua bellissima moglie entrò portando in braccio un bambino, che non doveva avere più di un anno, e tenendo per mano una giovane ragazza coi capelli castani e un sorriso che ti veniva incontro e ti accecava con il suo bagliore. La loro madre era molto bella, ma impallidiva in confronto alla mia.

Peter sorrise e mi strinse la mano, e la pelle levigata del suo palmo mi fece sentire importante. Rispettato. Come uno sciocco, lo guardai con la stessa ammirazione con cui guardavo mio padre. E, due giorni dopo, quando per tornare a casa prendemmo un volo privato NevAirLand, per gentile concessione di Peter Michaels, il jet prese fuoco e andò a schiantarsi contro gli alberi, uccidendo tutti quelli che erano a bordo. Tutti tranne me.

Non dimenticherò mai l'espressione sulla faccia di mio padre, quando lesse il biglietto scritto a mano pochi minuti prima di morire – lo stesso biglietto che gli aveva dato Peter in persona. Non avrei mai immaginato che un uomo vivo e vegeto potesse diventare di quel bianco cadaverico simile a un fantasma.

È quell'immagine che continua a perseguitarmi ora, mentre guidiamo lungo il sentiero ombreggiato verso l'ingresso del Covo dei Cannibali. Lo scricchiolio della ghiaia sotto gli pneumatici richiama la sensazione che avverto nelle mie budella, sapendo che dovrò mettercela tutta per non uccidere Peter sul posto.

Starkey parcheggia l'auto e lascia i fari accesi – l'unico modo per rischiarare il buio della notte.

Ed eccolo lì, appoggiato a una Rolls Royce con una camicia verde button-down e dei pantaloni scuri. I suoi uomini sono un po' più avanti rispetto a lui e ha una splendida donna bionda al suo fianco.

"Sei pronto, ragazzo?" Ru mi lancia un'occhiata. "Mostrati cordiale, okay?"

Alzo le sopracciglia. "Naturalmente, Roofus."

"E *non* chiamarmi Roofus davanti a lui, per l'amor di Dio."

Ru scende per primo dall'auto, e io lo seguo poco dopo, lasciando che i riflettori vengano puntati su di lui, mentre io mi muovo nell'ombra, non volendo ancora essere visto da Peter.

"Ru, presumo?" La voce di Peter aleggia nell'aria, facendomi fremere lo stomaco.

Ru sorride. "Proprio io. Lo sapresti, se ti fossi presentato la prima volta."

Peter inclina la testa, e i suoi capelli brizzolati ondeggiano al movimento. "Chiedo venia, sono certo che tu riesca a comprendere il motivo per cui ho mandato in avanscoperta uno dei miei uomini. Privacy e discrezione sono di primaria importanza."

Mi infilo le mani in tasca e sfrego con vigore il legno del mio uncino con il pollice, nel tentativo di soffocare i battiti del mio cuore.

"E questa chi è?" chiede Ru, indicando con la mano la donna in piedi alle spalle di Peter.

Peter sbircia verso di lei da sopra la sua spalla. "Questa è Tina Belle. La mia assistente."

Coi capelli biondi ben tirati all'indietro, fa un sorriso e un cenno di saluto.

"Tina, piacere di conoscerti," risponde Ru. "Beh, ora siamo qui. Dicci pure."

La testa di Peter si piega da un lato, i suoi occhi fluttuano da Ru a Starkey, e infine verso di me, in piedi nell'ombra. "Hai voluto che ti presentassi la mia gente, ma non mi rendi la stessa cortesia?" Si poggia una mano sul petto. "Se hai in programma di lavorare insieme a me, il rispetto deve essere reciproco. Ci deve essere un certo livello di fiducia."

La rabbia ustiona nel profondo del mio intestino. *Fiducia*. Risibile, davvero.

Esco dall'ombra ed entro sotto la luce, con le mani in tasca.

"*Fiducia* è una parola divertente, non trovate?" domando.

Ru si gira verso di me e mi guarda diffidente. Gli sorrido e gli faccio l'occhiolino.

Peter mi fissa per dei lunghi istanti, come se stesse registrando ogni mio singolo lineamento. E poi le sue guance impallidiscono appena.

Eccellente.

"Dopotutto," continuo. "Noi con*fidavamo* che una persona del tuo calibro, una volta che è entrata nel nostro territorio e ha chiesto un incontro, ci avrebbe fatto la cortesia di presentarsi sul serio." Faccio un passo avanti fino a quando non sono spalla a spalla con Ru, con la mano avvinghiata attorno al mio uncino, nel tentativo di convogliare tutta la mia rabbia nella mia morsa, di modo da non farla trapelare sul mio viso.

Sono quindici anni che aspetto questo momento, e sono determinato a portare a termine il mio piano, per quanto il mio sangue mi stia sgraffiando le viscere, supplicandomi di finire quest'uomo qui e ora.

Peter si lecca le labbra. "E tu saresti?"

Ridacchio, puntando lo sguardo a terra prima di incrociare di nuovo il suo. "Puoi chiamarmi Hook."

"Ah, sì. *Hook*." Peter sghignazza. "La tua reputazione ti precede." Piega la testa. "Non sapevo che fossi britannico, però."

Faccio un sorrisetto e mi appoggio al cofano della nostra auto.

Gli uomini di Peter si muovono verso di me, ma lui scuote la testa. "Datevi tutti quanti una calmata. Siamo solo degli uomini d'affari che stanno facendo conversazione." I suoi occhi ardono nei miei. "Non è così?"

"Ti suggerisco di arrivare al punto," ribatte Ru. "Hai già sprecato abbastanza del nostro tempo, e io sono uno che tende a *perdere* velocemente la pazienza."

Le sopracciglia di Peter scattano fino all'attaccatura dei suoi capelli. "Ma tu sai chi sono?"

Ru inclina il capo. "Stai insinuando che sono uno stupido? Tu vieni nel *mio* territorio e pensi che, solo perché ti chiami Peter Michaels, puoi chiederci di saltare e noi ti chiederemo '*quanto in alto?*'. E che poi ti diremo pure '*grazie per il favore*'?" Scuote la testa. "Non è così che funziona qui. Se vuoi fare delle consegne per me con i tuoi aerei e le tue navi, possiamo parlarne. Sono più che disposto a stringere un accordo amichevole. Ma non metterti in testa nemmeno per un secondo che a me qui, a casa mia, freghi qualcosa del fatto che tu agli occhi del mondo sei un uomo ricco e di grande successo." Si punta le mani sul proprio petto. "Queste sono le *mie* strade. E tutti quelli che le attraversano pagano il loro pedaggio. Ci siamo intesi?"

Le mie viscere si scheggiano alle parole di Ru, lo shock mi infilza lo stomaco come una freccia. Sta prendendo in considerazione di lavorare con lui. Dopo che lui e io avevamo già stabilito che gli avrebbe detto di no.

Peter rimane in silenzio per dei lunghi istanti, prima di strofinarsi il mento e annuire. "Mi occuperò della tua polvere e delle tue armi, ma voglio il cinquanta per cento."

Digrigno i denti, e Ru sbuffa divertito. "Dieci."

Peter sorride. "Quaranta."

Le labbra di Ru si assottigliano, i suoi occhi diventano scuri. "Penso che tu mi abbia frainteso. Io non ho *bisogno* di te."

"Può darsi." Peter fa un cenno d'assenso col capo. "Ma saresti uno sciocco a rifiutare me. Potrai anche avere i tuoi corrieri, ma nessuno ha la mia esperienza, né offre un servizio di trasporti rinomato a livello mondiale, che può entrare in qualsiasi paese in *qualsiasi* momento." Si avvicina a Ru e la mia spina dorsale si raddrizza. "Basta che tu lo dica, e io metterò la tua polvere magica in stiva e la farò volare in posti che hai visto soltanto nei tuoi sogni."

Uno squillo spezza il momento e Peter tira fuori il cellulare dalla tasca e dà un'occhiata allo schermo. Emette un sospiro e il suo corpo si affloscia. "Purtroppo, signori, debbo interrompere questa riunione." Alza lo sguardo e i suoi occhi si increspano agli angoli quando sorride. "Ho promesso a mia figlia che sarei tornato a casa per cena."

Il mio stomaco fa una capriola alla menzione di

Wendy. Mi chiedo come la vedrebbe Peter, sapendo che solo ieri sera avevo tutte le dita ricoperte dell'eccitazione di sua figlia; che avevo la sua vita in pugno mentre mi supplicava di portarla in punto di morte.

Peter si fa avanti e allunga una mano per stringere quella di Ru. "Definiremo i dettagli la prossima settimana. Prendi la decisione giusta, mi raccomando."

E poi viene incontro a me. La sua maschera ingannatrice vacilla appena quando allunga il collo per guardarmi negli occhi. La bile mi brucia il fondo della gola quando poggio il mio palmo nel suo.

Il suo sguardo è gelido. Calcolato. "Forse un giorno mi dirai il tuo nome."

La trepidazione mi piomba addosso come un ariete e mi si allarga un sorriso sulla faccia. "Non vedo l'ora."

17

Wendy

Mio padre è tornato davvero a casa. Con due ore di ritardo rispetto all'orario che aveva dato e una donna misteriosa appiccicata al suo fianco, ma trascurerò i dettagli perché averlo qui surclassa qualsiasi aspetto negativo.

Anche se si è perso la cena.

"Allora, cos'hai detto che fai per mio padre?" chiedo a Tina, seguendoli nello studio mai usato.

Fa un sorrisetto, prima di infilarsi una cartellina sottobraccio e di mettersi a suo agio sul divano di pelle scura. È di una bellezza briosa. Magrolina e minuta, con un naso a patata e una frangia vaporosa. Ma non riesco a frenare l'invidia che mi turbina nel profondo, sapendo che ha accesso illimitato all'attenzione di mio padre, mentre tutti noi stiamo qui a elemosinarne una goccia.

"Sono il suo braccio destro. Tuo padre sarebbe perso senza di me." Si gira verso di lui con un sorriso, e lui ricambia con un occhiolino.

Mi viene da vomitare. Mi infilo il labbro inferiore in bocca e annuisco. "Ah."

"È la mia assistente," interviene papà.

"È la voce che sento sempre prima che tu mi attacchi di corsa quando siamo al telefono?" Alzo le sopracciglia.

Si formano delle rughe in mezzo agli occhi di mio padre, le sue labbra s'incurvano all'ingiù e la bambina che è in me, ancora alla disperata ricerca della sua approvazione, si fa piccola dalla vergogna davanti al suo scrutinio.

"Mi dispiace, è stata una battuta scortese," mi sbrigo ad aggiungere. "È solo che... è difficile con te che stai via così tanto. Soprattutto in questo posto nuovo."

Sospira, lanciando un'occhiata prima a Tina e poi di nuovo a me. "Esci, Tina."

Gli occhi della ragazza si sgranano e cambia posizione sul divano. "Ma Peter, dobbiamo..."

"Devo parlare con mia figlia. Da solo. Esci."

Sussulta e annuisce, prima di posare la cartellina che ha in grembo e di uscire lentamente dalla porta dell'ufficio, non senza avermi lanciato un'occhiata bieca.

Stronza.

La guardo chiudersi la porta alle spalle prima di voltarmi per affrontare mio padre.

"Allora..." Sorride, mentre va verso la parte anteriore della sua scrivania e vi si appoggia. "Che mi racconti di nuovo, Piccola Ombra?"

Il soprannome affettuoso schizza come un lazo, mi avvolge intorno alla vita e mi tira verso di lui, mentre la nostalgia mi artiglia le viscere. Ce l'ho sulla punta della lingua: *mi sto vedendo con qualcuno. Lo odieresti.*

Ma non ho ancora voglia di giocare quella carta, voglio ancora tenermi James per me prima di presentarlo alla mia famiglia.

Mi forzo un sorriso sul viso, anche se un dolore mi si deposita come un macigno nel petto. "Sto solo lavorando alla caffetteria e mi sto ambientando nella nuova città. Tu ti sei già dato un'occhiata intorno?"

Il suo viso si addolcisce, i suoi occhi si riscaldano come una volta e, a quella semplice vista, le mie viscere si trasformano in poltiglia e tutta la mia rabbia e il mio risentimento vengono soffocati dalla speranza che mi scorre in corpo.

"Non ancora, ma hai fatto un bel lavoro nella sistemazione della casa," commenta.

Lo liquido con un gesto della mano. "È stato un gioco da ragazzi. Jon e io abbiamo fatto un po' di fatica ad abituarci al clima, a dire la verità. È così diverso dalla Florida." Faccio una pausa, mi intreccio le dita e mi sudano sempre di più i palmi delle mani perché questo è un bel momento, e l'ultima cosa che voglio fare è rovinarlo con delle domande e delle scocciature. Nondimeno, le parole mi escono di bocca prima che io possa fermarle. "Quando glielo dirai?"

Mio padre si mette le mani in tasca. "Dirgli cosa?"

Alzo gli occhi al cielo ed espiro. "Tu sai cosa, papà. Dire a Jon che lo stai spedendo in collegio."

Cambia posizione e solleva una mano per strofinarsi il mento. "Wendy, sono passati cinque minuti da quando sono tornato a casa. Non l'ho ancora visto. Glielo dirò, non preoccuparti."

"Quando?" ribadisco.

"Quando *cosa*?"

La frustrazione mi ribolle nelle vene, la mia rabbia monta come lava, la pressione cresce al centro del mio petto finché non esplode fuori dal mio corpo come un geyser.

Mi stringo i pugni lungo i fianchi. "*Quando* ti fermerai per più di una notte?" sibilo. "*Quando* ti renderai conto che qui hai i tuoi figli?" Mi sbatto una mano sul petto. "Noi siamo proprio qui, papà. E tu sei…" Sventolo la mano in giro per la stanza. "In qualsiasi altro posto. Tu e *Tina Belle*."

"Wendy, io..."

Alzo la mano. "No. Ti prego… non farlo. Sono così *stufa* di contentini e di promesse vuote. Sono così *stanca* di sentirmi come se stessi deludendo Jon, quando in realtà sei tu che lo stai facendo. Non è giusto nei miei confronti, e tu lo sai." Mi si forma un groppo in gola. "E so che sei impegnato, lo capisco. Ma accidenti, *stai* un po' qui, papà. Come facevi un tempo."

Gli si dilatano le narici mentre si solleva dalla scrivania e mi viene lentamente incontro.

Mi appoggio alla parete e scivolo fino a quando non sono seduta sul pavimento, e mi premo i palmi delle mani sugli occhi per cercare di placare il bruciore. Non mi sono *mai* rivolta a mio padre in questo modo prima.

Le sue scarpe entrano nel mio campo visivo e mio padre si accovaccia accanto a me. "Piccola Ombra." Fa un sospiro e si mette seduto accanto a me, prima di appoggiare i gomiti sulle ginocchia. "Non so cosa vuoi che ti dica, Wendy."

"Dimmi solo che ci sarai." Le parole mi restano in gola, la voragine che ho nel petto mi pulsa. "Dimmi che inizierai a considerarci una priorità."

Rimane in silenzio per dei lunghi istanti prima di mettermi un braccio intorno alle spalle e di accostarmi al suo fianco. Mi mordo il labbro e deglutisco con difficoltà, pur di tenere a bada i singhiozzi. L'ultima cosa che voglio è sembrare debole di fronte all'uomo che è sempre così forte.

"Sei la cosa più importante al mondo per me," dichiara.

"Non sembra," borbotto.

"Lo sei. Lo sei sempre stata."

"E Jon," aggiungo, con una stizza che rischiara il torpore scatenato dalla sua attenzione.

"Che?" Il suo corpo si irrigidisce.

"Hai detto che sono *io* per te la cosa più importante al mondo. Ma non sono la tua unica figlia. Hai dimenticato di menzionare Jon."

Si schiarisce la gola. "Giusto, certo. Anche Jon."

"A volte," sussurro, una volta che mi sono aggrappata alla mia ritrovata fiducia in me stessa e la seguo. "A volte sembra come che tu ti sia completamente dimenticato della nostra esistenza."

Avverto un formicolio in cima al capo quando mi dà un bacio sui capelli, e mi accoccolo ancora di più contro di lui. "*Per piacere*, diglielo," lo supplico di nuovo. "Non voglio essere io a farlo."

Annuisce contro di me. "Glielo dirò domattina."

Mi lascio uscire un sospiro e permetto alle sue parole di ammantarmi come una coperta. Il sollievo ingoia la tristezza – almeno per il momento.

Ma, al mattino seguente, nostro padre se n'è andato. E Jon ancora non lo sa.

18

JAMES

L'incontro con Peter ha rimesso tutto a fuoco: la sua morte è talmente vicina che riesco a fiutarne l'odore nell'aria. Ora devo solo convincere Ru che concludere un affare con lui non andrà a nostro favore. Sarò estremamente *seccato* se i miei piani si complicheranno perché i nostri affari inizieranno a essere legati a doppio filo ai suoi.

Anche se i giorni di Peter non fossero drasticamente contati, avrei comunque le mie riserve nell'adoperarlo. Anni passati a escogitare modi per uccidere l'uomo responsabile di ogni trauma della tua vita ti danno tutto il tempo per conoscere le sue debolezze. Il suo passato. E ho imparato perfino di più su Peter che sui suoi confidenti più fidati. So che è cresciuto nel sud della Florida, che i suoi genitori erano talmente poveri da riuscire a malapena a permettersi il riso che mettevano in tavola. So che all'età di quattordici anni era uno spacciatore di droga comune, che vendeva in giro per le strade, si faceva chiamare Pan e instillava idee di grandezza, sussurrandole alle orecchie della gente. Gli prometteva una vita all'insegna dell'*avventura*, purché avessero seguito il suo esempio. So che, nella sua scalata verso il potere, si è lasciato dietro un sacco di gente. La maggior parte della quale è scomparsa senza lasciare traccia.

E so che, quando ha comprato una compagnia aerea in fallimento, lo ha fatto per pochi centesimi, e non si sa come, ma del proprietario precedente non si sono mai più avute notizie.

So che Michaels non è il suo cognome originale. E so che l'unica cosa a cui tiene a questo mondo, oltre ai suoi soldi e alla sua posizione, è sua figlia.

Wendy.

Ma non posso dire tutto questo a Ru senza ammettere che c'è un pezzo enorme della mia vita di cui non è mai stato messo al corrente. E sebbene Ru non sia uno che tende a ficcare il naso, non credo proprio che la prenderebbe bene se sapesse di avermi permesso di entrare nella sua schiera, mentre io gli ho tenuto segreta la maggior parte di me stesso.

Ma me ne preoccuperò stasera quando arriverò al JR.

Per il momento, la mia attenzione è tutta su un nuovo panificio che ha aperto su Maize Street. Di prassi, sono i gemelli a fare il giro e a riscuotere il pizzo e roba del genere, ma visto che abbiamo avuto dei problemi con questa nuova attività, ho pensato di venire a far loro visita personalmente.

Faccio un sospiro e mi accomodo sulla sedia di fronte a George, il proprietario, con lo stomaco in subbuglio per il modo in cui la farina è appiccicata a tutte le superfici della cucina. Tiro fuori i miei guanti, la pelle nera mi avvolge le mani nel suo calore, e fletto lentamente le dita mentre parlo. "Dunque... George." Sorrido, mentre appoggio una caviglia sull'altro ginocchio. "Raccontami ancora una volta cos'è successo."

George si asciuga la fronte con uno straccio bianco e la sua grossa pancia si gonfia a ogni respiro pesante. "Ve l'ho detto, è già passata una persona tre giorni fa. Ho già *pagato*."

"Impossibile," ribatto, spazientito per le bugie palesi di quest'uomo che mi stanno stracciando le viscere. Prendo una boccata d'aria profonda, piego il collo da un lato e lascio che lo scricchiolio delle mie ossa plachi la mia rabbia. "Chiedo scusa," rido, chiudendo gli occhi. "Non volevo perdere la pazienza. È solo che... è *impossibile*."

Alza le mani. "Ti sto dicendo la verità."

"Me lo auguro davvero." Divarico le gambe, tiro fuori il coltello, lo apro e faccio scorrere il pollice guantato sulla lama, godendomi il luccichio del metallo che scivola contro il cuoio. "Dimmi una cosa, tu sai chi sono?"

L'uomo scuote la testa.

"I tuoi vicini non ti hanno fatto menzione di me?" Mi premo la mano libera sul petto. "Sono addolorato."

"Senti, io ti ho detto quello che so." L'uomo fa per alzarsi, gettandosi lo straccio sopra la spalla. "Ci sono clienti ab..."

"Mettiti. Seduto," sibilo.

I gemelli, che fino a questo momento sono stati in disparte, si raddrizzano e ci vengono incontro. L'uomo strabuzza gli occhi, ma sprofonda di nuovo sulla sedia.

"Vedi, io sono un uomo ragionevole. E mi rendo conto di quanto debba essere frustrante venire a sapere di essere stato preso in giro da un *pezzente* qualunque. Sono disposto a passare sopra la tua svista, dal momento che non eri ancora ben informato."

Le sue spalle si afflosciano. "E quindi? Dovrei pagare due volte?"

Inclino la testa. "Ho detto di essere ragionevole, non debole. E anche se mi piacerebbe lasciar correre, sai come vanno le cose." Mi rimetto in piedi e alzo gli occhi al cielo, mentre faccio roteare la mia lama in aria. "Se lo fai passare a uno, finisci per farlo passare a tutti. E, onestamente, se sei bravo in qualcosa, non dovresti mai farlo gratis." Mi fermo quando sono in piedi di fronte a lui, la mia lama scivola sotto il suo mento e gli solleva la testa finché i suoi occhi non incontrano i miei. "Se da un lato la nostra protezione è una forma di cortesia, è *altresì* la migliore possibilità che la tua azienda abbia di sopravvivere."

Le sue labbra si assottigliano, delle gocce di sudore gli colano lungo il viso. "E se rifiutassi?"

La mia mano preme il coltello più a fondo nella sua pelle. "Possiamo scoprirlo, se lo desideri."

"Non… io non ce li *ho*," balbetta.

Mi avvicino, lascio che la punta uncinata si inclini verso l'alto e gliela affondo nella carne sotto il mento. Il sangue cola lungo la lama e sul mio guanto. "Allora ti suggerisco di *trovarli*."

"Va bene," ansima. "Per favore."

Tolgo il coltello e drizzo la schiena. "Splendido, Georgie." Faccio una pausa. "Posso chiamarti così? Georgie?"

Il suo pomo d'Adamo oscilla.

"Lascia che ti spieghi come andrà a finire questa storia." Infilo una mano nel taschino della mia giaccia, tiro fuori un fazzoletto e strofino via il rosso dall'estremità uncinata del mio coltello. "Per prima cosa, mi racconterai *tutto* quello che sai sulla persona che è passata tre giorni fa. E poi salderai ai miei amici qui," inclino la testa verso i gemelli, "quello che ci devi."

"Ma ho appena detto che io..."

Alzo una mano. "Comprendo, sul serio. E, come ho già detto, sono un uomo ragionevole. Se non puoi pagare oggi, torneremo domani. Ma sento di doverti avvertire: a me non piace che mi si faccia aspettare, Georgie. Mi dispiacerebbe molto constatare quello che accadrebbe alla nostra amicizia se mettessi alla prova la mia pazienza," dichiaro, scuotendo la testa.

"Troverò il denaro."

"Benone." Sorrido. "Ora, parlami di questa persona."

"Era... era una donna. Ha detto che c'era un nuovo capo in città e che lei mi stava facendo una cortesia permettendomi di dimostrare la mia lealtà in anticipo."

La rabbia mi attanaglia le viscere. Ma certo.

"Una donna," ripeto. "Cos'altro?"

"Tutto qua," replica. "Questo è tutto ciò che so. I miei vicini mi hanno avvertito di non oppormi quando siete venuti a chiedere il vostro obolo, e non volevo iniziare con il piede sbagliato."

Mi sfrego il mento con una mano, mentre mi faccio ruotare la lama tra le dita dell'altra.

"Ti sto dicendo la *verità*!" supplica.

Faccio un sospiro e rimetto il coltello in tasca. "Ti credo. Fa' il bravo con i miei ragazzi, intesi?" I gemelli sorridono in sincrono e fanno un passo avanti per prendere il mio posto.

Lo picchieranno un po', facendo il lavoro sporco che a me non va di fare. Giusto per far passare il messaggio.

Un nodo si incastra al centro del mio petto e si attorciglia su sé stesso finché non vedo solo rosso. Le voci non giovano agli affari, ed è questo che scatenerà questa *seccatura*. Delle voci.

Una donna.

C'è solo una donna che conosco in affari con un uomo potente, e sono appena arrivati entrambi in città.

Ho i guanti macchiati di gocce di sangue, quindi li rimuovo, me li metto in tasca ed esco dalla porta d'ingresso. Di punto in bianco vengo sbalzato all'indietro, e una sagoma minuta si schianta contro la mia. Digrigno i denti e allungo le braccia. Una zaffata di vaniglia colpisce i miei sensi.

"James?" La voce di Wendy fluisce attraverso le mie orecchie, e di punto in bianco la mia irritazione svanisce e un sorriso prende il sopravvento sul mio viso.

"Tesoro," la adulo. "Che piacevole sorpresa."

"Dillo a me!" Sorride. "Che ci fai qui?"

Mi giro per sbirciare verso il negozio: la moglie di George è in piedi dietro il bancone frontale e lancia ogni pochi secondi delle occhiate verso il marciapiede.

"Sono solo venuto a portare i miei saluti. Conosco i proprietari."

"Davvero?" domanda Angie. "Ho sentito dire che fanno delle focaccine buone da *morire*."

Guardo l'amica di Wendy e il mio sorriso si fa più teso. "Non ne dubito."

"Vuoi entrare con noi a fare uno spuntino?" chiede Wendy.

"Purtroppo non posso trattenermi, per quanto il panorama sia improvvisamente migliorato." Il mio pollice scorre lungo la sua mascella, e mi si diffonde un calore nel petto quando le sue guance diventano rosse. "Esci con me domani."

"Lavoro fino alle tre."

"Perfetto. Ti passo a prendere al lavoro." Mi chino e premo le mie labbra sulle sue. Intendevo darle solo un bacio a stampo, ma la sua lingua scivola fuori e si aggroviglia con la mia, e io trattengo un gemito, mentre il trambusto sul marciapiede svanisce e io mi perdo nel suo gusto.

Sarà un vero peccato quando dovrò romperla.

Passerò oltre, ovviamente, senza pensarci due volte, poiché la contentezza di aver finalmente realizzato il desiderio della mia vita laverà via l'empatia che provo nel sapere che non è stata *lei* a fare qualcosa di sbagliato. Ma a volte bisogna compiere dei sacrifici in vista di uno scopo più grande.

"Potremmo fare un salto al locale stasera," propone la sua amica una volta che spezziamo il nostro bacio. "Tu ci sarai?"

"Non avevo messo in conto di andare," ammette Wendy.

"Dovresti," rispondo io. "Sarò impegnato, ma mi piace molto l'idea di averti vicina."

Sorride e i suoi occhi si addolciscono mentre si appoggia al mio tocco. "Va bene."

"Brava ragazza." Le do un bacio sulla fronte e faccio un passo indietro nello stesso momento in cui i gemelli escono dall'edificio. "Di' a Georgie di mettere tutto quello che volete sul mio conto."

Gli occhi di Wendy si spalancano. "Hai un conto aperto qui?"

Le infilo una ciocca di capelli dietro l'orecchio. "Tesoro, lascia il mio nome in qualsiasi posto in questa città e non tirerai mai più fuori un soldo."

"Quale nome?" si intromette la sua amica.

La guardo con la mascella serrata. "Scusami?"

Si mordicchia il labbro inferiore. "Sto solo chiedendo... quale nome? James? O…"

L'angolo della mia bocca si contrae. "Credo che tu sappia già la risposta a questa domanda."

Wendy sussulta. "Uncino?"

Piego la testa da un lato. "È così che mi chiamano."

"Perché?" mi incalza.

"Solo un soprannome infelice, temo." Le strizzo l'occhiolino e mi rivolgo ai gemelli, facendogli cenno di dirigersi verso l'Escalade a folle accanto al marciapiede. "Mi puoi fare un favore, tesoro?"

Inarca un sopracciglio.

"Quando verrai al JR stasera, indossa qualcosa di blu." Mi sporgo, e il mio respiro le soffia lungo l'orecchio. "È un colore *talmente* bello che voglio passare tutta la serata a immaginare come sarà una volta fatto a brandelli e gettato sul pavimento della mia camera da letto."

Wendy prende fiato e io poggio le mie labbra sulla sua guancia, prima di allontanarmi e salire in macchina, col cazzo duro e il cuore a mille.

19

Wendy

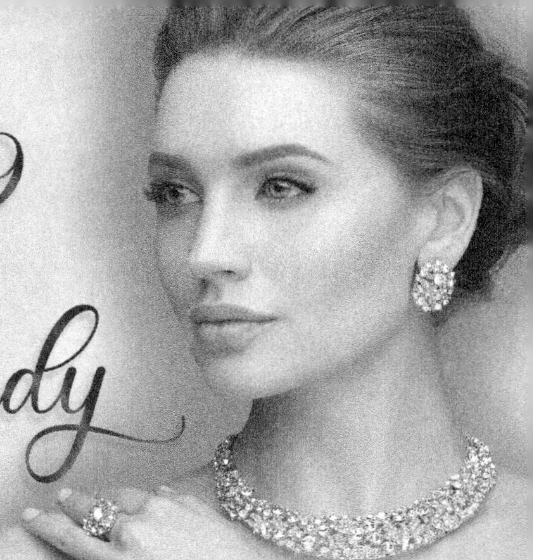

Sono seduta nel soggiorno formale di casa mia, in attesa che Angie mi passi a prendere. *Indosso qualcosa di blu*. Jon è di fronte a me e sta lavorando sul modellino di un altro aereo.

"Papà ha telefonato stamattina." La sua voce fende il silenzio.

Il cuore mi salta in gola. Dubito fortemente che si sia trattato di uno squillo tanto per fargli un saluto, e lo sconforto mi si deposita in fondo allo stomaco come un mattone, poiché già so, senza bisogno che Jon mi riporti le parole che gli ha detto nostro padre. *Per telefono.*

Jon stringe la presa attorno al pennello e smette di tracciare la linea nera che stava dipingendo lungo una fiancata del suo aereo. "Senti, me l'ha detto, okay? Quindi puoi anche smetterla di guardarmi in quel modo."

Inspiro lentamente. "Che cosa ti ha detto?"

"Che andrò in quello stupido collegio. Va *bene*."

Espiro, mi appoggio allo schienale della poltrona e poso entrambe le braccia sui braccioli imbottiti. "Va bene?"

I suoi occhi si poggiano su di me da sopra il bordo dei suoi occhiali. "Conterebbe qualcosa se non mi andasse bene?"

"Certo che conterebbe."

Butta giù il pennello e si passa una mano tra i capelli corvini, così simili a quelli di nostra madre. "Non c'è niente che tu possa fare per cambiarlo, Wendy. È così e basta, e non migliori di certo la situazione standotene seduta lì con la faccia di una che è sul punto di scoppiare in lacrime."

Mi si costringe il petto. "Non sono sul punto..."

I suoi occhi si stringono in due fessure. "Invece *sì*."

"Voglio solo che tu sia felice. Tutto lì." Alzo le mani.

Non risponde e riporta la sua attenzione al suo modellino. Il silenzio soffocante mi si avvolge attorno alla gola e mi si infila nelle orecchie, consentendo ai miei pensieri di proliferare senza freno, né misura.

È l'*unica* cosa che ho chiesto a mio padre, eppure, in un modo o nell'altro, non è riuscito comunque a portarla a termine, e ha preferito comunque imboccare la strada più facile e non prendere in considerazione i sentimenti di Jon, come se qualcosa di così grande non avesse impatto su di lui. Viene gettato sul fuoco della mia rabbia un ennesimo ceppo pesante e bruciato, e mi scoppietta in fondo alla pancia.

"Ha detto che parto domani."

Le sue parole sono pacate e concise, ma riescono comunque a prendermi a pugni nel petto. "*Domani*?" trasalisco. "Viene lui a casa per accompagnarti?"

Le labbra di Jon si curvano in un piccolo sorriso, ma non è felicità quella che sento vibrare nell'aria. "Wendy, sii realistica. Mi accompagnerà l'autista."

Le fiamme mi bruciano le viscere e mi fanno bollire il sangue nelle vene. "Ti porto io."

Scuote la testa. "Non occorre che tu lo faccia."

"Lo *voglio* fare." Forzo un sorriso. "Devo vedere il posto di persona, se ho intenzione di venirti a trovare ogni settimana."

Jon mugugna. "*Non* ti è permesso farmi visita tutte le settimane."

Il mio sorrisetto si allarga. "Beh, allora farai meglio a lasciarti accompagnare domani, altrimenti mi presenterò *in continuazione* e mi assicurerò di risultare particolarmente imbarazzante."

Jon ridacchia, e colgo un flebile scintillio nei suoi occhi. "Wendy, tu non sei mai imbarazzante. Solo... dispotica."

La mia mano vola sul mio cuore. "Dovrei offendermi per questo?"

"No, è..." Scuote la testa. "È una cosa dolce."

Il nodo al mio stomaco si allenta un po' alle nostre battute, e mi sento pervasa da una sensazione di familiarità, come se fossi con un amico perduto da tempo. Ma è una sensazione che viene rapidamente spazzata via dalla consapevolezza che, da domani in poi, sarò davvero, completamente sola.

Siamo al Jolly Roger già da due ore e non ho ancora visto James.

Maria - che stasera non è con noi - ha detto che era lui il proprietario del locale, ma più resto seduta qui, senza la sua presenza prepotente a confondere i miei pensieri, più mi rendo conto che in realtà non so nulla di lui.

Beh, non è proprio vero. *Qualcosa* so, tipo il fatto che ha un soprannome ridicolo e che a quanto pare ha così tanto potere in questa città che il suddetto soprannome vale oro. Ma, per essere qualcuno che dice che sono sua, in realtà non lo sento molto di più di un estraneo.

Come ho fatto a essere tanto stupida da non fare nessuna domanda?

"Grazie di avermi detto che coprirai tu il mio turno di domani," commento ad Angie, sorseggiando la mia acqua frizzante.

Mi liquida con la mano e sorride. "Ma figurati!

Qualche straordinario mi fa soltanto comodo, comunque." I suoi occhi vagano alle mie spalle. "Fra l'altro, stai uscendo con un uomo che indossa abiti a tre pezzi per *scelta,* quindi penso si possa affermare con un buon grado di certezza che sono io ad aver bisogno di soldi più di te. Ah, e vivi anche in un palazzo!" Ridacchia. "Svergognata! Dio, è così ingiusto."

Faccio una risata forzata che mi fa sentire come se delle lame di un rasoio mi stessero tagliuzzando la gola improvvisamente stretta.

Angie tracanna il resto del suo cocktail e sospira. "Aah... dov'è il tuo uomo, ragazza? Visto che domattina devo lavorare per pararti il culo, conviene che mi avvii verso casa. Sonnellino di bellezza e tutto il resto."

Mi si aggrovigliano le budella e mi guardo intorno, alla ricerca di un segno di James da qualunque parte. Il locale si sta svuotando, siamo qui da ore, eppure di lui ancora nessuna traccia. Mi annodo le dita in grembo. "Probabilmente è impegnato. Tu avviati pure, io magari prendo un taxi." Faccio una smorfia quando le parole lasciano le mie labbra, sperando che non suonino così patetiche come le sento io.

"Sei sicura?" I suoi occhi passano al setaccio la sala.

"Sì, ha detto che sarebbe venuto." Annuisco.

Si morde il labbro. "Beh, sì, ma... non si è nemmeno fatto vedere. Non mi va di lasciarti qui senza un passaggio."

Allungo una mano e le accarezzo il braccio. "Apprezzo la tua premura, ma non devi preoccuparti, davvero."

Si alza in piedi con un sospiro. "Va bene, ma tu mandami un messaggio se non si presenta. Posso tornare a riprenderti."

Rimango al locale molto tempo dopo che Angie se n'è andata, a guardare le bollicine frizzare e scoppiare nel mio bicchiere. Forse potrei prendermi qualcosa di più forte dell'acqua frizzante - non mi hanno più chiesto i documenti dopo quella prima sera e il mio compleanno è fra tre giorni - ma la verità è che non sono una grande bevitrice. Non mi piace l'effetto che mi fa l'alcol.

"E alla fine ne rimase una sola." Una voce s'intrufola nel mio torpore, e alzo lo sguardo per incrociare gli occhi color ambra di Curly. "Vuoi qualcosa da bere, splendore?"

"Non siete in chiusura? Penso che me ne andrò e basta... Lui non è qui, vero?" chiedo, interrompendo il contatto visivo.

"Dovrai essere più specifica." Appoggia il gomito sul bancone. "Ci sono molti *'lui'* in giro per questo locale."

"Ja... Hook." Mi sento a disagio quando mi rendo conto di non sapere nemmeno come riferirmi a lui quando parlo con altre persone. L'ennesima riprova che non so assolutamente nulla di quest'uomo.

Mentre d'altro canto *so* che questo non mi impedirà di andarmene con lui stasera, se si farà vivo.

Potrà essere un'idiozia. È di sicuro un azzardo. Ma è allo stesso tempo esilarante essere ricoperta di attenzioni da uno come lui. Mi fa sentire meno come il ritratto dell'innocenza e più come una donna.

C'è qualcosa nel modo in cui mi guarda che mi fa sentire *viva.*

Una risata alla mia sinistra tronca la risposta di Curly. Giro la testa e i miei occhi contemplano la splendida donna formosa dai capelli corvini che sta lucidando i calici del vino e li sta appendendo sulla rastrelliera del bancone.

Curly lancia un'occhiataccia nella sua direzione. "Dacci un taglio, Moira."

"Scusa." La donna sogghigna e i suoi occhi incrociano i miei. "Stai davvero aspettando qui *Hook*?"

Un'altra dose di dubbio si insinua nella mia coscienza, prima di spandersi nel mio corpo come melma. C'è un sorriso sul viso della donna, eppure il suo tono è tutt'altro che amichevole, e mi metto sulle difensive. Ho una risposta acida sulla punta della lingua, ma la ingoio e annuisco, e mi si sbiancano le nocche tanto mi sto attorcigliando le dita fra loro.

Le esce un altro sbuffo divertito.

"Moira," sibila Curly.

"Che c'è?" domanda Moira con gli occhi sbarrati, rivolgendosi a Curly. "Non vorrai veramente darle spago?" La mano della donna scatta verso di me. "L'ennesima groupie che si presenta qui senza sapere *nulla* di lui e crede che la sua piccola recita innocente funzionerà? Sinceramente è patetico. Non dovresti incoraggiarla."

Digrigno i denti, le sue parole si schiantano contro il muro della mia fiducia in me stessa - che sta già vacillando per colpa dei miei pensieri contorti.

"Sì, beh, almeno lui questa la conosce," risponde Curly.

La mano di Moira si blocca sul bordo del calice di vino e i suoi occhi guizzano di nuovo verso di me.

Azzardo un'occhiata a Curly e sento il calore riempirmi il petto per il modo in cui ha preso le mie difese. Per il modo in cui le sue semplici parole mi hanno fatta sentire un po' meno stupida, un po' meno l'ennesima ragazza idiota che si è presa una cotta.

"Mm," mormora lei. "Beh, stasera ti toccherà aspettare a lungo, *splendore,* perché Hook non è nemmeno qui."

Curly piega la testa da un lato. "Prima c'era."

"Beh, prima." Un ghigno si insinua sul suo viso e i suoi denti bianchi luccicano. "Mi ha chiesto di salutarlo *come si deve* prima di andarsene via per la notte."

Capisco che sta cercando di scatenare una reazione da parte mia, quindi non gliela concedo, ma questo non impedisce alle sue parole di sbattermi addosso, mettere radici e spargere i loro semi.

"Moira." Un'ombra appare dietro di lei, e James fa il suo ingresso nella luce del locale. Ha gli occhi brillanti e i capelli neri tutti arruffati, come se li avesse tirati alle radici con le proprie mani. *O forse erano quelle di Moira.* "Dovresti sapere che non è il caso di mentire ai miei ospiti speciali."

Il corpo di Moira si irrigidisce, lo straccio per lucidare e il calice di vino restano congelati in aria.

"Hook," mormora adagio. "Sei tornato."

Un lampo di soddisfazione squarcia la nuvola del dubbio. *Lo ha chiamato Uncino.* Non James.

James piega la testa da un lato nel fermarsi accanto a lei. "Non me ne sono mai andato."

Le toglie di mano il bicchiere di vino e lo solleva verso la luce, come se stesse controllando la presenza di eventuali macchie. L'aria si fa densa, le poche voci degli avventori rimasti spezzano la tensione e una musica soft fluttua attraverso gli altoparlanti. Ma nessuno di noi si muove. Nessuno di noi fiata.

"Mm." La redarguisce con uno schiocco della lingua e posa il bicchiere sopra il bancone. "Il tuo lavoro è mediocre, temo."

"Hook, io..." inizia Moira.

James si volta di scatto verso di lei, con un movimento così repentino che mi si blocca il respiro nei polmoni. Non ho mai visto questo lato di lui prima e, anche se dovrebbe mettermi in agitazione, mi rendo conto che il calore che sta fermentando nel mio basso ventre è *eccitazione.*

"Ti ho mai dato a intendere che avrei gradito che tu parlassi di me in mia assenza?" le chiede.

Gli occhi di Moira si spalancano e le sue labbra si schiudono. "No, io..."

"No," risponde James stizzito. I suoi occhi guizzano verso di me e la durezza del suo sguardo si addolcisce. Fa scrocchiare il collo, poi si liscia la parte frontale del vestito con una mano e indica i bicchieri. "Sono atroci da guardare. Ricomincia daccapo e se quando avrai finito ci saranno delle macchie, non prenderti la briga di tornare domani."

"*Cosa?*" sbotta.

Ma non importa, perché ha già perso l'attenzione di James, che ora tiene lo sguardo fisso su di me e mi sta venendo incontro con un sorriso sempre più smagliante sul viso.

Ho la mente in subbuglio per la scena a cui ho appena assistito, sono smarrita tra ciò che dovrei provare e ciò che effettivamente provo. La sua mano si poggia sulla mia schiena, lasciata scoperta dal vestito, e i brividi mi percorrono la pelle al calore del suo tocco.

Sento il respiro di James soffiarmi sul viso e le sue labbra posarsi con dolcezza sulla mia guancia. "Tesoro, sembri proprio da mangiare. Mi duole aver sprecato tutta la mia serata appresso alle riunioni anziché a dimostrarti *quanto* tu mi piaccia con questo colore addosso."

Il sangue mi schizza nelle guance, riscaldandomi dall'interno.

Datemi della meschina, datemi della vendicativa, ma non riesco a impedire ai miei occhi di volare verso Moira, né a frenare la soddisfazione che mi scava nel petto per il modo in cui lo sta guardando mentre mi tocca e mi sussurra all'orecchio.

"Ciao." Gli sorrido.

"Sei pronta per andare?" Mi preme il pollice sul labbro inferiore.

"Con te?"

"Come se ti permettessi di andar via con chiunque altro."

Mi prende per mano, mi fa alzare in piedi e mi attira tra le sue braccia.

E nonostante tutti i non detti fra di noi e tutti gli aspetti su cui ho ancora bisogno di conoscerlo, lascio che mi conduca fuori dalla porta.

20
JAMES

Le persone fanno quello che dico io. Non è una novità, anzi, la rarità è quando *non* lo fanno. Tuttavia, normalmente sono la paura o il rispetto a indurli a piegarsi al mio volere.

Quindi, vedere Wendy entrare nel mio locale con addosso lo stesso vestito blu della prima sera che l'ho vista mi smuove qualcosa dentro. Mi fa scorrere il piacere attraverso le viscere, sapendo che ha indossato quel vestito solo e soltanto per compiacermi. *Come un bravo cucciolo*.

È stato più arduo di quanto mi aspettassi restare seduto nel mio ufficio a guardarla dalle telecamere di sorveglianza: è stato un test per capire se avrebbe aspettato per tutto il tempo che mi occorreva. Ma, una volta che l'ho vista interagire con Moira, ho capito che era arrivato il momento di porre fine al mio esperimento. Non posso permettere che una cameriera imbecille faccia saltare i miei piani spaventando la ragazza.

Anche se credo che non sia una di cui ci si sbarazzerebbe facilmente. Malgrado i media l'abbiano sempre dipinta come l'orgoglio e la gioia di Peter, si sta sottomettendo a me fin troppo facilmente. Quasi come se fosse alla disperata ricerca di attenzioni.

Se fossi ancora in grado di provare le stesse emozioni

di una persona normale, il suo attaccamento mi farebbe germogliare la compassione nel petto. Dopotutto, presumo che sia per via di un qualche trauma se si sta aggrappando a me così rapidamente. Ma il mio cuore non pompa più come dovrebbe. E anche se il mio sangue è ancora rosso, l'anima che avevo un tempo è stata corrosa dall'acido che scorre nelle mie vene.

Anche da piccolo, c'era qualcosa in me che richiamava l'oscurità perfino dalle anime più fulgide: la attirava in superficie finché non si riversava fuori dai loro corpi e inzuppava la mia pelle, ustionandomi come catrame nero in una giornata di sole.

E forse è per questo che trovo Wendy così rigenerante. Perché è così facile perdermi dentro di lei. Il motivo è che lei è l'unica persona a non essere stata completamente inghiottita dalla mia malattia.

Non ancora, a ogni modo.

"Dov'è Smee?" mi chiede, mentre si accomoda sul divano nella mia dinette.

Mi sistemo accanto, le offro un bicchiere d'acqua e accavallo la caviglia sulla gamba opposta. "Non saprei." Mi guardo intorno. "Il suo tempo libero è suo e basta, cerco di stare fuori dalla sua vita personale e mi aspetto che lui faccia lo stesso. Sono sicuro che prima o poi spunterà fuori."

Wendy annuisce e beve un sorso d'acqua prima di posarla. "Mi piace. Hai l'aria di essere un buon capo."

Faccio un sorrisetto e allungo una mano per farla correre lungo la pelle nuda della sua coscia. "Penso che scoprirai che sono *fenomenale* nell'impartire ordini."

Lei ridacchia. "E anche tremendamente modesto."

Continuando a sorridere, le sfioro l'orlo del vestito con le dita. Trema sotto il mio palmo e mi diventa duro davanti alla sua risposta così reattiva al mio tocco.

"Io..." Deglutisce, scuotendo la testa. "Ho delle domande."

Sento un fastidio guizzarmi nel petto, ma mi allontano e inarco un sopracciglio. "Va bene."

Si attorciglia le dita mentre si fissa il grembo – una reazione che ho capito che ha tutte le volte che è nervosa.

"Che lavoro fai?"

La sua domanda mi coglie alla sprovvista. Ho dato stupidamente per assodato che, visto che non me lo aveva chiesto fino a ora, non l'avrebbe più fatto. Mi appoggio all'indietro e distendo entrambe le braccia sul bordo del divano. "Sono un uomo d'affari."

Alza gli occhi al cielo. "Sì, quello anche mio padre. Ma voglio dire, che cosa fai *di preciso*?"

La menzione di suo padre mi fa scattare dentro una scintilla, e all'improvviso mi ritrovo a voler disperatamente sapere tutto di lui dal punto di vista di Wendy. "Tuo padre?"

"Uff." Si posa le mani sul viso. "In realtà non avevo intenzione di parlare di lui. Ma sì. È un *'uomo d'affari.'*"

"Ah." Mi passo la lingua sui denti. "Magari mi è capitato di lavorare con lui."

Scrolla le spalle. "Può darsi. È abbastanza conosciuto."

"Chi è?" Faccio un grande sforzo per mantenere un tono di voce basso e fermo, visto che i nervi mi stanno sfrigolando come caramelle effervescenti sottopelle.

"Peter Michaels."

Mi affondo una mano fra i capelli e sospiro. "Mai sentito nominare."

Strabuzza gli occhi, ma non mi sfugge il modo in cui le si afflosciano le spalle, come se le fosse stato tolto di dosso un peso. "Davvero? È piuttosto… sorprendente."

Mi strofino il bordo della mascella con le dita. "Sì? Mi dispiace di non essere così ferrato come dovrei, allora."

Il suo sorrisetto si allarga e la parte superiore del suo corpo si protende verso di me. "Sono contenta che tu non lo conosca. Ero così in ansia all'idea di dirtelo, a essere sinceri. Non volevo che cambiassi la tua opinione su di me."

Mi lancio in avanti, le stringo le braccia intorno alla vita e la tiro a me fino a che non mi sta addosso. Si lascia uscire un respiro quando il suo corpo si posa sul mio e i suoi ampi seni premono deliziosamente contro il mio petto. "Tesoro, nessuno sulla faccia della terra potrebbe mai cambiare la mia opinione su di te. Temo che sia già scolpita nella pietra."

Alza la testa, e le sue labbra sono a pochi centimetri dalle mie. "E quale sarebbe?"

"La mia opinione?" Abbasso la bocca per sfiorarle il collo e le poggio una mano dietro la testa per intrecciare le mie dita tra le ciocche dei suoi capelli setosi. "Posso mostrartela se vuoi."

Le viene il fiato corto quando stringo la presa e le strattono i capelli, facendole allungare il collo. Le do dei baci sulla gola, prima di tornare alle sue labbra. Il suo sapore mi invade i sensi, l'eccitazione si convoglia verso il centro del mio corpo e mi riscalda il sangue.

Wendy geme e spinge i fianchi contro la mia erezione, attraverso il tessuto sottile dei miei pantaloni, e l'attrito mi genera un formicolio di piacere che mi risale lungo tutta la schiena. Lascio la sua bocca e mi reclino all'indietro, permettendole di avviare un ritmo. Mi sta provocando. Mi sta *torturando*, ma *Dio santo* se è uno spettacolo. Ha il vestito blu arricciato sui fianchi, le labbra rosate in tinta con le guance e mi sbircia dall'alto con gli occhi socchiusi.

Sfilo le dita dalle ciocche dei suoi capelli, le metto un braccio attorno alla vita e, una volta che mi drizzo a sedere, i nostri corpi si ritrovano all'improvviso pressati l'uno contro l'altro.

I nostri nasi si sfiorano mentre io spingo contro il suo sesso ancora coperto dagli slip. Inspiro il suo sussulto e lo faccio mio, premendo le mie labbra sulle sue. Geme e mi getta le braccia intorno al collo, prima che una fitta acuta si irradi dalla mia bocca e il sapore metallico inondi le mie papille gustative. Mi scosto di scatto e mi sfioro il labbro inferiore con il pollice, che mi ritrovo macchiato di rosso. *Mi ha morso.*

Normalmente, la vista del mio sangue mi fa venire i

conati, ma per una qualche ragione l'eccitazione inonda il mio organismo. Il mio braccio stringe la morsa intorno alla sua vita e mi sporgo in avanti, le mie labbra si modellano sulle sue e il sapore del mio sangue si mescola alla sua saliva. Mi succhia la lingua come se volesse divorarmi, e io gemo, la spingo giù sul divano e sistemo i miei fianchi in mezzo alle sue cosce.

Mi stacco dalle sue labbra e mi avvicino con la bocca al suo orecchio. Le metto una mano attorno alla gola e stringo. "Mi farai vedere quella tua bella fica?"

Si affonda i denti nel labbro inferiore e il suo bacino si solleva per andare incontro al mio. Sposto le dita dal suo collo e le faccio scendere lungo il suo busto per arrivare al suo sesso. Afferro il centro dei suoi slip di cotone e li tiro finché non le si strappano dal corpo. Inspira rumorosamente, e mi fa pulsare il cazzo dalla voglia disperata di sentirla da dentro.

Mi getto il tessuto strappato alle spalle, le spalanco le cosce e faccio correre il naso lungo la sua fessura scintillante. Un gemito mi rimbomba nella gola. Ha un odore *delizioso*. Di muschio, e di donna, e di tutto ciò che c'è di puro, come se i suoi feromoni fossero stati prodotti solo per me. Mi viene l'acquolina in bocca tant'è il bisogno di assaporarla mentre crolla sotto di me.

Mi sposto verso la sua apertura e lecco l'umidità che cola dal centro, ricoprendomi tutta la lingua del suo sapore.

Le sfugge una risatina e avvolge le dita intorno alle ciocche dei miei capelli. "Mi fai il solletico, James."

Sorrido contro di lei e, con un braccio, le spingo vigorosamente l'addome verso il basso. "Smettila di muoverti, cucciola."

Le mie dita scivolano dentro di lei nello stesso momento in cui le succhio il clitoride gonfio e lo sento pulsare sulla mia lingua. Il suo corpo si dimena sotto il mio braccio, e io la inchiodo più forte, mentre strofino i fianchi sul cuscino del divano per alleviare il dolore che palpita nel mio cazzo.

Ce l'ha *stretta*, e mi sgorga il liquido pre-eiaculatorio dalla punta al solo pensiero di come sarà quando le sue pareti avvolgeranno lo spessore del mio cazzo piuttosto che risucchiarmi le dita. Ho il vago sospetto che sia vergine, e il pensiero di essere il primo uomo ad averla – colui che la sciuperà per tutti gli altri a venire – mi fa morire dalla brama di distruggere il suo corpo, la sua mente e la sua anima.

Continuo a pompare con le dita, inzuppandomi tutta la mano con la sua fica che continua a gocciolare. Le stacco il braccio dal busto e lo allungo fino a quando non le stringo la gola in una morsa e sento i battiti del suo cuore sotto i miei polpastrelli.

Stacco la bocca dal suo clitoride, alzo lo sguardo e noto le sue guance arrossate e il modo in cui i suoi seni si sollevano sotto il magnifico blu del suo vestito. "Fai un respiro profondo per me, cucciola, e non espirare finché non vedi le stelle."

Lei esegue – all'istante – e la sua gola si stringe mentre inspira e trattiene il fiato. La mia mano le avvolge i lati del collo e mi tuffo di nuovo sulla sua fica, aumentando lentamente la pressione attorno alla sua trachea man mano che succhio con più vigore il suo clitoride.

Si aggrappa ai miei capelli con entrambe le mani, le cosce sono scosse dagli spasmi mentre si serrano intorno alla mia testa. Uncino le dita dentro di lei, strofinando il punto spugnoso sulla sua parete interna, e il mio sguardo si inchioda su di lei dal punto in cui mi trovo, in mezzo alle sue gambe. Gli occhi le stanno roteando dietro la testa e ha la bocca aperta, anche se io mi assicuro che non riesca a respirare, neanche volendo.

Il mio cazzo freme quando penso alle sue labbra che stanno diventano bluastre e al suo corpo sul punto di cedere… di mollare, appena prima che io le permetta di venire e di immettere aria nei polmoni, per riportarla in vita.

La sua schiena si solleva dal divano mentre esplode,

le sue dita per poco non mi strappano i capelli dalla radice, e quel bruciore mi fa contrarre le palle e accumulare l'ardore alla base della mia spina dorsale.

Lascio andare la sua gola, mi godo le sue boccate d'aria affannose e intanto continuo a leccarla, mentre riscende lentamente dal picco del suo piacere.

Solo a questo punto mi scosto dal suo clitoride e le mie dita fanno rumore quando si sfilano dalla sua fica fradicia. Inchiodo i miei occhi nei suoi mentre mi lecco le labbra, pulendomi il suo sapore dalla bocca.

Avverto una fitta al petto e mi si stringono le viscere quando la guardo e mi rendo conto di non aver mai avuto fra le mani una tale bellezza.

E, in questo preciso momento, non sono sicuro di come farò a lasciarla andare.

21

Wendy

Nessuno mi ha mai fatto una cosa del genere prima, e man mano che il mio corpo riscende fluttuando sulla terra, le scosse di assestamento del mio orgasmo lasciano il posto a una tensione nei miei muscoli - al bisogno di procurare a mia volta piacere a James. Di dargli quello che lui ha appena dato a me.

Non mi sono mai sentita così desiderata. Così sensuale. Così... *libera*.

E, sicuro, non abbiamo ancora parlato, non abbiamo avuto quelle conversazioni profonde che ho sempre immaginato di intrattenere con la persona a cui concedo le mie prime volte, ma per qualche ragione questo sembra bastarmi. Come se James mi conoscesse già senza bisogno di dire nulla. È possibile che stia commettendo un errore: magari mi sveglierò domattina e mi pentirò della mia scelta ma, per il momento, non sono mai stata così sicura di niente in vita mia.

Voglio soltanto - per un secondo - essere in grado di *lasciarmi andare*.

Se sono del tutto onesta con me stessa, nei meandri più reconditi della mia mente e nelle stanze più oscure del mio cuore, ci sono dei pezzi di me che sperano che, magari, una volta perduta la mia verginità, svanirà anche quel mantello d'innocenza che non riesco a scrollarmi di dosso.

È estenuante essere continuamente trattata come se fossi qualcosa di delicato. Di fragile. Di inferiore.

Mi tornano in mente le parole che mi ha detto Moira prima, così come le stoccate di Maria. Mi vedono tutti come una bambina, una ragazzina senza la minima esperienza di vita, e per tanto tempo li ho lasciati pronunciare i loro insulti appena velati e i loro complimenti ambigui. Ho lasciato si convincessero di essere nella ragione, visto che ho un carattere arrendevole e non parlo mai a sproposito.

Ma sono *stufa*.

E James, beh, mi fa sentire una donna. Una sua pari. Mi fa sentire di avere facoltà di scelta e di rispettare le mie decisioni.

Si alza dal punto in cui si trova tra le mie gambe e mi fissa mentre si passa la lingua rosata lungo le labbra. L'eccitazione turbina al centro del mio corpo, il mio stomaco si capovolge sotto il suo scrutinio.

Mi tiro su, appoggiandomi sui gomiti, col corpo accaldato e la testa che mi gira. James mi ha portata fino all'orlo dell'incoscienza, avevo gli angoli del campo visivo oscurati e l'euforia che mi inondava le vene. La pressione che si è concentrata nel mio corpo combinata con quella esterna del suo palmo mi hanno fatto esplodere le endorfine come fuochi d'artificio. E sto ancora adesso cavalcando il picco del mio orgasmo. Gattono verso di lui sui cuscini del divano, soffici sotto le mie ginocchia, e prego di non sembrare ridicola. Non ho idea di quello che sto facendo, ma per la prima volta sblocco la chiusura che teneva sottochiave i miei impulsi più profondi e faccio solo quello che mi fa sentire bene.

Faccio scivolare una mano lungo la sua gamba e sento il tessuto morbido dei suoi pantaloni sotto i miei palmi. Il suo sguardo segue ogni mia mossa, le sue narici si dilatano mentre mi fissa.

Continuo il mio viaggio verso l'alto, il mio stomaco fa su e giù come un ottovolante quando il mio palmo incontra la grossa erezione in mezzo alle sue gambe. È sorprendentemente duro, diverso da come mi aspettassi, e mi monta dentro un ardore dettato dal desiderio disperato di capire cosa si provi ad averlo nel palmo della mia mano.

"Posso toccarti?" chiedo.

I suoi occhi cerulei sfavillano, la sua mano si poggia sulla mia guancia. La sua carezza è talmente dolce che ho un tuffo al cuore, il calore si scioglie come melassa in mezzo al mio petto e mi appoggio alla sua mano, volendomi crogiolare nella sensazione di benessere che mi dà.

"Non hai mai bisogno del permesso per toccarmi, tesoro." Si sposta in avanti e preme la sua bocca sulla mia, succhiandomi il labbro inferiore prima di tirarsi indietro. "Io sono tuo tanto quanto tu sei mia."

Le sue parole divampano nel mio corpo come una fiammata, e io lo spingo indietro sul divano, prima di allungare le mani verso la sua cintura e di slacciargli i pantaloni. I suoi fianchi si sollevano per permettermi di spogliarlo dalla vita in giù finché il suo cazzo non si libera e resta dritto in aria.

Mi siedo sulle gambe, col cuore che sbatte contro la mia cassa toracica e i nervi che sfrigolano sotto la mia pelle, rendendomi le mani appiccicose.

È più grosso di quanto pensassi. E spesso. Una grande vena corre lungo la parte inferiore e scompare sotto la punta. La mia lingua sbuca fuori per bagnarmi le labbra e mi si annodano le viscere.

James abbassa la mano e le vene sul dorso si gonfiano quando stringe le dita attorno al suo pene e se lo sfrega con dei movimenti lascivi. Ho i crampi allo stomaco e avverto un dolore che va a depositarsi in mezzo alle mie cosce, mentre il mio clitoride già sensibile si gonfia alla sola vista di James che si sta procurando piacere da solo.

Si infila la mano libera tra i capelli, scompigliandosi le ciocche già arruffate, e rimango incantata davanti all'immagine di lui così trasandato - così diverso rispetto a come lo vedono di solito tutti gli altri.

È inebriante la consapevolezza di essere *io* a renderlo così.

"Spogliati." La sua voce mi graffia le viscere come ghiaia.

Sono scossa da un brivido e sprofondo nel benessere che mi dà il suo ordine. Si dissipa tutta la mia ansia perché so che sarà lui a dirmi quello di cui ha bisogno.

"Okay." Mi faccio scivolare lentamente i polpastrelli dalla parte superiore della gola, lungo tutto il collo indolenzito e sulla clavicola, prima di infilare le dita sotto la bretella del vestito e di allentare il tessuto sulla spalla.

I miei occhi non si staccano mai da quelli di James, la sua mano continua a masturbarlo senza fretta, il suo sguardo si concentra sul punto in cui le mie dita giocano con la stoffa sottile del mio vestito.

"Ho detto spogliati, cucciola, non torturami a morte."

Le sue parole affondano nella mia pelle e si fondono con il midollo delle mie ossa, facendomi sentire potente. Mi persuadono che, se posso mettere in ginocchio *quest'*uomo, allora posso fare qualsiasi cosa.

Lascio cadere la bretella dalla mia spalla. Prima un lato, poi l'altro. James si morde il labbro e le sue dita stringono la punta del suo pene. Le sue palle si contraggono visibilmente e quella scena mi fa ribaltare lo stomaco.

Poggio il palmo aperto sul mio petto per tenere fermo il tessuto, e un piccolo ghigno mi si insinua sul viso. "Di' per favore."

Le sue narici si dilatano. "Stai giocando a un gioco molto pericoloso."

Alzo una spalla. "Mi sto solo assicurando che tu non dimentichi le tue buone maniere, *tesoro*."

Si alza dal divano alla velocità di un fulmine e il mio corpo è costretto a tornare sui gomiti. Ingoio una boccata d'aria, i miei occhi vagano dal suo viso alla sua mano, che è ancora avvolta attorno alla sua erezione. Il suo pene spunta all'infuori, con del liquido che filtra dalla punta mentre James continua a muovere il palmo su e giù, masturbandosi *proprio* di fronte a me. Stringo le gambe per alleviare il dolore intenso che vi pulsa al centro.

"Ti piace guardarmi?" mormora. "Sapere che sei tu quella che voglio *disperatamente*?" La sua mano lascia il suo membro e si sposta verso la mia vita. Mi esplodono le farfalle nella pancia quando James sfiora con le dita il mio busto fino a posarle sul rigonfiamento dei miei seni. Scivola sotto la scollatura a cuore del mio vestito e si muove avanti e indietro, in una carezza provocante. Delle scintille di eccitazione rimbalzano dentro di me e vanno a posarsi in fondo al mio sesso. Si ferma, con la mano arricciata sotto il tessuto. "Io non supplico," dichiara. "*Mai.*" Mi si blocca il respiro nei polmoni non appena l'abbozzo di un sorrisetto gli adorna le labbra.

E poi strattona.

Forte.

Il mio corpo scatta in avanti quando mi strappa il vestito dal corpo, il tessuto si straccia e mi provoca una sensazione di bruciore sulla pelle. Soffio fuori l'aria, adrenalina ed eccitazione si mescolano nelle mie vene come un cocktail letale, facendomi girare la testa per il desiderio.

Mi avvolge il seno in una mano e massaggia la carne sotto le sue dita. "Bellissima."

Mi lascia andare, torna all'estremità opposta del divano e si sistema di nuovo con la schiena appoggiata allo schienale. "Ora *spogliati.*"

Mi alzo su delle gambe tremanti, i miei palmi seguono un tragitto dalla sommità del seno fino ai capezzoli, prima di afferrarli tra le dita e stringerli. Avverto un formicolio ogni volta che li tiro, quindi continuo con quel movimento, chiudo gli occhi e mi abbandono alle mie sensazioni.

"*Cazzo,*" sussurra James.

I miei occhi si aprono di scatto alla parola. È la prima volta che dice una parolaccia, e sentirgliela pronunciare ora mi fa pulsare il sesso.

La sua mano scivola lungo il suo addome e avvolge di nuovo il suo grosso pene. "Sei sempre una visione, tesoro, ma sei assolutamente *devastante* quando ti tocchi."

Mi sento come una dea davanti ai suoi occhi, e dopo essermi tolta i resti sbrindellati del mio vestito ed essermi avvicinata a lui, permetto alla mia ritrovata sicurezza di vagarmi sulla pelle e riempire ogni poro. Monto sul divano e scivolo tra le sue gambe. Gli poggio di nuovo le mani sulle cosce, nel punto di prima, e salgo lungo i suoi muscoli fino a circondare la base del suo pene, col viso ora a pochi centimetri dalla sua punta.

Dell'apprensione filtra in mezzo alla rinnovata fiducia in me stessa, e faccio un respiro tremante. Adagio, faccio salire il palmo verso l'alto finché le mie dita non avvolgono la sua erezione. Per un momento lascio semplicemente la mia mano lì e mi godo la sensazione. È più maneggevole di quanto mi aspettassi, e quando stringo le dita mi scatta in mano. Mi sfugge una risatina.

Una piccola risata rimbomba anche attraverso il corpo di James e i suoi denti brillano dietro il suo sorriso. "Posso assicurarti che una risata non rientra fra le cose che un uomo vuole sentire quando sei a faccia in giù sul suo grembo."

Scuoto la testa. "No, scusami, è solo che... non ho mai..." Compio dei movimenti sperimentali con la mano, facendola scorrere per tutta la lunghezza, prima di far scivolare le dita sulla punta. "Mi fai vedere come ti piace?"

Il suo palmo avvolge il mio e mi fa stringere la presa, prima di iniziare a muoverci insieme, accarezzando la sua erezione, ruotando in cima e poi tornando indietro. Faccio un respiro profondo e mi si contrae la vagina.

Si siede più dritto e mi cinge la guancia con la mano libera, come se sapesse che ho bisogno di incoraggiamento. "Sono *contento* che tu non l'abbia mai fatto prima. Non c'è niente che tu possa farmi che non mi piacerà. Capito?"

Annuisco.

"Brava ragazza." Si reclina di nuovo. "Adesso mettici sopra la bocca."

Mi si gonfia il petto al suo elogio, e l'impulso di compiacerlo mi riempie dall'interno. Mi sporgo, apro la bocca mentre me lo prendo tra le labbra e distendo la mascella per accoglierlo.

Abbassa di scatto le mani per intrecciarmi le dita tra i capelli.

La mia lingua vortica intorno alla carne, sono piuttosto sorpresa dal gusto, e quando la punta della mia lingua trova la cresta sulla sua punta e le ruota attorno, James geme e mi spinge con la mano più in basso.

Spalanco gli occhi, ma non oppongo resistenza e gli permetto di abbassarmi la testa.

Una delle sue mani scivola dai miei capelli fino alla mia mascella, le sue dita mi massaggiano i muscoli, come se li stesse esortando a rilassarsi. "Una ragazza così perfetta," mi elogia.

L'orgoglio mi schizza in corpo come un proiettile e raddoppio i miei sforzi, lasciandomi riempire la bocca dalla sua erezione finché non mi colpisce la parte posteriore della gola. Mi vengono le lacrime agli occhi per il bruciore e un lieve dolore si irradia lungo la mia mascella.

Come faccio a continuare?

La vena nella parte inferiore del suo pene pulsa sulla mia lingua, e io gemo, attraversata da un'ondata di desiderio. Non mi sono mai sentita così potente come in questo momento, china su un uomo che trasuda predominio e che in questo momento sto riducendo io in brandelli.

Mi strattona la testa all'indietro e il suo pene mi spunta letteralmente fuori dalla bocca. L'afflusso d'aria mi fa sussultare e mi si riempiono gli occhi di lacrime per il cambiamento improvviso.

"Era..." Prendo di nuovo fiato. "Non andava bene?"

Sorride, ma non parla, e si sporge in avanti finché le

sue braccia non cingono il mio corpo in modo da potermi sollevare. Mi porta in braccio lungo il corridoio e nella sua stanza, dove mi lancia sul suo letto e il mio corpo rimbalza sul materasso soffice e sulle lenzuola di seta.

"Sei andata a meraviglia, cucciola." Le sue labbra salgono lungo le mie gambe, baciando ogni centimetro del mio corpo. "Fin *troppo* bene."

Monta sopra di me, con le ginocchia in mezzo alle mie cosce, e la sua sagoma proietta un'ombra sul mio corpo. Mi sporgo verso di lui, gli afferro i bottoni della camicia con le dita, ma lui abbassa la mano e mi ferma, prima di scuotere la testa con la mascella tesa.

Il suo rifiuto si fa strada attraverso le mie viscere, scosto la mano di scatto e mi sale una vampata di calore alle guance. Aspetto una spiegazione, ma non arriva mai, e non voglio rovinare il momento con una domanda.

La sua mano corre lungo tutto il mio corpo mentre si abbassa su di me e mi mordicchia la mascella coi denti. L'eccitazione sgorga in mezzo alle mie gambe e va ad accumularsi sotto di me, sulle lenzuola.

James spinge i fianchi in avanti, la punta del suo pene scivola contro il mio clitoride gonfio e il piacere turbina nel mio basso ventre.

"Dimmi che sei mia."

Il mio sesso si contrae intorno al nulla e il mio stomaco si avviluppa in una spirale sempre più tesa. "Sono tua."

"Dammi una prova." Sposta la sua punta verso la mia fessura. Il suo pene brilla per essere appena scivolato in mezzo alle mie labbra. Ma non si muove. Aspetta e basta.

"Prendimi, James." I suoi occhi restano inchiodati nei miei per dei lunghi istanti, e io allungo la mano e gli accarezzo la mascella con le dita. "Io mi fido di te."

Un lampo di *qualcosa* gli guizza nello sguardo. "Non dovresti."

Non faccio in tempo a ponderare le sue parole che James affonda dentro di me, e una fitta acuta mi attraversa il corpo. Prendo una boccata d'aria repentina e il mio corpo si tende intorno a lui per l'istinto immediato di opporsi all'intrusione.

Stringe i denti. "Devi rilassarti, o non c'entrerò mai."

Mi mordo l'interno della guancia e annuisco – la paura di deluderlo è peggiore di quella del dolore.

Mi afferra la nuca con una mano e avvicina il mio viso al suo. "Mi prenderò cura io di te, tesoro. Tu respira quando provi dolore."

Lui espira e io inspiro, mentre una lacrima mi sfugge dalla coda dell'occhio. *Stupida.* Provo ad alzare la mano per asciugarmi la guancia, ma lui la scansa via e la sua bocca mi dà dei baci lungo la mascella finché non raggiunge il rivolo umido e lo lecca.

Il suo bacino spinge in avanti, ma si blocca quando incontra resistenza, e poi, con una sola spinta, la supera. Le mie braccia volano attorno alle sue spalle, le mie unghie scavano nella sua carne con una tale violenza che sono sicura di avergli fatto uscire il sangue.

I nostri respiri si mescolano nello spazio tra di noi, e quando inizia a muoversi lentamente, le sue labbra sfiorano le mie a ogni spinta. Il bruciore adesso è accompagnato da delle pulsazioni profonde, come se si stesse formando un livido dentro di me, ma mi concentro sulla pienezza piuttosto che sul dolore.

"È piacevole?" gli domando.

I suoi fianchi spingono più a fondo. "È *incredibile*."

Più James si muove dentro di me, più il bruciore lascia il posto a un meraviglioso intorpidimento, che mi permette di concentrarmi sui lineamenti aguzzi del suo viso; sulla voracità con cui i suoi occhi mi assorbono, come se io fossi la luce del sole e lui alla disperata ricerca dei suoi raggi.

Il disagio è ancora lì, ma c'è anche un accenno di piacere che si dispiega attraverso il mio sesso già solo perché sto sentendo James dentro di me; per la consapevolezza di essere io quella che gli sta dando queste sensazioni; e per la presa di coscienza che James sta abbassando la guardia *per me*.

Sollevo il busto dal letto e il mio seno si schiaccia contro il tessuto della sua camicia. "Vuoi venire dentro di me?" gli sussurro all'orecchio, col corpo in fiamme per le parole sconce che mi sono appena uscite di bocca.

Non so nemmeno cosa mi dia il coraggio di dirle ma, non so perché, ogni volta che sono con lui faccio cose che non avrei mai immaginato di poter fare.

Il suo bacino si ferma, mi stacca le braccia dalle sue spalle e me le blocca sopra la testa, dove mi stringe i polsi con entrambe le mani.

"È questo che vuoi?" mi chiede. "Vuoi che ti spezzi in due e che venga dentro di te talmente in fondo che mi sentirai per giorni?"

Gemo, mi si contraggono gli addominali e mi tremano le gambe. "Sì."

Ora spinge i fianchi più velocemente, le sue palle mi schiaffeggiano a ogni affondo, i suoi palmi premono con un tale vigore sui miei polsi da farmi formicolare le mani. E poi si irrigidisce, i suoi movimenti diventano scattosi mentre mi penetra più a fondo possibile.

Riesco a sentirlo pulsare, uno spruzzo dopo l'altro, mentre schizza il suo seme in fondo dentro di me, con un gemito roco che mi fa contrarre le pareti interne nel tentativo di risucchiarlo.

Crolla addosso a me, allenta la presa sui miei polsi, e sono pronta a giurare su Dio di non essermi mai sentita più vicina a nessuno rispetto a come mi sento con lui in questo momento.

Vicina a quest'uomo, che conosco solo da pochi giorni, eppure mi tratta come se fossi preziosa.

Come se fossi *sua*.

Il suo respiro è irregolare, il suo viso riposa nell'incavo del mio collo, e io gli poggio le mani sulla testa e gli accarezzo i capelli e le spalle. Rabbrividisce sotto il mio tocco, e io sorrido e mi si gonfia il cuore nel petto.

Temevo che mi sarei pentita di avergli lasciato

prendere la mia verginità, e invece sono solo sollevata di averla perduta.

James ha preso quella ragazza fragile e l'ha lanciata in qualche posto che non riesco a trovare e, almeno per ora, mi sto gustando la sua assenza.

22

JAMES

Sono passati anni dall'ultima volta in cui nella mia mente c'è stato silenzio. Ancora più tempo da quando sono riuscito a rilassarmi, perfino nel comfort di casa mia. Ma ieri sera sono crollato in un sonno profondo e mi sono risvegliato avvolto dalle curve di Wendy.

Non avevo programmato di venirle dentro. Ma il pensiero che Wendy porti in grembo mio figlio proprio davanti agli occhi di suo padre – appena prima che io gli tagli la gola – ha fatto contrarre le mie palle e schizzare la sborra dalla mia punta prima ancora di fare in tempo a finire la mia fantasia.

Wendy ha il potere di *sconvolgermi* in dei modi che non comprendo bene. Ma mi godo la notte di sonno profondo e il benessere che mi offre al risveglio.

Mi sporgo, annuso il suo profumo e il mio cazzo si ingrossa contro il suo sedere. Si muove tra le mie braccia, mormorando qualcosa mentre apre lentamente gli occhi.

Sento una fitta al petto. "Buongiorno, tesoro."

Sorride, col viso ancora pigro per il sonno, e stiracchia le braccia sopra la testa. Il movimento spinge il suo corpo contro il mio, facendomi affluire altro sangue al pene.

Voglio riprenderla.

Più forte, stavolta. Ma resisto, immaginando che sia indolenzita. Sorprendentemente, il pensiero che stia provando dolore non mi eccita affatto.

"Giorno?" Si alza di scatto sul letto e si passa una mano tra i capelli scompigliati. "Che ore sono?"

"Non saprei."

"Non hai un orologio?" La sua fronte si corruga.

Digrigno i denti. "Non mi sono preoccupato troppo dell'orario, visto che ho qualcosa di molto più rilevante nel mio letto."

I suoi movimenti spasmodici si bloccano e il rossore le inonda le guance. "Oh," sussurra.

Mi avvicino e poggio le mie labbra sulle sue. "Già. Oh."

Il suo corpo si scioglie nel mio mentre mi sbircia da sotto le ciglia. "Devo andare. Ho promesso a mio fratello che l'avrei accompagnato alla sua nuova scuola oggi."

Fratello.

So di lui, ovviamente, ma mi sovviene che *Wendy* non ne ha idea, quindi alzo le sopracciglia per formare quella che spero sia un'espressione sorpresa e piego leggermente la testa. "Fratello?"

"Sì." Ride, scuotendo la testa. "A volte è facile dimenticare che in realtà non ci conosciamo affatto."

Le metto le braccia intorno alla vita e me la stringo al petto. "Io ho la sensazione che ci siamo conosciuti piuttosto bene ieri sera." Le mordicchio l'orecchio.

Fa un'altra risatina. "Sai cosa intendo." Si volta tra le mie braccia e mi guarda negli occhi. "Tu hai fratelli?"

Il ghiaccio mi scorre nelle vene, congelando ogni forma di calore rimasto. "Niente famiglia, temo. Sono solo io."

Il suo sguardo si sposta a intermittenza dai miei occhi alle mie labbra. "Oh, mi dispiace."

Liquido la sua preoccupazione. "Non dispiacerti, tesoro. Tanto una famiglia non sarebbe comunque stata in grado di gestire uno come me."

La sua bocca si piega all'ingiù, ma non indaga oltre. Le sono grato per questo, perché non ho alcuna voglia di inventare una storia elaborata su come ho amato e perso i miei genitori, quando la realtà è che è stata la *sua* famiglia a portarmi via la mia."

"Mio fratello ha sedici anni e oggi va in una nuova scuola," mi racconta.

"Quale scuola?"

Fa una smorfia. "In un qualche collegio fuori città. Lui dice che non gli dà problema, ma..." Sospira e si infila una mano tra i capelli. "Non ha vissuto delle belle esperienze con gli altri ragazzi. E non voglio che sia costretto a *vivere* in un posto da dove non ha modo di sfuggire alle prepotenze." Le vengono gli occhi lucidi e io allungo una mano e le asciugo una lacrima randagia. "Accidenti, mi dispiace. Sto piangendo in continuazione davanti a te." Si asciuga le guance. "Ti giuro che non sono sempre così."

"Non scusarti. *Voglio* essere io quello a cui ti rivolgi quando la vita ti presenta delle difficoltà."

I suoi occhi acquistano una strana lucentezza e si avvicina a me, prima di darmi dei baci dolci. Dei piccoli, semplici baci, che mi fanno comunque stringere lo stomaco.

"Okay," mormora.

"Vuoi che venga con te?" Le parole mi escono di bocca senza pensarci, e ricaccio indietro la smorfia che sta cercando di farsi strada sul mio viso. *Perché mi sono offerto?*

Le brillano gli occhi come il 4 di luglio e mi stringe il tessuto della camicia fra le dita. "Lo faresti? Io..." Deglutisce. "Sarebbe davvero meraviglioso. Fra l'altro, conosceresti Jon."

Mi forzo un sorriso, mentre mi rimprovero mentalmente per aver offerto qualcosa che non ho davvero tempo di dare. Ma non posso fare marcia indietro ora, e se questo le dà anche un minimo di sostegno e di consolazione in più - cosa che è più che evidente che suo padre non le fornisca - allora lo farò.

Sono nel bel mezzo della casa di Peter Michaels.

Wendy è andata di sopra per cambiarsi, dal momento che ha dovuto mettersi i miei vestiti per il viaggio di ritorno, siccome io le ho strappato in due il suo.

E mi ha lasciato solo.

Perché lei *si fida* di me.

Cammino per la zona giorno, con la rabbia che mi ribolle nelle vene mentre osservo i volti sorridenti all'interno delle cornici: una famiglia felice che si è creata dei ricordi mentre io vivevo in un incubo.

Attraverso il lungo corridoio, sbircio in qualche stanza finché non arrivo, finalmente, nello studio.

Mi si rivolta lo stomaco mentre entro, e ho il cuore che mi batte in gola. La stanza in sé è accogliente, piena di legno di cedro e di quercia, ma sembra inutilizzata. Vuota. Dubito che Peter ci sia stato spesso.

Tuttavia, avere un accesso illimitato come questo è... *elettrizzante*.

"E tu chi cazzo sei?"

Mi giro e mi ritrovo faccia a faccia con un ragazzo alto e allampanato, con un paio di occhiali con una montatura metallica e una polo fulva e ben stirata con una sirena sul davanti.

Riconoscerei quel logo ovunque. *Istituto Scolastico Privato Rockford*.

Mi balena nella mente il ricordo della prima volta che ho visto quel logo – sulla facciata anteriore di una brochure poggiata sulla scrivania di mio zio. Avevo quattordici anni all'epoca e, mentre sfogliavo le pagine, mi sentivo traboccante di trepidazione e mi domandavo se mio zio si fosse finalmente stufato di abusare di me; di rammentarmi tutti i motivi per cui odiava mio padre, mentre mi sussurrava all'orecchio che sarebbe toccato a me pagare per i suoi peccati.

Mi ero infilato la brochure in tasca e l'avevo portata dritta a Ru.

"Pensi che mio zio mi manderà lì?" Non riesco a tenere l'entusiasmo fuori dalle mie parole, la speranza che germoglia nella mia voce.

Ru mugugna, fumando un sigaro. "Perché mai vorresti andare alla Roccia del Teschio?"

"Dove?"

Indica l'opuscolo. "All'Istituto Rockford. È un collegio che sorge fuori città, sulla Roccia del Teschio – un'isola al largo della costa. Ci si arriva in barca, e sono noti per..." Esita.

Stringo gli occhi in due fessure. "Per cosa?"

"Per raddrizzare i giovani difficili, ragazzo. E i loro metodi non sono rinomati per la loro cordialità."

Sento lo stomaco in fermento, ma contraggo la mascella. "Beh, voglio andarci comunque."

Ru sbuffa divertito e mi guarda con un sorrisetto. "Sì? Pensi che un po' di sane botte riuscirebbero a toglierti quel tuo accento britannico?"

L'irritazione per la sua battuta sbruffona si mescola alla vergogna che dimora nel tessuto della mia anima, finché non esplode tutta fuori. "Ho subito di peggio, e per molto più tempo." Mi alzo in piedi e vado incontro a Ru, col vestito leggermente abbondante sul mio corpo da quattordicenne. "Farei qualsiasi cosa pur di allontanarmi da lui." La mia voce è bassa.

Il sorriso di Ru si spegne, la sua sedia scricchiola mentre scivola in avanti e incrocia il mio sguardo. "Che cazzo ti sta facendo quello, ragazzo?"

Alla fine, non sono mai più andato all'Istituto Rockford. Ho confessato a Ru alcuni dei miei segreti più oscuri quel giorno, è stata la disperazione a farmi sciogliere la lingua, e la speranza che qualcuno agisse a mio favore. Che qualcuno finalmente mi *vedesse* e capisse.

E Ru lo fece.

Non conosco bene i dettagli, ma dopo quella notte il

peggio è passato. Le botte continuarono, certo, finché non fui abbastanza grande e forte per reagire, ma mio zio non si intrufolò mai più di soppiatto nella mia stanza.

E anche se Ru non ne ha mai più fatto menzione da allora, so che il merito è stato il suo.

Sorrido e impongo alla mia mente di tornare al presente, mi infilo le mani in tasca e mi dondolo sui talloni. "Tu devi essere Jon."

Mi balugina la sorpresa nel petto quando mi rendo conto di quanto sia diverso da Wendy.

Spinge all'infuori il mento. "E chi lo sta chiedendo?"

Sorrido. Penso che questo ragazzo mi starà piuttosto simpatico. "Sono James, un amico di tua sorella. Mi ha chiesto di venire qui."

Socchiude gli occhi, prima di fare un cenno d'assenso del capo, venirmi incontro e allungarmi la mano. "Bene. Ha bisogno di un amico."

Gli stringo la mano e sento crescere una discreta ammirazione per il ragazzo, poiché porto rispetto alla sua lealtà nei confronti di sua sorella. Non interrompe il contatto visivo nemmeno per un secondo e ha una stretta di mano salda e sicura.

"Oh!" La voce di Wendy proviene dall'ingresso dell'ufficio. "Voi due avete fatto conoscenza. Fantastico!" Si guarda intorno. "Che ci fate qui dentro?"

Apro la bocca per rispondere, ma Jon mi precede: "Gli stavo solo facendo fare un giro."

Inarco le sopracciglia per lo sgomento.

Wendy sorride. "Bene. Sei pronto ad andare?"

Gli occhi di Jon si oscurano, e si spinge gli occhiali sul naso con un dito. "Sì. Andiamo."

Mentre ci dirigiamo verso la mia Audi, mi vibra il cellulare nella tasca. Lo tiro fuori per vedere chi mi stia chiamando, e sullo schermo lampeggia il nome di Ru.

Accarezzo i capelli di Wendy con una mano, prima di allungarla per aprirle lo sportello del passeggero. "Devo rispondere a questa telefonata. Ci metto un attimo."

Wendy annuisce, e lei e Jon salgono in macchina, mentre io mi allontano di qualche passo.

"Roofus."

"Ragazzo, dove sei? Abbiamo una riunione di lavoro fra tre ore. Gli dirò che ci chiamiamo fuori. È andato a monte un altro dei nostri investimenti, e non mi fido per niente di questo novellino."

Mi viene un crampo allo stomaco quando mi lancio un'occhiata alle spalle verso Jon e Wendy, che sta ridendo a crepapelle con la testa gettata all'indietro. "Sono piuttosto impegnato in questo momento, ma dovrei liberarmi entro mezzogiorno. Dove ci vediamo?"

"Al solito posto. Io vado lì tra un paio d'ore, ma mi porterò uno dei ragazzi, non ti preoccupare."

Stringo i denti così forte che temo che si spezzeranno, mentre la mia mente sta battagliando nell'indecisione. Non voglio che Ru vada senza di me, ma ho dato a Wendy la mia parola e, se me la rimangerò ora, perderò tutto il terreno che ho guadagnato.

Sbuffo, con la nausea che ribolle nell'intestino. "Ci vediamo lì appena posso."

"Va bene, ragazzo. E non prendere impegni per stasera, sono stufo di giocare. Abbiamo del lavoro da fare."

Riattacca e io rimango bloccato a fissare il telefono, mentre vaglio a mente tutti i possibili scenari che possano portarmi lì in tempo. L'Istituto Rockford è a un'ora di macchina ad andare e a tornare, e per il Covo dei Cannibali ci vuole un'altra mezz'ora, ma se mi sbrigo ce la posso fare.

Mi rinfilo il cellulare in tasca e torno verso la macchina, con un disagio che mi vortica come uno squalo nelle viscere.

Per prima cosa, mi occuperò di Wendy.

E poi mi occuperò di suo padre.

23

Wendy

Non avevo capito che la scuola fosse su un'isola. Con tutte le preoccupazioni che ho espresso negli ultimi giorni, mi fosse venuto in mente di cercare effettivamente su Google la struttura.

Quando abbiamo imbarcato l'auto sul traghetto, mi è salita l'ansia, al punto che quasi non ce la facevo a concentrarmi sulla conversazione tra James e Jon - che vanno d'accordo come se fossero due vecchi amici. Ma ora che siamo di nuovo sulla terraferma, sono in grado di riprendere la mia concentrazione e mi si riscalda il petto nel sentire tutte le attenzioni che James sta prestando a mio fratello, come avrei sempre desiderato che facesse nostro padre. A un certo punto, so che dovrò rinunciare alla visione ingenua che ho di lui. Dovrò smetterla di ricordarlo come il papà che mi prendeva sulle sue spalle e mi diceva che lo avrei aiutato a governare il mondo e cominciare a vederlo come l'estraneo che vuole farmi restare piccola e insignificante.

Solo che è difficile lasciar andare qualcuno, mandarlo alla deriva finché non esisterà che nella tua memoria. Una volta che l'avrò fatto, sarò costretta ad ammettere a me stessa che, forse, non è mai davvero esistito.

"Tutto a posto, tesoro?" La voce di James mi distoglie dai miei pensieri, la nostra macchina si ferma nel parcheggio dell'Istituto Rockford.

Mi forzo un sorriso sulle labbra, poiché non ho voglia di soffermarmi sull'assenza di mio padre, quanto piuttosto preferisco pensare al fatto che ora qui c'è *James*, che si sta assicurando che Jon e io non affrontiamo da soli questo momento.

La scuola in sé è immensa, incombe su di noi come un castello, con delle torri a guglie e finestre ad arco. Ma l'aria che la circonda è pesante. Soffocante. Respingo la sensazione, sperando che siano solo le mie emozioni precarie a darmi una visione distorta.

Magari Jon si troverà alla grande qui.

"Sembra carino," commento, cercando di infondere un tono spensierato nella mia voce.

Jon è in piedi accanto a me, i suoi occhi scrutano l'edificio.

James mi poggia una mano sulla parte bassa della schiena. "A me sembra un po' tetro, non trovate?"

Jon gli fa un sorrisetto. "L'ho cercato su internet prima di venire. Sapevo già cosa aspettarmi."

Sono presa alla sprovvista e avverto una fitta al cuore quando mi rendo conto che Jon ha condiviso così tranquillamente con James qualcosa che non ha raccontato a me.

Entriamo nell'edificio e mi sento i polmoni stretti nella morsa della malinconia. Non mi va per niente di lasciare Jon qui, se non altro perché mi mancherà. La famiglia è sempre stata la cosa più importante al mondo per me, e ora mi sembra di essere nel bel mezzo di una marea, a guardare mentre viene spazzato tutto via, mentre io mi ritrovo a lottare contro la corrente.

L'aria nell'ufficio principale mi schiaccia a ogni passo, ed è solo quando sento la mano di James sulla mia schiena che raddrizzo la spina dorsale e lascio che mi infonda un po' della sua fiducia nelle ossa. Faccio affidamento sul suo sostegno.

C'è una donna seduta dietro la reception, coi capelli grigi raccolti in una crocchia ben tirata e gli occhiali appuntati alla maglietta con dei fili di perline.

"Salve," esordisco io. "Sono venuta qui a lasciare mio fratello. Dovrebbe trasferirsi oggi."

Stringe le labbra mentre mi scruta, prima di spostare lo sguardo su Jon e, infine, sull'uomo al mio fianco. "Il preside Dixon sarà da voi a breve," annuncia. "Fino ad allora potete accomodarvi, vi informerò io quando sarà pronto."

"Okay, grazie." Mi giro per andarmene, ma la presa vigorosa di James sulla mia schiena mi tiene ferma.

"Mi perdoni, signorina..." James si sporge sulla scrivania.

Gli occhi della donna si stondano, le sue labbra si sollevano in un angolo. "Signora Henderson."

"Giusto. Ma certo, lei è una signora," mormora seducente. "Peccato."

"Oh, beh." La donna abbassa lo sguardo, le sue guance acquistano una sfumatura rosea, e il divertimento mi danza nel petto quando mi pare di capire che James ci stia *flirtando*.

"Comprendo che lei e il preside Dixon dobbiate essere persone tremendamente impegnate," prosegue James. "Ma andiamo *piuttosto* di fretta."

Aggrotto la fronte. *Abbiamo fretta?*

"Mi farebbe un enorme favore se lo informasse che possiamo incontrarlo *ora*."

Il sorriso della donna si spegne, e non è una sorpresa, perché anche se James ha tutte le maniere di un gentiluomo, c'è un sottofondo di imperiosità nel suo tono che non lascia spazio a discussioni. Annuisce lentamente, allunga una mano e solleva il telefono, prima di mormorare qualche parola e riattaccare. "Vi accompagno." Sfoggia un altro sorriso.

"Splendido." James batte le mani.

Jon e io ci scambiamo un'occhiata, e il palmo di James torna a posarsi in fondo alla mia schiena, prima di spingermi verso il corridoio.

Il preside Dixon è un uomo basso e tozzo che se ne

va in giro col petto all'infuori e un sorriso talmente smagliante che gli si vedono i denti del giudizio. Scorre la scheda personale di Jon e ci assicura che sarà in buone mani, soprattutto visto che è il figlio di Peter Michaels – con il quale ci ricorda non meno di trenta volte di essere in rapporti di amicizia. Anche se può impettirsi quanto vuole, non riuscirà mai a dominare un ambiente come fa James con la sua mera presenza nella stanza, e a ogni domanda in più che James gli fa, la voce del preside Dixon si fa sempre più tesa.

"Avete altre domande prima di congedarci?" chiede Dixon. "Farò scendere uno dei capigruppo per mostrare a Jon la sua stanza."

La mia gola inizia a stringersi. Non voglio dirgli addio, e allungo la mano per intrecciare le dita con quelle di James.

James stringe il mio palmo nel suo, si porta le nostre mani unite alla bocca e mi dà un bacio sul dorso. Ho le farfalle allo stomaco.

"Perché tu e Jon non andate un attimo ad aspettare nell'atrio?" ci invita. "Ho intenzione di scambiare due parole con il preside."

Piego la testa da un lato. "A che proposito?"

"*Tesoro.*" Mi infila una ciocca di capelli dietro l'orecchio. "Voglio prendermi cura di te, e questo si estende anche a tuo fratello. Voglio semplicemente assicurarmi che siamo tutti sulla stessa lunghezza d'onda."

Una gratitudine tiepida e melensa mi si riversa nelle viscere. Perché James è qui. Perché si assicurerà che Jon abbia ciò di cui ha bisogno. Perché lui ci *tiene*. Mi sollevo in punta di piedi e gli do un bacio sulle labbra. "Grazie."

Mi fa l'occhiolino e mi fa girare, prima di spronarmi delicatamente verso il corridoio. Mi volto un'ultima volta per vedere James chiudere la porta e il preside sgranare appena gli occhi.

"Secondo te che sta facendo là dentro?" mi domanda Jon una volta che siamo tornati all'ingresso.

Faccio spallucce. "Non lo so. Roba da uomini d'affari, suppongo."

Jon mugugna. "Mi piace lui."

Incrocio il suo sguardo con un sorriso. "Anche a me."

"Guarda che è normale, sai?"

"Cosa?" indago.

"Sentirsi triste perché me ne vado."

Mi si forma un groppo in gola e punto gli occhi al soffitto, nel tentativo di frenare le lacrime. Giuro di aver pianto di più negli ultimi due giorni di quanto non abbia fatto dalla morte di mia madre, e non ne posso più. *Odio* sentirmi così debole.

"*Sono* triste." Gli sorrido. "Ma non sei troppo lontano, e io sono solo a una telefonata di distanza."

Annuisce. "Mi mancherai anche tu."

Mi abbraccia e io chiudo gli occhi, mentre il groppo nella mia gola si ingrandisce fino a bruciare.

"Ti voglio bene, Wendy."

Sento il bruciore in fondo agli occhi e lo stringo a mia volta fra le mie braccia. "Ti voglio bene anch'io. Mi dispiace che papà non sia qui."

Si tira indietro, con la mascella rigida. "Non abbiamo bisogno di lui."

James spunta dal corridoio pochi istanti dopo, tira dritto verso Jon e gli porge un pezzo di carta. "Vorrei che prendessi questo numero e te lo segnassi sul telefono. Se hai bisogno di qualsiasi cosa, chiamami."

Ho un tuffo al cuore per il suo gesto.

Il muscolo della mascella di Jon scatta, le sue narici si dilatano. "Me la caverò."

"Su questo non ho dubbi," risponde James. La sua mano stringe la spalla di Jon, prima di sporgersi per sussurrargli qualcosa all'orecchio.

Mi avvicino, tendendo l'orecchio per carpire quello che sta dicendo.

"Tu tieni sempre a mente che, tutte le volte che ti sembrerà che le cose vadano male, allora si tratterà di situazioni a termine. Non sono le circostanze in cui versi a determinare il tuo valore, è il modo in cui risorgi dalle ceneri dopo che è andato tutto a fuoco."

24

JAMES

Scarico Wendy a casa sua con poco più di un saluto, poiché l'apprensione mi sta schioccando contro le viscere come un elastico a ogni secondo in più che spreco.

La trasferta all'Istituto Rockford ha richiesto più tempo del previsto, ma ho ritenuto cruciale comunicare al Preside quello che mi aspetto dal suo staff quando hanno a che fare con Jonathan Michaels. Non ho capito bene per quale motivo provi una tale affinità con lui. Forse perché è il fratello di Wendy, e siccome lei è mia, a cascata lo è anche lui. O forse è perché rivedo così tanto di me in lui. Ho fatto caso al modo in cui gli si irrigidiscono i muscoli, per difendersi da un attacco su cui sa di non avere alcuna forma di controllo.

In entrambi i casi, mi è bastato semplicemente guardare Wendy negli occhi per sapere che oggi è stato uno strazio. Ovviamente ce l'avrebbe fatta anche da sola: nel poco tempo che ho passato con lei ho capito che, per quanto sia mansueta e garbata nei confronti della maggior parte della gente, ha anche una volontà di ferro ed è una persona estremamente leale. Adora suo fratello e, per qualche ragione, quel tipo di legame familiare riecheggia e mi fa venir voglia di assicurare la felicità di Wendy per quanto riguarda le persone a cui vuole bene.

Passano altri trenta minuti prima che le mie gomme

scricchiolino sul sentiero di ghiaia che porta al Covo dei Cannibali. Il sole è appena tramontato, irrorando il paesaggio di una tonalità rosata, non abbastanza chiara da permettere una buona visuale, ma non abbastanza scura da ottenebrarla del tutto.

Raggiungo il punto in cui ci incontriamo di solito e mi si stringe il petto in una morsa quando mi accorgo che non ci sono altre macchine parcheggiate. Ho fatto un po' tardi, ma non *così* tanto, e un brivido mi corre lungo la schiena e il mio intestino mi suggerisce di stare all'erta. Parcheggio l'auto, lasciandola a folle, mentre mi guardo intorno.

Vuoto.

Avverto tutto il peso del coltello nella mia tasca e mi sporgo sul bracciolo centrale, apro il vano portaoggetti e recupero i miei guanti e la mia pistola H&P USP .40. Fin quando posso, preferisco usare il mio uncino, dal momento che prediligo un tocco più *intimo,* ma il mio intuito non ha mai sbagliato, e sarebbe una leggerezza da parte mia portare il coltello in quella che potrebbe benissimo sfociare in una sparatoria in piena regola.

Mi infilo i guanti, un dito alla volta, e piego la testa da un lato, provocando uno scrocchio profondo che mi si riverbera lungo la spina dorsale. Dopo essere sceso dall'auto, mi porto la mano dietro la schiena e infilo la pistola nell'elastico dei pantaloni, prima di muovermi. Cammino a passi lenti, non volendo disturbare la quiete dell'aria. Ho le orecchie rizzate, pronte a sentire la risata chiassosa di Ru o magari le sue battute taglienti. Ma non vola una mosca, non si sente altro che il frinito delle cicale tra gli alberi e la brezza che fruscia in mezzo alle foglie. Scende l'oscurità man mano che il sole continua a calare dietro l'orizzonte, alterando sempre di più la mia visuale mentre mi avvicino all'ingresso della grotta. Solitamente ci incontriamo appena all'esterno, ma magari, per qualche ragione, si sono spostati dentro.

Il cuore mi batte a un ritmo lento e costante nel petto, dato che ho imparato a controllarne la frequenza molto tempo fa, quando mio zio mi diceva quanto gli piacesse sentirlo accelerare sotto le sue mani.

C'è qualcosa che non va.

C'è troppo silenzio. Mi scivola il piede su qualcosa di duro, mi fermo e abbasso lo sguardo mentre sollevo la suola della scarpa.

Un lampo di colore cattura la mia attenzione.

Sussulto e i battiti costanti del mio cuore ora vacillano.

Mi accovaccio e spazzo via i resti di ramoscelli caduti e foglie secche, rivelando un accecante scintillio di colore rosso.

Rubino, per l'esattezza.

Mi viene il voltastomaco.

No.

Mi rimetto in piedi, allungo una mano dietro di me per afferrare la pistola, con l'addome in tensione mentre stringo in mano l'accendino personalizzato di Ru. Mi avvicino al margine della caverna, e poi mi fermo di schianto.

Riesco a malapena a sentire il tonfo della mia pistola che cade a terra, tanto è assordante il ronzio nelle mie orecchie.

Perché, dritto di fronte a me, c'è Ru. Legato a un albero, con dei chiodi che gli spuntano dalle mani e dai piedi e un lungo squarcio al centro del busto.

Il ghiaccio mi scorre nelle vene e provoca una reazione di shock al mio sistema nervoso, finché non gracchia come un televisore difettoso. Avanzo cauto, coi piedi di piombo e la voglia di correre in realtà nella direzione opposta – per tornare indietro nel tempo e poter annullare questo errore.

Faccio dei respiri profondi dal naso, deglutisco lo spesso nodo che ho in gola e sollevo il mento per valutare l'entità dei danni che sono stati procurati al suo corpo.

Ha gli occhi spalancati e iniettati di sangue – gli *stessi* occhi che mi hanno mostrato gentilezza quando ero un ragazzino abituato a vedere soltanto odio.

La bocca gli penzola inerte – la *stessa* bocca che mi ha insegnato a non mollare mai. A non arrendermi mai. La bocca che mi diceva che ero come un figlio.

Il mio petto si contrae con una tale violenza da farmi salire la nausea, il mio corpo si piega in due, mentre appoggio le mani sulle ginocchia nel tentativo di controllare i conati.

Mi raddrizzo a poco a poco, il mio sguardo vaga sulla carne dilaniata delle sue mani, le stesse mani che mi hanno insegnato a brandire un coltello, a sparare con una pistola. Le mani che mi hanno risparmiato anni di tormento a causa di un male di cui nemmeno *io* riesco a capacitarmi.

Mi viene un altro conato e distolgo lo sguardo. Ho le narici dilatate, mentre cerco di spingere verso il basso i ricordi che minacciano di venire a galla. Ma è troppo tardi, l'ondata di dolore si alza e mi si abbatte addosso come un uragano, la mia mente non è in grado di collegare il cadavere straziato di fronte a me all'uomo che mi ha insegnato tutto quello che so.

L'uomo che mi ha difeso dai miei incubi.

Mi avvicino ancora un po', i miei piedi inciampano sul terreno, e mi tremano le mani mentre raggiungo l'albero. Affondo la scarpa in una pozzanghera e il liquido schizza sull'orlo dei miei pantaloni. Mi blocco e abbasso lo sguardo sulla pozza di sangue – la forza vitale dell'unico uomo su questa terra che abbia mai tenuto abbastanza a me da accogliermi. Mi divampa un fuoco al centro del petto, mi graffia la gola e mi sgorga dagli occhi. Le lacrime mi rigano le guance e mi gocciolano dal mento, la voragine che ho nel petto si spalanca e trema finché non temo che tutte le mie interiora si spaccheranno in due per le scosse.

La bile mi brucia il fondo della gola per il tanfo delle sue viscere, ma ignoro il fetore e allungo le dita per afferrare il chiodo conficcato nella sua mano sinistra. È scivoloso, incrostato di un sangue che ha già iniziato a seccarsi, e quando tendo il braccio e lo tiro, lo schiocco disgustoso del metallo che si stacca dalla carne basta a far rivoltare anche lo stomaco più forte.

Fisso il chiodo nel palmo della mia mano, e mi sento come se qualcuno lo stesse piantando dentro di *me*, finché a un certo punto qualcosa di scuro e pesante si fa strada in mezzo alle crepe e serpeggia lungo il mio torso, prima di avvolgendomi il collo come un cappio.

Mentre mi impongo di liberare i suoi altri arti, il suo corpo crolla giù dall'albero e cade a terra, e io mi rendo conto che perfino il più spezzato dei cuori può ancora creparsi.

Perché il mio è appena stato ridotto in cenere.

Non lo hanno semplicemente ucciso.

Lo hanno *sbudellato* e lo hanno appeso a un albero per darlo in pasto agli animali.

Ma io sono peggio di qualsiasi altro animale viva in questi boschi, e darò la caccia a tutti coloro che sono coinvolti, come prede, mi farò il bagno nel loro sangue e danzerò al suono delle loro grida finché non si pentiranno dei loro peccati.

Stringo la mascella così forte che mi schiocca, e mi si annebbia la vista mentre un dolore profondo si deposita come un macigno nel mio petto.

Avrei potuto evitarlo.

Ma ero con...

Wendy.

Alzo la testa verso il cielo, la mia mente esplode in mille pezzi mentre mi domando se lei fosse in qualche modo coinvolta in questo piano. Se sapesse che, distraendomi, avrebbe concesso a suo padre di imbucarsi e portarmi via per l'ennesima volta l'unica cosa per me rilevante.

La sua Piccola Ombra.

Mi sovvengono le parole di George, il fornaio, solo che questa volta le leggo da un'angolazione diversa. Ho la mente lucida, non più annebbiata dalla lussuria verso una donna che ha lo stesso DNA dell'uomo responsabile di così tanto del mio dolore.

"Era... era una donna. Ha detto che c'era un nuovo capo in città."

Lo shock mi attraversa come corrente elettrica, si scontra con le fiamme della mia rabbia finché non esplodono in un boato di calore e la furia mi ustiona le vene e scoppia dai miei pori.

L'acido mi tormenta in fondo alla gola.

Inizialmente mi ero persuaso che si trattasse di Tina, l'assistente di Peter. Ma Wendy era lì quel giorno. *Era lì.* Mi lascio uscire un respiro profondo.

Mi strofino la bocca con la mano avvolta nel guanto e sento il cuoio ruvido contro le labbra secche. "Non la passeranno liscia." Mi si spezza la voce. "Li farò soffrire per ogni momento di dolore che hai patito tu."

Sfioro con il pollice la scritta sull'accendino che tengo ancora stretto in una mano.

Dritto fino al mattino.

Faccio un respiro profondo e lo apro. Il tintinnio del coperchio e la scintilla della fiamma sono l'unico suono che sento al di là delle urla silenziose che artigliano la mia anima.

"Riposa in pace, amico."

Il dolore mi scheggia lo stomaco quando getto l'accendino sulle foglie cadute e le osservo prendere fuoco, prima che le fiamme si diffondano e avvolgano lentamente il corpo di Ru.

25

Wendy

C'è un unico, misero cupcake in mezzo all'isola centrale della mia cucina, con una glassa bianca e degli zuccherini che sembrano del tutto fuori luogo: è così colorato in una casa grigia e vuota. Sono passati tre giorni da quando Jon se n'è andato, lasciandomi completamente sola e, francamente, depressa.

Ho sempre trascorso il mio tempo concentrata sulla famiglia, non volendo lasciare che le nostre radici già fragili si disintegrassero dopo la morte di mia madre.

Ma ora non vedo davvero il senso.

"Buon compleanno a me." Sospiro e spengo la candelina.

Guardo il mio telefono e mi si stringe il petto. Sono quasi le sette di sera e, a parte un breve messaggio di auguri da parte di Angie, non mi ha chiamato nessuno per tutto il giorno.

Non mio padre.

Né Jon.

Né James.

Anche se, a discolpa di James, non gli ho mai detto quando sarebbe stato il mio compleanno. Nondimeno, non ho più notizie di lui da lunedì, da quando mi ha aiutata ad accompagnare Jon al Rockford.

Mi sono presa un giorno di ferie dal Vanilla Bean, ma

ora mi pento della decisione, poiché il vuoto della solitudine riecheggia attraverso i soffitti alti e i pavimenti di marmo di casa mia.

All'improvviso mi squilla il cellulare e la trepidazione mi scatena una scintilla nella pancia. Ma quando guardo lo schermo e mi accorgo che è mio padre, la delusione proietta un'ombra simile a un nuvolone carico di tempesta.

Speravo fosse James.

E quella presa di coscienza di per sé mi fa attraversare da un'ondata di shock, perché, in qualche momento indefinito di queste ultime settimane, mio padre è sceso dal suo piedistallo e il dispiacere per la sua mancanza ha perso di vigore e intensità.

"Ciao, papà."

"Piccola Ombra, buon compleanno."

Mi si contorce lo stomaco. "Grazie. Vorrei che fossi qui per festeggiare."

"Anche io."

Ci resto male e mi sento una stupida per aver sperato un'ennesima volta che stesse chiamando per dirmi che stava venendo qui.

"Ascolta," riprende. "Domani manderò un nuovo servizio di vigilanza per la casa."

Arriccio il naso. "Cosa? Perché?"

Mio padre ha sempre avuto delle guardie del corpo per sé, ma abbiamo sempre tenuto *privata* casa nostra.

"Mi sono capitati degli idioti che hanno cercato di ricattarmi e devo assicurarmi che tu sia al sicuro. Che la casa sia al sicuro."

Mi mordicchio il labbro. *Ricattarlo*? "Che cosa? No, papà... io... non ho bisogno di una dannata *guardia del corpo*. È ridicolo." Rido. "Non mi succederà niente."

"Non è in discussione, Wendy." La sua voce è severa e mi ferisce, bloccandomi i polmoni nel petto. Parla come se fossi una bambina, incapace di prendermi cura di me stessa. Come se non fossi abbastanza intelligente da gestire la verità su quello che sta succedendo.

Ricatto. Ma per favore.

"Papà, non sono più una bambina, dimmi quello che sta succedendo. Magari posso esserti d'aiuto."

Ridacchia. "Wendy, non puoi essere d'aiuto. Devi solo starmi a sentire e fare come dico io."

La rabbia mi scorre nelle vene e digrigno i denti. Forse qualche settimana fa l'avrei *ascoltato senza fare storie* ma, dopo essere stata con James - dopo essere stata trattata come una donna a cui viene dato ascolto e che esprime delle opinioni fondate - se tornassi a ricoprire il ruolo che mio padre si aspetta mi darebbe l'impressione come di avere l'anima rinchiusa dietro delle sbarre d'acciaio.

E non ci sto.

Ma fare polemica con mio padre equivale più o meno a parlare al vento, quindi rimango in silenzio al telefono e intanto rifletto su come sistemare la situazione una volta che avrò riattaccato.

Forse James può aiutarmi.

"Va bene, papà. Ho capito."

"Bene," risponde. "Tornerò a casa fra qualche settimana, così potremo cenare insieme. Una serata soltanto per noi due, okay?"

Mi brucia la gola. "Mm," mi forzo a rispondere.

Una voce femminile attraversa la linea. "Pete, dove mi porti stasera? Voglio sapere se devo vestirmi elegante o se ordiniamo solo la cena in camera."

Ho di nuovo i crampi ai polmoni davanti alla realizzazione che mio padre non sta lavorando, ha semplicemente deciso di portare a cena fuori Tina il giorno del *mio* compleanno invece di fare in modo di tornare a casa per passarlo con me. E va bene. Va *benissimo.*

Riaggancio il telefono senza salutare, poiché non sono sicura che riuscirei a evitare di farmi uscire di bocca delle parole taglienti, solo che non voglio dire qualcosa che poi non potrei rimangiarmi.

Avverto una fitta lancinante nella pancia, una specie

di disagio nauseante che mi grava addosso e mi fa venire voglia di crollare.

Ma non lo faccio.

Salgo le scale e mi dirigo nella mia stanza con l'intenzione di preparare una borsa e andarmene. Ho qualche migliaio di dollari sul mio conto in banca e, anche se sono sicura che mio padre non farà i salti di gioia, non posso farci proprio nulla. Non può costringermi a restare, dopotutto.

Nella mia camera è buio pesto, il sole è tramontato mentre stavo fissando il mio cupcake, così accendo la lampada accanto al mio letto e punto lo sguardo sulla foto di me e mia madre di quando ero piccola.

Mi chiedo se ci stia guardando da qualche parte dall'alto, e se si senta triste di non stare più con noi. Forse, se lei fosse ancora qui, ci starebbe anche mio padre.

Scuoto la testa e ignoro il bruciore che si irradia dal centro del mio petto mentre raggiungo il mio specchio a figura intera. Faccio scendere le mani lungo il vestito verde pallido, e ne liscio le pieghe mentre mi guardo.

Prendo la mia spazzola dalla toletta che ho accanto e la punto contro il mio riflesso. "Tu non sei una bambina, Wendy. Sei un *osso duro*." Ridacchio al commento e mi passo la spazzola sui capelli, mentre mi ripeto mentalmente quella frase di incoraggiamento.

"Sono d'accordo, non sei affatto una bambina."

Mi schizza lo stomaco in gola e la spazzola mi cade a terra nello stesso istante in cui incrocio uno sguardo azzurro e glaciale nello specchio. Apro la bocca per prendere una bella boccata d'aria, inchiodata sul posto dallo shock nel vederlo nella mia stanza. Si muove come una furia: il suo corpo spinge contro il mio finché non sono schiacciata contro il vetro; un uncino sfavilla quando me lo preme sul viso; il suo palmo guantato si schianta sulle mie labbra e attutisce il mio grido prima ancora che io riesca a pensare di scappare.

"No, no, Wendy, tesoro." Fa schioccare la lingua. "Proprio no."

Il cuore mi sbatacchia nel petto, la confusione mi avviluppa come la tela di un ragno. Mi piacerebbe pensare che si tratti solo di uno scherzo ben elaborato, ma la pressione della sua morsa mi fa risalire il terrore lungo la schiena. Lo guardo allo specchio, delle ciocche dei suoi capelli scuri gli cadono sulla fronte, il trench nero e i guanti di pelle lo fanno sembrare l'angelo della morte. La sua lama balugina nel riflesso dello specchio, sento il gelo del metallo, mentre l'estremità uncinata del coltello preme sulla mia pelle.

Inchiodata dal suo uncino.

Mi si rivolta tutto lo stomaco, ora che realizzo da dove viene il suo soprannome.

La sua mano libera mi abbranca i capelli e mi strattona la testa da un lato, sfiora col naso la mia gola pallida. "Lo sapevi che la paura ha un odore?"

Le mie narici si dilatano mentre cerco di prendere fiato, il panico pulsa allo stesso ritmo frenetico del mio cuore. Avverto un bruciore alle radici dei capelli, nel punto in cui me li sta tirando, e mi concentro sulla sensazione dolorosa per non perdere il contatto con la realtà.

"No, suppongo che tu non lo sappia," riprende, prima che gli angoli della sua bocca si curvino all'ingiù. "È legato tutto ai feromoni, in realtà. L'odore della paura innesca una reazione nell'amigdala e nell'ipotalamo. Una sorta di allerta, per così dire, che gli esseri umani hanno da tempo disimparato a riconoscere." Si sporge verso di me e inspira a fondo. Le punte dei suoi capelli mi solleticano la pelle.

Cerco di mantenere lo sguardo fisso, il mio corpo è scosso dai fremiti dell'adrenalina che mi sta pompando nelle vene, la mia mente guizza rapida alla ricerca di una via d'uscita da questa situazione.

Sta per uccidermi?

Mi si tendono tutte le viscere e mi bruciano gli occhi alla realizzazione che tutto ciò che pensavo di sapere sul suo conto era una bugia. Il panico mi ghermisce i polmoni e mi tremano le mani che sono premute contro lo specchio.

"La *tua* paura ha un profumo dolce," sussurra.

Il suo palmo scende lungo la parte anteriore del mio corpo, prima di scivolare sotto il mio vestito e di infilarsi in mezzo alle mie gambe. Avverto la ruvidezza del suo guanto sulla mia pelle sensibile e l'orrore mi scorre nelle vene come un veleno, gelandomi il sangue e paralizzandomi il cuore.

"Dimmi, tesoro..." La voce gli rimbomba nel petto e vibra perfino attraverso la mia schiena, facendomi rizzare i peli. "Il tuo piano è stato ingannarmi fin dal principio?"

Il mio stomaco si contrae, le lacrime mi scivolano lungo le guance e scendono sul dorso della sua mano, inzuppano il cuoio del guanto prima di gocciolare sul pavimento. Scuoto la testa, i miei capelli si aggrovigliano al suo trench. Faccio fatica a respirare, vorrei che mi togliesse la mano dalla bocca per potergli domandare di cosa *diavolo* stia parlando.

"Non penso di crederti." Il suo palmo preme contro il mio sesso e quel traditore del mio clitoride si gonfia sotto di lui. "Dopotutto, sei sempre stata una così *brava ragazza*. Così incredibilmente abile nell'eseguire gli ordini." Mi dà un bacio soffice sulla gola prima di appoggiare il mento nella giuntura tra il mio collo e la spalla e sorridere al nostro riflesso. "Così bella," aggiunge, facendo scivolare il bordo piatto del suo coltello lungo la mia guancia, finché la punta non poggia sull'arco delle mie labbra.

È stranamente sensuale e ho il fiato corto mentre cerco di mantenere una facciata placida davanti alla dicotomia fra le sue azioni e il suo tocco delicato.

Chi è quest'uomo?

"Che peccato." Sospira, levando il coltello dalla mia faccia, mentre i suoi occhi inchiodano i miei nello specchio. "Sentirai dolore solo per un secondo."

Corrugo la fronte e mi si mozza il respiro quando lo vedo estrarre una siringa dalla tasca. Il mio corpo entra in modalità di attacco o fuga, il cuore mi si schianta contro lo sterno e le mie mani scattano per agguantare le sue braccia, e poi...

Niente.

26

Wendy

È il mal di testa a risvegliarmi. Sbatto le ciglia, ma avverto una fitta lancinante in mezzo agli occhi. Provo a premere il palmo della mano nel punto in cui sento dolore, ma i miei movimenti non sono fluidi, c'è qualcosa che tintinna quando cambio posizione.

Strattono di nuovo, e il mio corpo scatta in avanti prima di cadere contro qualcosa di duro. Mi sento il cervello intorpidito, come se fossi appena uscita da una tempesta solo per finire in una nebbia fitta ma, man mano che mi risveglio, mi rendo conto di non essere *affatto* sdraiata. E ho le braccia bloccate.

Il solo pensiero di aprire completamente gli occhi mi dà il voltastomaco, ma sollevo lo stesso le palpebre, una alla volta, e mi preparo con una smorfia alla luce abbagliante.

Non appena metto a fuoco, mi rendo conto che è buio.

Davvero buio.

Riprendo pian piano conoscenza e accelerano i battiti del mio cuore, che ora mi scalcia contro le costole.

Strizzo gli occhi, cercando di orientarmi, ma è difficile concentrarsi. È difficile pensare.

Quando deglutisco, sussulto per il bruciore alla gola e stacco la lingua secca dal palato. Provo a muovere di nuovo le mani, ma non vanno molto lontano, e lo stesso tintinnio di prima mi risuona nelle orecchie e rimbalza sui muri. Abbasso lo sguardo e intravedo a malapena delle massicce catene di metallo serrate attorno ai miei polsi. Mi si stringe lo stomaco e una dose di panico mi inonda le vene. Allargo le dita e sento qualcosa di freddo e duro sotto di me.

Okay, Wendy. È tutto a posto.

Il mio cuore batte a un ritmo sostenuto mentre sbatto freneticamente le palpebre, cercando di adattare la mia vista per vedere al buio. Ma non serve a nulla. I gelidi viticci del terrore serpeggiano su per la mia spina dorsale, avviluppandosi come rampicanti attorno al mio corpo e stringendomi sempre più forte a ogni respiro. Strattono di nuovo le braccia contro le catene, questa volta con maggiore decisione, ma mi provoco una fitta acuta di dolore che corre lungo tutto il mio braccio e un bruciore che mi taglia i polsi. Chiudo gli occhi e sbatto la testa contro il muro freddo mentre cerco di stabilizzare il mio respiro.

Andare nel panico non servirà a nulla.

Ma cos'è successo?

Il mio compleanno.

Poi James.

Hook. *Uncino.*

I ricordi mi assaltano come una mandria imbizzarrita, strabordano dalla barriera mentale del mio torpore e mi spaccano il petto in due.

Odo un *clic* dal capo opposto della stanza, giro la testa di scatto verso il rumore e stringo gli occhi quando una porta si apre, lasciando filtrare la luce da un corridoio.

"Bene. Sei sveglia."

Inizio a tremare quando vedo Curly entrare nella stanza. Socchiude la porta, lasciando solo uno spiraglio aperto per far entrare un po' di luce.

"Cosa..." gracido, poiché il mal di gola mi rende difficile parlare.

Sento perfettamente i suoi passi sul pavimento mentre si avvicina, e io cerco di raggomitolarmi su me stessa, di nascondermi da quest'uomo il più possibile, anche se non c'è posto dove andare.

Curly si ferma davanti a me e il lato destro delle sue labbra si solleva. "Ciao, splendore."

Lo guardo per dei lunghi secondi, con un disgusto che mi monta nell'intestino e mi si rivolta nella pancia. È sempre stato così carino. Ho perfino pensato che, magari, saremmo potuto diventare amici, e invece eccolo qui, a guardarmi incatenata a un muro con un *ghigno* sulla faccia.

"Va'..." Mi si spezza la voce, ma ingoio il bruciore e continuo. "Affanculo."

Si accovaccia davanti a me, con un piatto di plastica tra le mani. "Beh, questo non è molto carino da parte tua. Non sono stato mica *io* a sbatterti qua sotto."

La rabbia ribolle nel profondo delle mie viscere.

"Ti ho portato da mangiare." Si sporge e prende un pezzo di quello che sembra pane. "Apri."

Serro le labbra fra loro e giro la testa.

Curly sospira. "Non rendere questa situazione più complessa del necessario."

Qualcosa dentro di me scatta, stringo gli occhi in due fessure e riporto in un baleno il mio viso verso di lui. Mi si accumula una piccola quantità di saliva in bocca quando annuso la fragranza del pane che mi sta tenendo davanti. La convoglio sulla punta della lingua e gli sputo in faccia.

Il tintinnio del piatto che sbatte sul pavimento è l'unico rumore nella stanza oltre ai battiti del mio cuore e al fruscio dei nostri respiri.

Il suo sorriso si spegne e i suoi occhi caldi si raffreddano, mentre si asciuga l'umore dalla guancia. "E va bene." Si avvicina. "Puoi pure morire di fame."

Raccoglie il piatto dal pavimento e si allontana. La porta si apre e si chiude con un altro scatto e io mi ritrovo da sola al buio.

Mi vengono i crampi allo stomaco, un malloppo di qualcosa di pesante e aguzzo mi si espande al centro del corpo, stracciando la mia calma, fino a quando non sono a corto di fiato e sento il cuore battermi talmente veloce che temo che potrebbe venirmi un infarto.

Il tempo scorre diversamente quando sei incatenata in una stanza vuota. Ho la mente ancora stordita e il mio corpo è scosso da brividi talmente profondi che me li sento nelle ossa. Entro ed esco da un sonno irrequieto, malgrado tutti i miei sforzi di rimanere sveglia per escogitare un qualche tipo di piano.

Spalanco gli occhi dopo l'ennesima perdita di conoscenza. *Devo essere stata drogata.*

Non ho idea di quante ore siano trascorse, o magari giorni, ma la mia vista si è adattata da tempo all'oscurità e ormai riesco a distinguere chiaramente un lungo tavolo spinto contro la parete più lontana della stanza e un mucchietto di quella che sembra polvere confezionata accatastata a un'estremità.

Strizzo gli occhi, cercando di vedere ancora più nitidamente, per capire se si tratti di qualcosa che posso in qualche modo rimediare e sfruttare a mio vantaggio.

Ma so che è inutile. Non c'è niente che io possa fare. Non ho nessun'arma a disposizione - non che saprei usarle, del resto, ammesso che ce ne fossero. E, anche se le sapessi usare, non avrei comunque modo di raggiungerle, visto che sono incatenata a un muro.

In questo momento non ho altro che la mia fede.

La mia fiducia.

"Polvere di fata."

Il mio cuore sussulta all'accento setoso, il mio stomaco si alza e si abbassa come se stesse andando sulle montagne russe. Giro di scatto la testa a destra e noto per la prima volta da quando sono sveglia una sedia a pochi metri di distanza. E sopra vi è seduto James, a gambe larghe, e mi sta guardando, mentre tiene un coltello in grembo e le mani comodamente poggiate e foderate dai suoi guanti.

Inclina la testa nella direzione del tavolo che stavo fissando. "Quella che stai guardando. È polvere di *fata*."

Ho i crampi alla pancia quando si alza in piedi e mi viene incontro, è di una bellezza che mi fa scintillare ogni terminazione nervosa. La nausea è la diretta conseguenza del modo in cui il mio corpo reagisce a lui. Del fatto che io ho *dato tutto* a una persona che poi si è rivelata il cattivo sotto mentite spoglie.

Lo scalpiccio dei suoi passi rimbalza sulle pareti, la vibrazione mi squarcia il petto, il mio sangue pompa la mia angoscia dritta sul pavimento. Hook si ferma davanti a me, le sue scarpe nere tirate perfettamente a lucido sfiorano la punta dei miei piedi nudi.

Digrigno i denti, e una fitta acuta di dolore mi vibra lungo la mascella.

"Dovresti mangiare."

"Va' a farti fottere," sputo fuori.

Mi redarguisce schioccando la lingua. "Cosa ti ho detto a proposito di quelle sconcezze?"

Piego la testa da un lato mentre lo guardo in cagnesco. "Hai detto un sacco di cose, *Hook*. E si dà il caso che non ce ne sia una, ma *nemmeno* una di cui mi freghi qualcosa." Le imprecazioni suonano strane in bocca a me, ma in questo momento non mi resta altro. So che gli danno fastidio e, dal momento che non posso divincolarmi e cavargli gli occhi con le unghie, mi devo accontentare di quello che ho.

Le sue labbra si curvano in un sottile sorriso, che mi fa venire i brividi lungo la schiena. Mi indica con il suo uncino. "Non sono il bugiardo qui, tesoro. Da che pulpito viene la predica."

"Non so nemmeno cosa sta succedendo!" Il mio

corpo sussulta quando strattono le catene, e le mie mani sbattono inutilmente contro il pavimento.

Il suo sguardo si sposta dalla mia faccia al punto in cui sono legata al muro, e il sorrisetto sul suo viso si spegne. "Fare la parte della vittima è terribilmente sconveniente." La sua voce è piatta e il suo tono vuoto mi comprime il petto, ora che mi rendo conto che il fascino ardente a cui ero abituata è scomparso nel nulla.

Soffio fuori l'aria, mentre lo sgomento mi stringe il cuore. "Mi hai incatenata a un muro," affermo.

Lui annuisce. "Una soluzione temporanea, te lo assicuro."

Stringo gli occhi in due fessure, con lo stomaco che mi brucia di rabbia. "Mi hai drogata."

Si gira il coltello tra le dita con dei movimenti così esperti e fluidi da conficcarmi una spina di terrore nel petto.

"Saresti venuta di tua spontanea volontà?" Inarca le sopracciglia.

Mi si forma un groppo in gola, e mi si spaccano le viscere, tanta forza debbo metterci per evitare di scoppiare in lacrime. "Sarei venuta *in capo al mondo* con te." Mi si spezza la voce. "Ti prego, io..."

Perdo la battaglia con le mie emozioni e le lacrime mi colano lungo il viso, calde contro la mia pelle gelida.

James si accovaccia, con la lama penzoloni tra le gambe e il suo sguardo che prima mi spoglia e poi mi brucia viva. "Tuo padre si è preso qualcosa." Fa una pausa, chiudendo brevemente gli occhi. "Qualcosa di insostituibile per me."

Mi si arresta il cuore e tiro su col naso, cercando di impedirgli di colare per le lacrime. "Mio padre? Io non..."

Si alza di scatto dalla sua posizione e comincia a camminare avanti e indietro per la stanza finché non incontra la sedia, ne afferra lo schienale con una mano e la scaglia verso di me. Rimango senza fiato e mi sprofonda lo stomaco quando le schegge di legno mi schizzano accanto alla testa e mi svolazzano i capelli tanto è il vigore con cui l'ha lanciata contro il muro. Si avvicina di nuovo a me, facendo un balzo in avanti, prima di abbrancarmi la mascella tra le mani. "Non fare la finta innocente. *Stupida,* insulsa ragazzina."

Il cuore mi graffia il petto, i singhiozzi mi spezzano i respiri mentre i suoi insulti e delle piccole schegge di legno mi tagliuzzano la pelle come carta affilata. Lo guardo dritto negli occhi, alla ricerca di un barlume dell'uomo che credevo di conoscere. L'uomo a cui ho dato tutto.

Ma se n'è andato da tempo.

O forse non è mai esistito.

Ha ragione. Sono *proprio* una ragazzina stupida.

Tiro fuori la lingua, che però mi resta impigliata nei bordi ruvidi e screpolati delle mie labbra, e scandisco bene ogni parola, con un'angoscia che mi riempie dall'interno. Quest'uomo - Hook - è un estraneo. E qualcosa in fondo al mio cervello mi sussurra di muovermi con cautela. Di fare tutto il necessario per rimanere in vita.

Mio padre verrà a salvarmi. *Deve farlo.*

"James," esordisco adagio. "Se mio padre... ha fatto qualcosa..."

La sua risata fragorosa si libra nell'aria e la sua morsa si stringe finché i miei denti non fendono la pelle. "Ti sei presentata al mio locale," sibila. "E poi mi hai distratto nel momento in cui gli altri avevano più bisogno di me."

Tento di scuotere la testa, ma la sua morsa è di ferro e i suoi occhi feroci mentre fissano i miei, prima di farli guizzare sulle catene al mio fianco.

Le mie viscere sono attorcigliate in delle strette spire, le terminazioni nervose logore e sfrangiate, e resto a guardare questo sconosciuto infuriare contro di me col fervore di mille soli. Sembra che voglia uccidermi.

Affondo le dita nel terreno sotto i miei fianchi, col cuore in gola.

Reclina la testa di lato e i suoi occhi si chiudono con

un lento battito di ciglia. E poi, quando si aprono, il fuoco si è spento.

È una tabula rasa. I suoi occhi ora non sono che due orbite vuote bordate di ceruleo.

La morsa sulla mia mascella si allenta, le sue dita guantate mi accarezzano la pelle come un amante, prima che la sua attenzione si sposti sugli attacchi sulla parete.

Inspiro, tenendo l'aria nei polmoni e con la paura persino di respirare, preoccupata che possa farlo ripartire.

Si alza in piedi e tira fuori qualcosa dalla tasca.

Il mio corpo si rannicchia su sé stesso e mi si compatta il petto quando James si avvicina. Incombe sopra di me, il suo odore speziato invade le mie narici e mi fa *odiare* me stessa per come mi sussulta il cuore a quel profumo. Avverto una trazione al polso, e poi un clic, seguito da punture di dolore che mi attraversano il braccio quando il sangue prende a scorrere liberamente nella mia mano.

Mi sta liberando dalle catene.

"Trovo che sia piuttosto erotico averti ammanettata alle mie pareti," commenta, mentre si sposta dall'altra parte. "Ma non mi sei di alcuna utilità, se sei danneggiata."

Mi porto le braccia al petto e mi sfrego la pelle irritata dei polsi coi polpastrelli.

"Almeno, non per il momento." Il suo viso arriva a pochi centimetri dal mio e mi si annoda lo stomaco per il movimento brusco. "Se ti comporti male, mi *vendicherò*."

Il dolore mi si deposita dentro come un fardello, prima di risalire e ricoprirmi la gola come una patina di bile. "Cosa potresti fare che non hai già fatto?"

I suoi occhi danzano sul mio viso, quasi come se stesse memorizzandone i lineamenti. L'improvviso cambio di atteggiamento mi imbeve ogni cellula di disagio. Si avvicina e preme le sue labbra sulle mie. Il mio corpo si paralizza, gli occhi si sgranano.

Mi accarezza la guancia con il pollice. "Ti nutrirai.

Berrai l'acqua che ti somministriamo noi." Le sue dita si allungano dietro la mia nuca e la stringono appena. "E non farai nulla di sconsiderato, altrimenti ti incatenerò al soffitto e farò gocciolare il tuo sangue su tutto il pavimento."

Il tradimento si annida più in fondo a ogni parola che James pronuncia, finché non tracima da tutti i pori e mi fermenta nel sangue. "Ti *odio,*" sussurro.

Sorride compiaciuto prima di strattonare con forza la mia testa all'indietro, e io mi proteggo il corpo con le mani mentre ruzzolo da un lato e mi lacero i gomiti quando vanno a sbattere a terra.

Si rimette in piedi, e si strofina i palmi guantati lungo la parte anteriore del completo. "Non commettere l'errore di pensare che io sia qualcuno a cui puoi mancare di rispetto."

La nausea mi sguazza nelle viscere.

Dal punto in cui mi trovo, sul pavimento, lo guardo dirigersi verso il tavolo in fondo, prendere il mucchio di polvere di fata e tornare verso la porta. Si ferma sulla soglia e si volta a guardarmi. "Cerca di comportarti bene, tesoro. Detesterei doverti punire."

E poi si gira, e per l'ennesima volta sono tutta sola.

27
JAMES

Sono passati tre giorni da quando ho portato via Wendy da casa sua e l'ho nascosta nel seminterrato del JR. Ho provato più emozioni in questo lasso di tempo che negli ultimi quindici anni messi insieme. Le mie notti sono irrequiete come non lo sono mai state prima. I sogni di Ru che resuscita dalla tomba e mi accusa di averlo deluso mi tengono completamente sveglio, ed esausto.

Buffo come, un tempo, Ru sia riuscito a fermare i miei incubi, e che adesso lui sia diventato uno di essi. È il grande cerchio della vita, suppongo.

Se a questo si aggiunge la costante scomparsa delle nostre casse, ecco che le mie viscere sono tutte annodate, un cavo elettrico in attesa di essere fatto scattare.

E poi Wendy... *Wendy*.

Beh, è un peccato che si sia arrivati a questo punto, ma ormai non si può più fare niente. Continuerò a usarla per lo stesso scopo, solo che, alla fine, anziché lasciarla andare libera, la farò stare a guardare mentre prosciugo la vita dagli occhi di suo padre.

E poi farò lo stesso con lei.

Sento un forte dolore al petto al pensiero, ma bevo un altro sorso di brandy e lascio che il bruciore del liquore smorzi il dolore. Il ghiaccio tintinna nel mio bicchiere quando lo poso e mi accomodo sulla mia poltrona, osservando Wendy dalle telecamere, mentre al contempo mi faccio girare fra le dita un invito al gala di beneficenza di stasera.

È a gambe incrociate in mezzo alla stanza, con gli occhi chiusi e le mani sulle gambe, quasi come se fosse immersa in una profonda meditazione.

Starkey è seduto di fronte a me e io mi sporgo in avanti e appoggio i gomiti sulla scrivania.

"Ripetimi ancora una volta," esordisco pacato. "Chi ha scortato Ru al suo appuntamento?"

La mascella di Starkey è tesa, i suoi capelli biondo scuro si arruffano sotto le sue dita mentre si pettina le ciocche. "Nessuno."

"Nessuno," ripeto.

Alza una spalla. "Non ha nemmeno avvisato nessuno di noi che sarebbe andato."

L'irritazione mi scatta nelle vene e la carta si accartoccia fra le mie dita. "Ne sei sicuro?"

La gamba di Starkey saltella sul pavimento e i miei occhi si abbassano e seguono il movimento. Sento il fastidio scorrermi dentro come un rubinetto aperto, e mi mordo la guancia di modo da riempirmi la bocca dell'acre sapore ramato.

"Sì... sì, capo, ne sono sicuro."

Sento delle pulsazioni in mezzo agli occhi e sospiro, pizzicandomi il ponte del naso. "Sparisci dalla mia vista."

"Ma dobbiamo ancora..."

Scatto dalla poltrona, brandisco il coltello e lo scaglio nella sua direzione, mandandolo a conficcarsi nella parete in fondo. "Ho detto *vattene*." Mi fanno male le nocche tanto le sto premendo contro il legno della mia scrivania, e devo abbassare lo sguardo e fare dei respiri profondi per tenere a bada la rabbia. "Prima che la mia mira migliori."

Se ne va in una manciata di secondi e il flebile clic della porta mi fa crollare le spalle.

Il battito del cuore nelle mie orecchie combinato con lo strofinio dei miei denti fra loro formano una sinfonia che accompagna il tornado di frustrazione rovente che mi sferza le viscere, talmente potente che non riesco a soffocarlo.

È passata quasi una settimana dall'omicidio di Ru e non mi sono ancora nemmeno avvicinato a delle risposte.

I carichi stanno sparendo, Peter Michaels sta facendo *di tutto* per prendere il controllo delle mie strade, e ora spetta a me mettermi nei panni di Ru e assumere ufficialmente il ruolo di capo.

Un titolo che non sono mai stato interessato ad avere.

A ciò si aggiunga la donna esasperante nel mio seminterrato, e mi sento come un puzzle in bianco con mille pezzi sparpagliati in ogni dove.

Qualcuno bussa alla porta dell'ufficio e io faccio un sospiro pesante. "Avanti."

Curly varca l'ingresso e abbassa il mento in segno di saluto.

"Ci sono sviluppi?" gli domando.

Scuote la testa e si dirige verso il punto in cui si trova lo schermo che mostra Wendy seduta in silenzio. "No. In pratica fa questo tutto il tempo."

Poso lo sguardo sull'invito che ho in pugno e mi si forma un'idea nella mente. Dopotutto, so che Peter sarà lì, perché è il loro ospite d'onore, ed è la prima volta che sarà in Massachusetts dalla notte della morte di Ru.

È ora di mostrargli quello che succede quando sottovaluti un mostro. Sono percorso da un brivido che mi accende lo stomaco, e il solo pensiero di mettere finalmente in atto il mio piano mi elettrizza le vene.

E Wendy mi aiuterà a farlo. Che lo voglia o no.

"Ti sono mancato, tesoro?" le chiedo, mentre entro nella stanza buia.

Wendy è ancora seduta al centro, con gli occhi chiusi e le gambe incrociate. "Come un buco nel cervello," risponde.

Mi risale una risatina in gola, ma la ricaccio indietro. Mi appoggio al muro, la osservo e mi si stringe il petto quando noto i lividi sui suoi polsi e le ciocche scompigliate dei suoi capelli.

Apre un solo occhio per sbirciare, poi lo chiude di scatto quando incontra il mio sguardo. "La gente si accorgerà che sono sparita, sai."

Annuisco, mentre mi infilo le mani in tasca. "Ci conto."

Ora apre entrambi gli occhi e il suo sguardo si fissa sul mio, scagliandomi un lampo rovente nell'addome.

"Mio padre verrà a prendermi."

Inclino la testa. "Ne sei proprio sicura?"

Esita, prima di stringere i denti e distogliere lo sguardo. "Certo."

"Come no." Mi stacco dal muro e le vado incontro. "In ogni caso, non ne avrà bisogno. Saremo noi ad andare da lui."

La sua testa scatta nella mia direzione e si alza in piedi, barcollando.

Faccio qualche altro passo lento verso di lei, che si irrigidisce, prima che i suoi piedi comincino a muoversi all'indietro, come se potesse fuggire. La sua schiena colpisce il muro di pietra e io entro nel suo corpo, i miei fianchi premono contro di lei, le braccia si allungano per ingabbiarla. "Dove pensi di poter scappare, Wendy, tesoro?" Stacco un palmo dal muro e le stringo appena le dita intorno al collo. "Ammesso che riuscissi a sfuggire da questa stanza, non avresti comunque nessun posto dove andare in cui io non ti troverei."

Tira fuori i denti. Ha il fiato corto. "*Toglimi* le mani di dosso."

Muove il braccio in un gesto fulmineo e lo lancia verso il mio viso col palmo ben aperto. Il mio stomaco sussulta mentre le afferro il polso prima che vibri il colpo e glielo giro fino a farle ruotare il corpo. Mugugna quando spingo il busto con decisione contro di lei e le premo la parte posteriore della testa con la mano libera, finché la sua guancia non è schiacciata contro il muro e il suo braccio è bloccato dietro la sua schiena, incastrato in mezzo a noi due.

Mi sporgo e le appoggio il mento sulla spalla. "Non amo particolarmente ripetermi, quindi ti suggerisco di ascoltarmi con attenzione."

Prova a strattonare il braccio, il gomito mi sfiora lo stomaco, e io stringo la presa. "Ti porterò a casa mia, dove ti permetterò di fare una doccia e renderti presentabile."

"Sei *disgustoso*."

Mi si annoda lo stomaco. "Può darsi. Ma, fino a che non cambierò idea, sono anche il tuo *padrone*."

Fa uno sbuffo di scherno, il suo corpo si dimena sotto il mio e mi fa convogliare il sangue all'inguine e contrarre il cazzo. Sogghigno. "Continua pure, dolcezza. Adoro quando ti ribelli."

Il suo corpo si irrigidisce.

La lascio e lei si gira, prima di stringersi il polso con gli occhi stretti in due fessure e massaggiarsi i segni rossi con le dita. Un lampo di preoccupazione mi guizza nella mente, ma lo respingo. Un piccolo livido non farà mai male quanto le ferite che ha causato lei. E, alla fine, non avrà comunque alcuna importanza, una volta che sarà morta.

"Ho un evento stasera," dico. "E vorrei che tu mi accompagnassi."

Le scappa una risata ma, dopo qualche secondo, si acquieta, e i suoi occhi si spalancano. "Sei serio?"

"Sì."

"Va' all'inferno," ribatte.

"E va bene." Tiro fuori il telefono dalla tasca e me lo porto all'orecchio.

"Che cosa stai…"

Alzo un indice, per farle cenno di tacere. "Pronto? Sì,

signora Henderson. È così bello sentire la tua voce. Sono James Barrie."

Il sussulto di Wendy mi manda un'ondata di soddisfazione nelle vene.

Mi si allarga un sorriso sul viso e le strizzo l'occhiolino. "Le dispiace informare cortesemente il preside Dixon che passerò a prendere Jonathan Michaels?"

"*Bastardo.*" La sua voce è stridula, e i miei occhi si inchiodano nei suoi, nello stesso momento in cui una punta di *qualcosa* mi trafigge il petto.

Copro il microfono con la mano e inarco le sopracciglia. "Puoi ripetere, tesoro? Non sono riuscito a sentirti bene." Indico il mio telefono. "*Affari* importanti, sai com'è."

"Ti ho detto *bastardo,*" sibila. Si preme i palmi delle mani sugli occhi e scuote la testa. "Farò quello che vuoi. Basta che, per favore..."

Il nodo allo stomaco si scioglie al suo assenso, e annuisco. "Non importa, signora Henderson, sembra che i miei piani siano cambiati. Le auguro una splendida giornata."

Riaggancio, rimetto il telefono in tasca e mi avvicino a lei. Mi fermo quando le punte delle mie scarpe premono contro la pelle nuda delle dita dei suoi piedi. Le sollevo il mento con le dita. "Mi dispiace che si sia arrivati a questo punto. Non sarebbe dovuta andare così. Ma ci troviamo tutti in dei momenti della nostra vita in cui dobbiamo scegliere da che parte stare."

Le sue sopracciglia si increspano. "Che cosa? Io…"

Le faccio correre un dito lungo la mascella. "Purtroppo, hai scelto male." Abbasso la mia mano dal suo viso e mi giro verso la porta. "Tornerò presto. E faresti meglio a tenere sempre a mente cosa c'è in gioco."

28

Wendy

I miei polsi sono di nuovo legati, solo che stavolta si tratta di *vere e proprie* manette invece di pesanti ceppi. Fisso il metallo, mentre mi attorciglio le dita in grembo, prima di lanciare un'occhiata a Curly al posto di guida. "Non c'era bisogno che mi metteste delle manette. Non è che posso scappare."

Il viso di Curly rimane impassibile, come se non mi avesse nemmeno sentita.

Si è comportato così da quando gli ho sputato in faccia. Ma non me ne pento, e comunque non ho più niente da dirgli – non ho più niente da dire a nessuno di loro.

Chiudo gli occhi e appoggio la testa al finestrino, permettendo ai raggi del sole di penetrare attraverso il vetro e nella mia pelle. Dentro di me ora dimora un peso costante, ma in questo momento mi aggrappo al misero sollievo di essere *finalmente* nella luce. Non ho idea di quanto tempo sia effettivamente passato, ma quando resti bloccata al buio con soltanto i tuoi pensieri, un secondo sembra un secolo.

Il mio cervello si stava sfrittellando come delle uova, l'isolamento si stava trasformando in una camera di tortura mentale – con nient'altro che i miei pensieri e le mie emozioni a farmi compagnia - così ho cominciato a mettermi seduta in mezzo alla stanza e a provare a meditare. Non sono sicura di averlo fatto correttamente, ma sembra che mi abbia alleviato il panico. Ha fatto passare il tempo in un modo che non mi ha fatta sentire come se stessi perdendo il controllo sulla mia salute mentale.

È stato durante uno di questi momenti introspettivi che mi sono resa conto che una parte del mio dolore non è tutto sommato nuovo: è solo un graffio fresco su delle vecchie cicatrici. James — *no, non James* — Hook è solo l'ennesima nella lunga fila di persone che pensano di potermi dire cosa fare, che mi mortificano a parole, che mi dicono di stare seduta ferma, aspettandosi che io mi morda la lingua e sorrida. Ed è vero, è quello che ho fatto per tutta la vita. Non mi sono mai difesa, ho sempre ingoiato gli insulti dei miei 'amici' e i momenti in cui mi sono sentita sminuita da mio padre come se fossero la mia croce da portare sulle spalle.

Ma non ne posso *più* di sentirmi dire di piegarmi.

L'auto svolta nel porto turistico e il mio stomaco si contrae al ricordo dell'ultima volta che sono stata qui. Sono passati solo pochi giorni, eppure in qualche modo mi sento come se fossi una persona completamente diversa da allora, quando vedevo ancora il mondo e tutte le persone in esso intrinsecamente buone.

Ma mi sono stati strappati dalla faccia gli occhiali con le lenti rosa in un millisecondo, e quello che si sono lasciati dietro di sé sono solo sfumature di grigio.

Curly parcheggia l'auto e fa il giro dal mio lato dell'auto in un baleno, apre lo sportello e mi solleva per un braccio prima di sganciarmi le manette. "Non fare niente di stupido."

Come se fossi abbastanza scema da mettere a rischio mio fratello.

Lo seguo giù per il molo e fino al pomposo *Giglio Tigrato* alla fine del porto turistico, dove vedo Smee che sta passando uno straccio sul ponte e tre uccelli bianchi che stanno volando sopra le nostre teste.

Splende il sole e l'acqua è scintillante e cristallina.

È tutto normale. Bello, perfino. Come se tutto il mio mondo non fosse stato ribaltato, attorcigliato e capovolto. Come se io non fossi stata sedotta, drogata, rapita e tenuta in uno scantinato di pietra. La disperazione mi si insinua dentro quando mi rendo conto di essere davvero alla mercé delle voglie di Hook.

Si è definito il mio *padrone*.

E, almeno finché non architetterò un piano che non farà correre rischi alla mia famiglia, non ha torto.

"Datti una mossa, splendore. *Andiamo.*" La mano di Curly spinge da dietro la mia spalla, e per quanto mi senta le gambe di piombo, in qualche modo le costringo a muoversi e a salire sulla barca. Lui non mi viene dietro, resta sulla banchina, con le braccia conserte e gli occhi socchiusi, come se si aspettasse un qualche gesto folle da parte mia, tipo saltare da un lato e cercare di scappare.

Magari dovrei.

Ma non so nuotare e non sono abbastanza stupida da persuadermi che avrei successo.

Smee mi saluta con la mano e io lo scruto da capo a piedi: il suo viso giovanile e il suo berretto rosso acceso lo fanno sembrare innocente come un agnello. Piego le labbra in una smorfia. Non so di quanto sia al corrente, ma ho smesso di riporre la mia fiducia in persone che non se la sono guadagnata. Il mio stomaco è in apprensione e mi tremano le mani quando mi allungo e apro la porta, prima di entrare nel soggiorno e guardarmi intorno.

Vuoto.

Attraverso senza fretta la cabina e mi fermo davanti all'isola della cucina, a pochi passi da dove i coltelli fanno bella mostra di sé, proprio accanto al tagliere di legno. Ho la mente che mi sta vorticando a cento miglia al minuto. L'impulso di prenderne uno è forte, ma devo usare il cervello, e il solo pensiero di quello che potrebbe farmi Hook se mi trovasse con un'arma mi fa sprofondare il cuore a terra e percorrermi le vene da un brivido. Guardo i coltelli accigliata mentre mi passano per la mente le immagini raccapriccianti di come mi potrebbe uccidere.

"Io non lo farei se fossi in te."

La voce mi fa sobbalzare lo stomaco, e mi giro di scatto per ritrovarmi faccia a faccia con un diavolo dagli occhi azzurri. "Hook."

Inclina la testa. "Puoi ancora chiamarmi James, se lo desideri."

La mia mascella si stringe e incrocio le braccia. "*Non* lo desidero."

Lui annuisce. "Molto bene. Da questa parte."

La sua mano si poggia sulla mia schiena e mi fa venire un brivido. Il risentimento per le reazioni del mio corpo al suo tocco si condensa alla base della mia spina dorsale. Ci dirige lungo il corridoio e tiene aperta la porta della sua stanza per farmi entrare prima di lui. Poso lo sguardo sul suo letto matrimoniale, con le lenzuola di seta e un soffice piumone bordeaux, e tutto l'indolenzimento dovuto all'aver dormito su un freddo pavimento di pietra prende vita e mi fa piangere le ossa.

"Ci sono asciugamani puliti in bagno e mi è stato consegnato un vestito."

Le mie labbra si incurvano all'ingiù e lo sbircio di sbieco. "Come fai a sapere la mia taglia?"

Fa un sorrisetto. "Ho una memoria piuttosto *tattile*."

Arrossisco e il disgusto si arriccia dentro di me. Si è preso la mia *verginità*. In pratica gli ho permesso quasi di soffocarmi a morte e ho confidato che mi avrebbe tenuta al sicuro.

Che cosa patetica, Wendy.

"Cosa vuoi da me?" lo interrogo. "Cosa ho fatto per meritarmi questo? Io non..." Le parole si bloccano per il gonfiore nella mia gola e mi copro la bocca con una mano.

I suoi occhi si socchiudono mentre mi si accosta. Mi scosto d'istinto, la parte posteriore delle mie gambe colpisce il bordo del suo letto e mi fa perdere l'equilibrio e rimbalzare sul materasso. Mi tiro su alla bell'e meglio e mi appoggio sui gomiti, mentre il mio sguardo incontra il suo.

Si china e resta sospeso su di me, ma non in maniera sensuale come farebbe un amante: mi mette in soggezione, la sua energia gli guizza intorno come un temporale, facendomi rizzare i peli.

È così vicino che riesco a sentire il sapore del suo respiro, come se fosse il mio.

"Quello che *voglio,*" mi sussurra contro le labbra. "È che tu la smetta di prendermi in giro." Il suo corpo avanza ulteriormente e i suoi occhi turbinano per l'emozione. "Quello che *voglio* è riportare in vita delle anime dal mondo dei morti e lasciarle cibarsi delle urla di tuo padre." Il suo naso corre lungo il mio collo, e io inspiro, col cuore che mi batte così all'impazzata da farmi girare la testa. "Puoi darmi una di quelle cose, Wendy, tesoro?"

Mi si attanagliano le viscere. *Come ho fatto a dimenticarlo?* Questa storia non riguarda affatto me. Riguarda *mio padre.*

"Sapevi chi era lui?" sbotto. "Per tutto questo tempo..."

Le sue labbra si contraggono, e indietreggia, mentre il fuoco nei suoi occhi scompare alla stessa velocità con cui è arrivato.

"Sapevi chi ero io?" La domanda mi brucia la gola, le lacrime mi annebbiano la vista.

"Ovviamente." Si pizzica dei fili invisibili dalla manica. "Sapevo chi eri fin dal momento in cui hai messo piede nel mio locale."

Il mio cuore già fratturato si crepa sotto l'improvvisa pressione nel mio petto.

Certo che lo sapeva.

Faccio un cenno d'assenso del capo, e un tipo di rassegnazione di quelle meste mi si deposita nelle vene. È densa e umida, come fango profondo, e io so già che più lotterò, più affonderò. "Penso che gradirei fare una doccia adesso."

Inarca le sopracciglia e mi indica il bagno.

Mi alzo in piedi e percorro la stanza, prima di chiudermi la porta alle spalle. Le mie dita restano aggrappate alla maniglia di metallo e appoggio la testa al legno freddo della porta. Trattengo il fiato finché i miei polmoni non strepitano, e nemmeno allora lascio uscire l'aria per il timore che, una volta che lo farò, finirò anche per urlare. Sono stordita, le mie emozioni mi trascinano in mille direzioni diverse. Non so se sono una scema per non aver tentato di scappare o se sono furba perché sto cercando di elaborare un piano. Non ho idea se dopo stasera verrò ributtata nella stanza di pietra fredda e buia, o se mi ucciderà una volta per tutte.

Questo manderebbe *di sicuro* un messaggio a mio padre.

E poi c'è il senso di colpa, e quello è più forte di tutto il resto. Mi dilania la pancia e raggiunge il mio petto, graffiandomi attraverso le viscere finché non mi resta attaccato alla gola.

Perché in realtà mi sento così dannatamente *sollevata* di essere qui. Di fare una doccia. Di respirare aria fresca. Di avere delle interazioni con un essere umano, perfino con il responsabile di tutto questo. E che genere di persona mi rende questo? Il fatto di sentirmi grata per le cose belle, quando la fonte di queste cose è un uomo che sta minacciando tutti quelli che amo?

Andrà tutto bene.

Mi guizza nella mente il ricordo di quando abbiamo lasciato Jon all'Istituto Rockford, e le parole di Hook - che però, al tempo, per me era James - mi risuonano nella mente in un loop infinito.

"Tu tieni sempre a mente che, tutte le volte che ti sembrerà che le cose vadano male, allora si tratterà di situazioni a termine. Non sono le circostanze in cui versi a determinare il tuo valore, è il modo in cui risorgi dalle ceneri dopo che è andato tutto a fuoco."

29
JAMES

"La ragazza si ferma per la notte, signore? In caso posso preparare la stanza degli ospiti."

Guardo verso il punto della cucina in cui si trova Smee, impegnato a bere da una tazza di tè.

Piego la testa e bevo un sorso dalla mia tazza, e il liquido mi brucia la lingua quando lo ingoio. "Cosa ti fa pensare che starebbe in un qualsiasi altro posto che non sia il mio letto?"

Sgrana impercettibilmente gli occhi e la curiosità mi si insinua nella mente davanti al suo improvviso interesse.

"Nessuna ragione in particolare. Ho solo pensato di mettermi a disposizione." Si dirige verso il lavello della cucina e mette la tazza a mollo prima di girarsi per appoggiarsi al bordo. "Stasera non ci sono, e non mi andava di dover lasciare a te un'eventuale sistemazione, tutto qui. So quanto desideri il tuo spazio personale."

Alzo il mento ed esamino con attenzione il suo atteggiamento. Sembra nervoso, quasi come se la presenza di Wendy lo mettesse a disagio. "Grandi progetti?" gli chiedo.

Non mi sono mai curato della vita personale di Smee e, onestamente, continua a non interessarmi. Ma chiacchierare con lui mi distrae dalla ragazza chiusa a chiave nella mia stanza, e mi ritrovo a bramare una pausa dal rancore che riemerge ogni volta che vedo la sua faccia o penso al suo nome.

Smee sfoggia un sorrisetto e si passa una mano tra i capelli, le cui ciocche castano scuro brillano sotto le luci della cucina. "Potremmo metterla così."

"Beh, apprezzo la tua disponibilità, tuttavia non sarà necessario."

Sono indeciso su cosa fare di lei dopo la serata di gala. Una parte di me vuole risbatterla nel seminterrato del JR e lasciarla lì a marcire. Non merita di meno. L'altra parte di me vuole legarla al mio letto e usare *altri* mezzi per cavarle fuori la verità. Mi fa infuriare che si ostini a comportarsi come se fosse innocente. Come se non avesse idea di quello che ha fatto.

In qualunque caso, sarò in grado di dedurre molto dal modo in cui interagirà con suo padre stasera. Ho mandato avanti i gemelli, per assicurarmi che i nostri segnaposti fossero al tavolo dell'ospite d'onore, e *non vedo l'ora* di vedere cosa c'è nel menu.

Sento dei tonfi decisi sulla porta in fondo al corridoio e sorrido, prima di bere l'ultimo sorso del mio tè e poggiare di nuovo la tazza sul bancone.

Gli occhi di Smee si spalancano quando sposta lo sguardo verso il rumore, prima di riportarlo su di me. "È chiusa lì dentro?"

Mi alzo, mi abbottono la giacca dello smoking e, nel passargli accanto, mi fermo per dargli una strizzata alla spalla. I suoi muscoli si tendono sotto il mio palmo. "Quello che faccio con i miei giocattoli non è affar tuo, Smee."

Smette di strabuzzare gli occhi e abbassa la testa. "Le mie scuse, capo."

Lo liquido con un gesto della mano e un sorriso. "Dimenticato."

Mi infilo una mano in tasca per recuperare la chiave mentre mi avvicino alla porta della mia camera da letto.

Sta bussando rumorosamente alla porta, il vigore dei colpi di Wendy fa vibrare il legno contro i cardini. Infilo il metallo nella serratura, la porta scatta e mi accolgono il viso tutto rosso di Wendy e il suo pugno sospeso a mezz'aria.

Mi si solleva un angolo delle labbra. "Va tutto bene? Sembri terribilmente frustrata."

Il rossore delle sue guance mi fa balenare in mente una visione di lei sotto di me, e l'eccitazione mi trafigge al centro del corpo. Mi scrollo di dosso il pensiero e poso lo sguardo sul suo corpo: il vestito che ho fatto scegliere a Moira le avvolge ogni curva.

È uno schianto. L'immagine della grazia e della compitezza, un tessuto azzurro pastello con uno scollo a cuore e la schiena scoperta. Abbastanza raffinata da star bene sottobraccio a me, ma sufficientemente affascinante da far desiderare a ogni uomo di averla.

Il mio piccolo animale perfetto.

Stringe i denti. "Mi hai chiusa a chiave qui dentro."

"Una misura precauzionale."

La fisso ancora per qualche istante, gustandola come un buon vino e rammentando la sensazione di quando ero dentro di lei. Il sangue mi scorre verso il cazzo, facendolo scattare contro la mia gamba.

Allunga le braccia lungo i fianchi. "Bene, ho la tua approvazione?"

La frustrazione mi sale nel petto per la mia costante attrazione verso una sciacquetta così infida. Me la tolgo dalla mente e la rimpiazzo con la massa nera che ha carbonizzato i frammenti della mia anima sin dalla morte di Ru.

La morte nella quale sono pienamente convinto sia coinvolta Wendy.

Stringo gli occhi in due fessure e dei tralci rabbiosi mi si attorcigliano attorno ai muscoli come l'edera. "Passabile," rispondo. Fa uno sbuffo stizzito, e io le do le spalle. "Andiamo, non sta bene fare tardi."

I suoi tacchi ticchettano dietro di me sul pavimento

di legno lucido, e io resisto alla tentazione di guardarmi indietro, concentrandomi piuttosto sul fatto che è una traditrice. È fuori di testa se pensa che io mi beva questo suo trucco dell'obbedienza. È un errore sottovalutarmi, pensare che abbocchi a degli stratagemmi così meschini e sciocchi. Ecco perché ho dovuto mettere in mezzo anche suo fratello Jonathan. Non mi piace particolarmente usare i bambini come esca e, in verità, non ho intenzione di fare del male al ragazzo. Non ho nemmeno fatto una telefonata vera. Ma il modo più rapido per ottenere la remissività è colpire qualcuno nel punto in cui è più vulnerabile, e Wendy ha un debole per la *famiglia*.

Il viaggio verso il centro congressi è silenzioso. Wendy si tiene le dita intrecciate, mentre guarda fuori dal finestrino, col viso imbronciato e teso. Sono seduto di fronte a lei nella limousine, l'odio si mescola alla lussuria come un cocktail esplosivo, le scintille schizzano in tutto il mio corpo, facendomi vibrare di un'energia che mi fa sentire come se fossi sull'orlo della combustione.

Trovo estremamente irritante non essere in grado di controllare la reazione del mio corpo nei suoi confronti. Per la prima volta sono stato accecato dalla concupiscenza: sia verso di lei che al pensiero che la figlia del mio nemico si strozzasse con il mio sperma.

Sinceramente, quell'idea ha ancora un certo fascino, solo che ora tengo gli occhi ben aperti e non li chiuderò mai più. L'ho lasciata avvicinare troppo, mi sono rilassato eccessivamente, perfino in quel breve lasso di tempo.

Molto probabilmente perché non l'ho mai vista veramente come una minaccia.

"Suppongo di non aver bisogno di ricordarti quello che accadrà se ti comporterai male stasera," le domando, quando la limousine si accosta al marciapiede.

Mi lancia un'occhiata torva. "Ho partecipato a eventi come questo da quando ho cominciato a muovere i miei primi passi. Non mi servono dei discorsetti motivazionali."

Riesco a sentire la sua ira dall'altro lato

dell'abitacolo, cosa che non fa altro che alimentare le fiamme.

"Può anche darsi," ribatto, sporgendomi in avanti. "Ma ora stai camminando al *guinzaglio*, cucciola. Quindi non fare nulla per forzarmi la mano." Mi alzo dal mio sedile e mi sposto accanto a lei, mentre infilo la mano in tasca ed estraggo una sottile custodia di velluto.

Il suo corpo si raggomitola contro lo sportello della limousine, come se anche solo starmi vicina fosse troppo per lei da sopportare.

I miei polpastrelli scivolano lungo il suo collo per scostarle di lato i capelli setosi. "Non cercherai di scappare." Apro la custodia e la sento trasalire quando vede il girocollo tempestato di diamanti. "Non dirai, né farai *nulla* che possa destare preoccupazione."

Tiro il collier fuori dalla scatola e sento le gemme fredde nel mio palmo. Mi allungo, glielo metto intorno al collo e le sfioro la pelle con le dita nell'allacciarglielo dietro la nuca. I miei occhi vagano dalle sue labbra alla sua gola, e un'ondata di desiderio si accumula nel mio addome. "Ecco fatto." La mia mano lambisce i gioielli prima di posarsi sul rigonfiamento del suo décolleté, e il mio palmo si alza e si abbassa a ogni suo respiro pesante. "Ogni brava *cagna* ha bisogno di un bel collare."

Distoglie la testa con un gesto brusco e guarda fuori dal finestrino. Le afferro il mento con la mano e le giro di nuovo il viso verso di me. "Non ti toglierai quel girocollo per nessun motivo al mondo. Intesi?"

La sua mascella si contrae. "Intesi."

"Eccellente."

Faccio segno all'autista che siamo pronti ad andare, e lo sportello si apre per farmi scendere. Esco dalla limousine, mi giro e mi sporgo nell'abitacolo. Le dita di Wendy mi solleticano il palmo quando mette la sua mano nella mia, e io la aiuto a scendere e la prendo fra le mie braccia nello stesso momento in cui scattano i flash delle macchine fotografiche che costeggiano il tappeto rosso.

Le metto un braccio intorno alla vita e la attiro a me,

mentre al contempo osservo la sua trasformazione davanti ai miei occhi. Il suo viso si illumina, un sorriso smagliante le adorna i lineamenti e i suoi occhi si animano quando incrocia il mio sguardo. Il mio cuore perde un battito, e subito dopo vengo colto dalla repulsione, perché per l'ennesima volta il mio corpo è fuori controllo quando si tratta di lei.

Mi avvicino a lei e annuso il profumo dei suoi capelli. "Fa' la brava e ti lascerò dormire in un letto anziché su un pavimento di pietra."

La sua spina dorsale si irrigidisce sotto la mia mano, e mi sorride, ma i suoi occhi contengono qualcosa di algido e di oscuro. "Fammi strada, *padrone*."

Mentre entriamo, sento lo stomaco che si contorce e si annoda e la trepidazione che mi scorre nelle vene.
Sono talmente vicino che riesco a sentirne il sapore sulla lingua. E sa di *vendetta*.

30

Wendy

Il modo in cui Hook mi parla mi fa cagliare le viscere come latte acido.

Anche se *detesto* quello che ha fatto, la sua pioggia di insulti taglienti come lame è un tipo di tortura che fa male. Mi taglia le vene e mi fa dissanguare, sino a lasciarmi friabile come delle foglie secche.

Mi avvolgo il collier fra le dita e mi domando come mai mi abbia detto di non toglierlo. È splendido, ma non riesco a immaginare che la sua importanza vada ben oltre il suo valore, e sapere che non ho il controllo nemmeno su ciò che devo indossare è un'ennesima sferzata al mio ritrovato orgoglio.

Il calore del palmo di Hook mi ustiona il fianco mentre entriamo nella sala da ballo principale. È incantevole - come di solito capita in questi eventi: ci sono lampadari zeppi di cristallo e tavolate degne di un re, ma non mi fanno nessun effetto. Non stavo mentendo quando gli ho detto che sono stata a mille di queste serate di gala. Mio padre ha un sacco di soldi, e questo lo rende un ospite prestigioso in molti eventi di beneficenza.

Chissà se c'è anche lui stasera. È un pensiero fugace, come un sussurro nella mia mente, ma lo afferro e me lo tengo stretto, e mi divampa una speranza nel petto per la prima volta da giorni.

Ci facciamo strada tra smoking e abiti da ballo, finché non raggiungiamo l'open bar, dove Hook ordina un whiskey liscio per sé e mi passa un calice di champagne. Ne bevo un sorso, assaporando lo sfrigolio delle bolle che mi scoppiettano sulla lingua. Solitamente, non mi piace l'effetto che mi fa l'alcol, ma avrò bisogno di *qualcosa* per riuscire a mantenermi il sorriso falso stampato sulla faccia.

"Buon compleanno, comunque." Fa tintinnare il suo bicchiere contro il mio. "Mi perdonerai se sono in ritardo di qualche giorno, ma sono stato piuttosto indaffarato."

Un impeto di rabbia intenso mi colpisce al petto. "Come fai a saperlo?"

Sorride, prima di posare il suo whiskey sul bancone. "Resteresti sorpresa dalla quantità di cose che so."

"E con questo che intendi?"

"Intendo tutto quello che mi *va* di intendere." Si accosta a me e il suo sguardo diventa gelido. "So della tua nascita, Wendy Michaels." Le sue labbra premono contro la mia guancia. "E saprò della tua morte."

Il mio cuore in pena si schianta sul pavimento. "È una minaccia?"

Si allontana con un sospiro. "Trovo che le minacce siano una terribile perdita di tempo. Parlo solo di cose che ho intenzione di portare a termine."

Il rancore per tutta questa situazione mi rode dall'interno. "Se hai intenzione di uccidermi in ogni caso, perché dovrei prendermi la briga di fare la tua *cagna* obbediente?" Mi rendo conto un secondo troppo tardi di quanto sia stata stentorea la mia voce e della facilità con cui ha attraversato la stanza.

La sua mano si muove in un lampo, mi cinge il collo e mi strattona verso di lui. Agli occhi degli altri, dobbiamo sembrare solo degli amanti in un abbraccio appassionato. Ma tutto ciò che sento io sono nausea e panico, che mi attraversano lo stomaco e mi salgono fino in gola.

"Sta' molto attenta alle tue prossime parole." La sua

morsa si allenta. "Sei una persona dal cuore tenero, tesoro. Non è della tua vita che dovresti darti pensiero."

Mi spengo in viso e digrigno i denti così forte che temo che mi spezzerò un molare.

Si gira appena e sorride a una coppia che sta venendo verso di noi. "Su con il morale, cara, è ora dello spettacolo." Poi si rivolge all'uomo. "Commissario, che piacere vederla." La voce di Hook si scioglie nell'aria come un cioccolato corposo, allettante e peccaminosa. "E anche la sua bellissima moglie. Lieto di rivederla, Linda. È sempre un piacere." Si avvicina e le dà un bacio sulla guancia prima di allungarsi verso di me e di mettermi un braccio intorno alla vita. "Lei è la mia ragazza, Wendy Michaels."

Annuisco e sfoggio un sorriso così smagliante che mi fanno male le guance.

L'uomo ricambia il sorriso, e i suoi folti baffi biondi si curvano. "Wendy Michaels, la figlia di Peter?" Ridacchia, guardando Hook. "Come hai fatto a mettere questa nel sacco? Sembra un po' fuori dalla tua fascia di prezzo."

Mi scotta il petto per l'insulto.

Linda fa una risatina acuta. "Oh, caro. Non essere scortese."

Mi aspetto che Hook si metta a ridere, ma non lo fa, il suo corpo si contrae e piega la testa da un lato. "Temo di non aver capito cosa intende, Reginald. Sta insinuando qualcosa su di *me*?" Si indica. "O su chi scelgo di portare al mio fianco?" L'aria si fa pesante, mentre il sorriso del commissario si spegne. La tensione indugia per tutto il tempo che Hook lo scruta. "Un gentiluomo sa quando è il caso di porgere delle scuse dopo aver insultato una signora." Inarca le sopracciglia.

Il cuore mi sbatte contro le costole, i miei occhi guizzano fra Hook e l'uomo.

Reginald si schiarisce la voce e posa lo sguardo su di me. "Domando scusa, signorina Michaels. Non era mia intenzione mancarle di rispetto."

Strabuzzo gli occhi, l'incredulità mi rivolta lo

stomaco quando mi rendo conto di quanto potere abbia davvero Hook. Se gli è dato rivolgersi in questo modo al commissario di polizia, come posso mai aspettarmi di farla franca?

Il commissario sposta il peso da un piede all'altro e si guarda attorno. "Ru sta ancora evitando questi eventi come la peste, eh?"

Il corpo di Hook si irrigidisce, la sua presa si serra intorno alla mia vita finché non mi ritrovo a dimenarmi e a lasciarmi sfuggire un piccolo lamento. Abbassa lo sguardo e mi accarezza con le dita nel punto che ha pizzicato.

"Temo che Ru si sia preso una vacanza decisamente inaspettata e permanente," risponde, coi muscoli del collo tesi come se avesse dovuto farsi uscire quelle parole di forza dalla gola.

Linda sospira. "Sembra delizioso. È da un bel po' che cerco di convincere Reginald ad andare in pensione."

Il commissario sta squadrando Hook, e lentamente gli si formano delle rughe al centro delle sopracciglia. "È un vero peccato," replica con calma. "Avrei avuto un incontro con lui la prossima settimana su una possibile donazione."

Hook offre un sorriso tirato e il suo pomo d'Adamo oscilla. "Temo che dovrai fissarne un altro, con me."

Il commissario annuisce e si passa la lingua sui denti. "Beh, Ru è sempre stato uno..."

Mi fischiano le orecchie quando Hook prende a strofinarmi la curva dell'anca con le dita e mi attira ancora di più verso di sé con il braccio. Alzo lo sguardo verso di lui, domandandomi se si stia rendendo conto di quello che sta facendo. I muscoli della sua mascella si contraggono, ma i suoi occhi rimangono fissi su Reginald e sua moglie.

Non ho idea di cosa mi spinga a farlo, e sono sicura che a fine serata – quando sarò costretta a fare di nuovo i conti con la realtà della mia situazione – me ne pentirò, fatto sta che alzo la mano e gli accarezzo il braccio.

"*Tesoro,* stanno cominciando a farmi male i piedi. Ti dispiacerebbe accompagnarmi al nostro tavolo?"

Lo sguardo di Hook si posa su di me, le sue sopracciglia salgono fino all'attaccatura dei capelli e il suo sguardo si addolcisce. Prende la mia mano nella sua, se la porta alla bocca e ne sfiora il dorso con le labbra. "Ma certo, dolcezza."

I brividi mi corrono lungo tutto il braccio, e delle farfalle infide mi svolazzano nello stomaco.

Cosa c'è che non va in me?

Fa un cenno alla coppia. "Commissario. Linda. Se volete scusarci."

Ho l'intestino sottosopra mentre camminiamo, gli arti che tremano per l'agitazione, mentre mi interrogo se ce l'avrà con me per avergli interrotto la conversazione. *Ma come mi è venuto in mente?*

"Scusa," mormoro, mentre raggiungiamo il tavolo. "È solo che... sembravi a disagio, e quello continuava a ciarlare, e io..."

Hook scosta una sedia per me e mi ci fa accomodare, mentre nel frattempo mi preme un dito sulle labbra. "Sss."

La mia bocca si chiude di scatto, il disagio s'insinua dentro di me come un serpente. Non ho mai provato così tanta angoscia nella mia vita come in sua presenza. Il più delle volte, la sua personalità è simile a un placido specchio d'acqua, immobile, scintillante e limpido come il vetro. Ma basta una singola goccia per perturbare tutta la superficie, e non si può mai dire quando comincerà a piovere.

Lancio un'occhiata alle poche persone sedute al tavolo. In passato, conoscevo quasi tutti a questi eventi. Ma qui siamo in Massachusetts, non in Florida, quindi per me sono tutti degli estranei. In ogni caso, nessuno di loro sta badando a me. È su di *lui* che sono puntati tutti gli occhi, e non li biasimo. Pur sapendo di cosa è capace – sapendo quello che mi ha fatto – fa comunque un certo effetto stare sottobraccio all'uomo più potente della sala.

Vorrei poterlo ignorare, ma è lì, che io lo voglia o no. Esattamente come non riesco a scrollarmi di dosso la conversazione tra lui e il commissario. Non ho mai visto Hook agitato prima, e invece questo... *Questo* lo ha sconvolto. Cerco di scacciare il pensiero dalla mia mente, sapendo che non dovrebbe importarmi.

Ma mi importa.

Prima che James mostrasse la sua vera natura, mi stavo innamorando di lui. O comunque della versione di sé che stava mostrando. E i sentimenti non scompaiono così di punto in bianco, mutano soltanto, e si spostano mentre la tua anima si spezza per andarsi a modellare attorno alle crepe. I miei sentimenti per Hook potranno anche essere alterati e irriconoscibili, ma non significa che siano svaniti.

"Io ho conosciuto Ru, vero?" gli chiedo, incapace di impedire a quelle parole di saltar fuori dalla mia lingua.

Le sue dita smettono di tamburellare sul tavolo "Sì."

"È bello che sia andato in pensione."

La faccia di Hook guizza verso la mia. La sua mano scatta all'infuori, afferra la mia sedia da sotto e la tira, trascinandola rumorosamente sul pavimento di legno. Sussulto, l'aria fredda mi scivola in gola e va a scontrarsi con l'ondata bollente di imbarazzo che mi risale nel petto.

Il suo naso sfiora il mio, l'intensità del suo sguardo mi congela sul posto. "Non so a che gioco stai giocando," sussurra. "Ma si interrompe all'istante. Ti suggerisco di non mettermi alla prova."

Il mio cuore trasalisce. "Io non... non sto giocando a nessun gioco."

Prende una boccata d'aria profonda e il suo sguardo vola dai miei occhi alla mia bocca, prima di tornare indietro. L'energia crepita nello spazio in mezzo a noi. E poi guarda alle mie spalle, e il suo contegno cambia drasticamente.

Salto quando mi posa il palmo sulla coscia al di sotto del tavolo e me la stringe in una morsa che mi lascerà il segno. "Ricorda cosa c'è in ballo."

Lo schernisco, con un fastidio che mi ribolle nelle viscere. "Come se potessi mai dimenticarmene, io..."

"Wendy?"

31

JAMES

Wendy si gira sulla sedia e si ritrova faccia a faccia con Peter.

"Papà?" ansima. Fa per alzarsi dalla sedia, ma le stringo la presa sulla coscia per tenerla ferma. Si volta verso di me con le sopracciglia inarcate, e io piego la testa, incrocio il suo sguardo e mantengo il contatto visivo.

Il momento in cui si rende conto è lampante: le si oscurano gli occhi e le si curvano le labbra. Fa vagare lo sguardo da me a suo padre, e poi a Tina, che è lì a fissare la scena a bocca aperta, con un vestito verde scintillante con delle finiture dorate.

Il viso di Peter è una maschera di sgomento, e corruga la fronte mentre ci guarda. Tolgo la mano dalla coscia di Wendy e appoggio il braccio lungo lo schienale della sua sedia. Questo è il momento in cui Peter si renderà conto che il loro piccolo piano non ha funzionato.

Realizzerà che, anche se mi hanno portato via Ru, ho ancora lei. Lei non l'ha fatta franca.

"Peter," lo saluto. "Che piacere."

Le sue labbra si arricciano. "Hook."

"Farei le presentazioni," riprendo. "Ma sono abbastanza sicuro che voi due vi conosciate già bene."

Peter rimane immobile, coi lineamenti del viso congelati, finché i camerieri che stanno per servire l'insalata non lo costringono a spostarsi. Si schiarisce la voce, poggia la mano dietro la schiena di Tina e la scorta verso i loro posti.

Il corpo di Wendy si sgonfia. La guardo con un ampio ghigno. *Esatto, cucciola. Fine dei giochi.* Nessuno gioca contro di me e ne esce vincente.

I camerieri servono i piatti con l'insalata e io prendo la forchetta, con l'eccitazione che mi scorre nelle vene mentre infilzo un pomodoro ciliegino e mi crogiolo nel modo in cui Wendy si agita e Peter lancia delle occhiate torve.

Mi avvicino a lei, con il braccio ancora sullo schienale della sua sedia, e alzo la forchetta davanti alla bocca di Wendy. "Fame?"

Wendy stringe le labbra e scuote la testa.

Mi metto il pomodorino in bocca, e i succhi e i semi mi esplodono sulla lingua.

"Mm," mormoro. "Adoro il primo assaggio di qualcosa di così *succoso.*" Sogghigno a Peter, tolgo il braccio da dietro la sedia di Wendy e le faccio correre le dita sulla pelle nuda. Wendy si irrigidisce come un'asse di legno sotto di me, con gli occhi fissi sul piatto. È sospettosamente silenziosa, la ragazza sfacciata che stava nel mio seminterrato è scomparsa all'improvviso alla presenza di suo padre.

Scopro che mi irrita più di quanto dovrebbe.

"Wendy," sospira Peter. "Che ci fai qui? Non dovresti essere a casa?" I suoi occhi sbirciano in giro per il tavolo. Abbiamo l'attenzione di tutti, ed è una vera delizia sapere che Peter vorrebbe fare una scenata, ma non può. Del resto, è questa la differenza tra Peter e me. Lui è costretto a operare entro i limiti imposti dalla società civile, mentre io mi assicuro di riempirgli le tasche e ballare al di fuori dei loro confini.

La testa di Wendy guizza alla domanda di suo padre, le sue nocche diventano bianche nello stritolare la sua forchetta. "In che senso *a casa*?"

Tina si sporge per appoggiare una mano sull'avambraccio di Peter, e la mascella di Wendy scatta al movimento.

Interessante.

"Penso che quello che sta cercando di dire tuo padre," subentra Tina. "È che questo è l'ultimo posto in cui ci saremmo aspettati di trovarti." I suoi occhi guardano me. "Tanto meno… in sua compagnia."

Apro la bocca per parlare, ma Wendy mi batte sul tempo, e mi cade la mano dalla sua spalla quando si sporge in avanti e scaglia dei laser con gli occhi. "E perché mai sarebbe così sorprendente vedermi qui? Perché non mi è stato dato il permesso *esplicito*?"

Peter si schiarisce la voce. "Piccola Ombra..."

Lo sguardo di Wendy lo trafigge e mi sento eccitato per la sua ira.

"Forse non te lo ricordi, *papà*, ma venivo spesso a questi eventi con te."

Peter si guarda intorno. Tutti gli occhi sono puntati sulla sfuriata di sua figlia.

"E, tanto per la cronaca," continua Wendy, con le guance sempre più rosate. "Non mi è mai servita, né interessata l'opinione di Tina su *nulla*, specialmente su dove lei si aspetta di trovarmi."

La bocca di Tina si spalanca.

Sogghigno allo sfogo di Wendy, il calore mi brulica nel corpo per quanto la trovo attraente quando è un tornado di rabbia.

"Non ti sei preoccupato di dove fossi quando il tuo nuovo servizio di sicurezza non mi ha trovata?"

Faccio salire la mano fino al retro del suo collier, le mie dita scivolano sotto il gancio e tirano, per rammentarle di stare attenta a quello che dice.

Le sopracciglia di Peter si alzano. "È questo, dunque? Stai scappando perché eri contraria ai miei sforzi di offrirti protezione?"

Wendy sbuffa indignata e pugnala una foglia di

lattuga con la sua forchetta.

"Tieni sotto controllo la tua ragazza," sibila Tina a me.

Faccio un sorrisetto e mi appoggio allo schienale della mia sedia. "Perché dovrei volerlo fare?"

Gli eventi hanno preso una piega squisita. Non mi aspettavo che ci fosse tutta questa tensione con suo padre.

"Wendy, non è questo il momento, né il luogo." La voce di Peter è tagliente, imperiosa, come se stesse sgridando una bambina. "Dobbiamo andare da qualche parte e parlare in privato?"

I suoi occhi guizzano su di me. Non mi muovo, voglio vedere quello che fa se le viene data l'opportunità.

Alza il mento, inspira a fondo e scuote la testa. "No. Non abbiamo più niente da dirci."

Il piacere per la sua obbedienza mi scorre dentro come un rubinetto che perde, e devo ricordare a me stesso che Wendy non è una persona che merita di essere premiata perché si è comportata bene. È una *traditrice*.

Anche se è strano il modo in cui sta interagendo con suo padre, come se non fossero in buoni rapporti.

Gli occhi di Peter restano fissi in quelli di Wendy per dei lunghi istanti, qualcosa di non detto passa tra loro prima che Tina si intrometta. "Allora, come vi siete conosciuti?" Indica sia Wendy che me sventolando il calice di champagne.

Bevo un sorso di whiskey. *Perché l'avete spedita nel mio locale, patetici maiali*.

"Te l'ha già detto lui, no?" Wendy piega la testa. "Ha *assaggiato per primo* la mia vagina succosa." Si levano dei sussulti in giro per il tavolo, e io mi strozzo con la mia bevanda e mi devo dare dei colpi sul petto per soffocare la tosse.

"Wendy," sibila Peter.

Wendy sfodera un sorriso a trentadue denti. "Che c'è, papà? All'improvviso hai deciso che ti importa di nuovo?"

Resto di sasso.

Comprendo il rancore di Wendy nei confronti di suo padre per non essersi accorto che era sparita - onestamente, il pensiero irrita un po' anche me - ma non riesco a capire da che parte stia andando a parare adesso lei. Stavano già lavorando insieme per distruggermi. Non dovrebbero essere così sorpresi che Wendy e io ci conosciamo.

A meno che non ne avessero idea.

Mi vengono i crampi allo stomaco e il mio cuore livido si contorce all'idea.

"Penso che la domanda più importante," continua Wendy, "sia: come vi siete conosciuti *voi due*?" Punta la forchetta verso suo padre e poi verso me.

Peter congiunge i polpastrelli delle mani davanti alla bocca e si appoggia al suo schienale. "Niente di entusiasmante. Abbiamo avuto un breve incontro di affari."

Rido, mentre accarezzo il lato del collo di Wendy con le dita, e mi si contraggono le viscere ogni volta che toccano il collier. *Il mio marchio di proprietà*. Oltre che un localizzatore GPS, ma non è questo che conta adesso.

"Oh, non essere così modesto, Peter," scherzo. "Il nostro è stato più che un *incontro*. In effetti, credo che tu abbia fatto una conoscenza piuttosto approfondita delle persone a me più care. Mi sembrava giusto ricambiare il favore."

Gli angoli degli occhi di Peter si stringono mentre annuisce, e le sue labbra si schiudono per mostrare i suoi denti bianchi e scintillanti. "Sì, è vero." Si guarda intorno. "E dove si trovano stasera?"

Il mio corpo si irrigidisce, la furia mi avvolge nella sua spirale come un uragano.

Il viso di Wendy scatta verso il mio, i suoi occhi si muovono su e giù prima di tornare verso suo padre, leggermente socchiusi. Lascia cadere la forchetta e il clangore di quando sbatte sul piatto mi perfora i timpani. Allunga una mano, me la preme prima sul petto, poi la fa salire finché non mi racchiude la mascella nel palmo. Lo shock che mi provoca il suo tocco è sufficiente a diradare la foschia rossa che mi fodera gli occhi. Si avvicina e mi dà un bacio sulla guancia. "Fa' un respiro profondo. La gente sta cominciando a fissarti," sussurra.

I miei polmoni si riempiono mentre cerco di riprendere il controllo.

Wendy si rimette al suo posto e inchioda suo padre con lo sguardo. "E questo cosa dovrebbe significare?"

Mi si stringe il petto alla sua domanda. Perché, di nuovo, se fosse parte del piano di Peter, dovrebbe sapere *esattamente* cosa significa.

"Wendy, ho fatto una domanda semplice." Peter fa un sospiro.

"Ha ragione," ribatto con un sorriso mentre mi avvicino Wendy e le accarezzo i capelli. "Ho trovato una compagnia molto più *allettante*."

Peter digrigna i denti e si sporge in avanti, supplicando sua figlia con gli occhi. "Non hai idea della persona che hai seduta accanto."

La mascella di Wendy scatta. "So *esattamente* chi è lui. È su di te che comincio a farmi delle domande."

Il mio cuore trasalisce, la sua frase rinsalda la teoria che ho cominciato a formarmi negli ultimi minuti.

Non sa di suo padre.

Il che significa che non mi ha mai tradito.

32

Wendy

Il resto della cena è pieno di sguardi tesi, con nient'altro di sottofondo che il tintinnio dell'argenteria e il chiacchiericcio della gente sul palco che si sta spendendo per la risoluzione delle ingiustizie nel mondo, mentre organizza feste milionarie con posti a sedere da migliaia di dollari ciascuno.

Le mie viscere, invece, stanno infuriando.

"Non dovresti essere a casa?"

Non sapeva nemmeno che me ne fossi andata. Sono stata *rapita,* e lui non sapeva nemmeno che non stessi più a casa.

Sono mesi che mi ripeto di dover fare i conti col fatto che non è più l'uomo di cui conservo il ricordo, ma questo è il momento in cui il lembo della mia anima a cui mi stavo tenendo aggrappata, alla fine, si lacera, cade a terra e si frantuma in cento brandelli frastagliati.

Non sapeva nemmeno che me ne fossi andata.

Ma, ovviamente, qui ce l'ha fatta a presentarsi.

Dio non voglia che la sua immagine resti mai intaccata. La sua immagine pubblica, intendo. Perché ora per me è chiaro come la luce del giorno che di come lo vedo io non gli importa nulla.

Ed è successo qualcosa con l'amico di Hook, Ru. La conversazione tacita con il commissario, il modo in cui il nome del suo amico manda Hook in tilt, e adesso mio padre che sbeffeggia i suoi amici scomparsi – tutto questo mi fa scattare i nervi in stato d'allerta.

So perché Hook mi ha voluta qui, è diventato piuttosto ovvio, ma per quanto mi scervelli non riesco a capire perché mio padre, d'altro canto, stia provocando *lui*.

Né a monte comprendo per quale motivo abbia a che fare con uno come Hook.

A meno che mio padre *non* sia quello che finge di essere.

Ed è questo, più di ogni altra cosa, a farmi sentire la persona più stupida del pianeta. Come si fa a vivere con una persona, come si possono passare anni a respirare la stessa aria, idolatrare ogni sua mossa, amarlo con tutto il tuo cuore senza sapere davvero chi è?

Questa consapevolezza mi si insinua dentro e spezza il lucchetto che teneva sottochiave tutte le parole che non ho detto, tutte le volte in cui avrei voluto rispondere, e invece mi sono limitata ad annuire e sorridere. So che molto probabilmente Hook mi punirà per aver avuto questo sfogo, ma non riesco a pentirmene nemmeno un po'. Alla fine – *finalmente* – essere in grado di esprimere la mia opinione è stato catartico. E quando Hook non soltanto lo consente, ma lo incoraggia perfino, mi sento come se avessi qualcuno alle spalle.

Per quanto contorto possa sembrare.

Sbircio nella sua direzione nello stesso momento in cui sta annuendo con la testa in risposta a qualcosa che gli sta dicendo un uomo seduto accanto a lui, e il mio stomaco fa una capriola per le mie emozioni completamente ribaltate. Com'è possibile che quest'uomo - quello che ha minacciato la mia vita meno di un'ora fa, quello che mi ha incatenata al muro di un seminterrato – apparentemente resti comunque l'unico a trattarmi come se avessi un valore?

Mi ha fatto chiedere *scusa* dal commissario di polizia per avermi insultata e mi ha massaggiato il collo per tutto il tempo in cui ho dato contro a mio padre e a quella stronza della sua assistente. E non mi sembra una cosa da Hook.

Mi sembra una cosa da James.

Scuoto la testa, ricordando a me stessa che sta soltanto recitando una parte. Nessuno dei suoi atteggiamenti nei miei confronti è realmente per il mio *bene,* e dimenticarmelo non mi arrecherà alcun vantaggio.

I miei occhi vagano al di là della sagoma di Hook e noto uno dei gemelli che sta venendo nella nostra direzione. Ci raggiunge e si china per sussurrargli qualcosa all'orecchio. Le dita che Hook stava facendo correre sulla mia coscia si bloccano, e raddrizza la schiena. Mi stringe la gamba in una morsa e poi si muove, appoggiando il tovagliolo sul tavolo. "Se vuoi scusarmi un momento, c'è una questione urgente che richiede la mia attenzione."

Nell'alzarsi in piedi, lancia un'occhiata a mio padre, prima di chinarsi per darmi un bacio sulla guancia e di infilarmi le dita tra i capelli. "Comportati bene," mormora contro la mia pelle. "Non c'è nessun posto dove scappare in cui io non ti seguirò."

L'ansia si mescola nel mio flusso sanguigno mentre si allontana, e il mio stomaco si contrae per l'indecisione. Mio padre è seduto *proprio lì,* ed è l'unico uomo sulla faccia della terra che potrebbe salvarmi, ma a quale costo?

Non farò nulla finché non saprò che Jon è al sicuro, e nostro padre ha dimostrato più e più volte che, per lui, mio fratello non costituisce una priorità.

No. *Cosa c'è che non va in me?* Non lo lascerebbe mai morire. Jon resta sempre suo figlio, dopotutto.

Mi si rivoltano le budella, il disgusto si fa strada nel mio cuore per la facilità con cui la mia mente è passata dal confidare nella bontà delle persone al domandarsi a quale tipo di omicidio si presterebbero. È stato sufficiente qualche giorno insieme a dei criminali e l'ho accettato di punto in bianco come un dato di fatto.

E mi preoccupa che ciò *non mi preoccupi* come dovrebbe.

"Wendy, vorrei scambiare due parole con te, cortesemente." Mio padre si pulisce gli angoli della bocca con il tovagliolo prima di metterlo giù. "In privato."

Il mio cuore trasalisce, sapendo che è qualcosa che a Hook non farebbe piacere, ma... Hook non è qui. E io merito delle risposte. Faccio un cenno d'assenso col capo, spingo indietro la sedia e mi guardo attorno, quasi aspettandomi che qualcuno salti fuori e mi acciuffi ma, a ogni passo in più che faccio, respiro sempre più facilmente, una volta che mi rendo conto che non verrà nessuno.

Attraversiamo la sala da ballo finché non raggiungiamo le porte che conducono al patio sul retro, e mio padre mi lascia passare prima di seguirmi fuori. Siamo le uniche persone qui fuori, e mi sento un brivido nelle ossa quando tremo per l'aria fresca.

"Ti sta usando per arrivare a me."

Sussulto per le sue parole brusche e mi porto una mano sul petto. Non sapevo cosa aspettarmi. Magari delle scuse per non essersi reso conto che ero sparita da casa, o per aver trovato comunque il modo di presentarsi qui, mentre è sempre mancato in tutto il resto.

La presa di coscienza di non sapere evidentemente nulla sul conto di mio padre mi scivola lungo la gola finché non riesco a sentire altro che il sapore amaro della verità.

Scuoto la testa e mi lascio uscire uno sbuffo divertito. "Davvero non avevi idea che me ne fossi andata?"

"Wendy, usa un po' di raziocinio. Se stai facendo tutto questo per cercare di attirare l'attenzione, io..."

"Rispondi alla domanda." Stringo i pugni lungo i fianchi.

Emette un sospiro e si strofina la fronte con una mano. "I miei addetti alla sicurezza mi ha informato che non eri a casa e ho presunto che stessi facendo i capricci."

Le sue parole mi deflagrano nel petto come una bomba, carbonizzandomi le viscere. I *capricci*. Come se fossi una bambina.

"Se avessi saputo che eri impegnata a spassartela con un criminale psicopatico, ti avrei cercata in lungo e in largo."

Lo fisso con la bocca spalancata. "Come fai a saperlo?"

"Sapere *cosa*?"

"Che è un criminale psicopatico." Mi si aggroviglia lo stomaco. "Come fai a saperlo?"

"Come fai a *non* saperlo tu?" Allarga le braccia ai lati. "Stai giocando a un gioco molto pericoloso, Wendy. Un gioco di cui ignori tutte le regole."

L'ardore si espande e mi brucia la gola. "Non sottovalutarmi!"

I suoi occhi si spalancano e io faccio un passo avanti e mi affondo le mani tra i capelli, mentre il cuore mi batte selvaggiamente nel petto. "Sono così stufa di essere trattata da tutti quanti come se fossi una bambola di porcellana che non deve far altro che essere graziosa e tenere la bocca chiusa. Le mie opinioni *contano*."

Il suo sguardo si addolcisce. "Ma certo che contano, Piccola Ombra." Mi viene incontro. "Io mi sto sforzando."

Lo schernisco. "Non ti sei più sforzato da quando è morta mamma."

La sua mascella si contrae. "Tu non sai niente di tua madre."

Alzo le mani. "Ah, quindi sono solo un'ingenua. Non so nulla di Hook. Non so nulla di mia madre. E, poco ma sicuro, non so nulla di *te*."

"Ti sta tenendo qui con la forza?" Mi si avvicina ancora di più, la sua voce è suadente, come se stesse cercando di attirare un animale in gabbia. "Ti ha... ti ha fatto del *male*?"

Ansimo e digrigno i denti. L'impulso di dirgli la

verità mi sta urlando dal fondo della gola. "Come sta Jon?" chiedo piuttosto.

I suoi movimenti vacillano. "Cosa?"

"Ho chiesto come sta Jon. Tuo figlio, hai presente?"

"E questo adesso che c'entra con la nostra conversazione?" Inarca le sopracciglia.

"Parecchio, in realtà." Mi si gonfia il cuore nella speranza che mi dica che è passato a trovarlo. Che si sono sentiti per telefono e Jon si sta ambientando bene.

Si passa una mano sulla faccia. "Sono sicuro che stia bene."

La delusione si deposita come un mattone, mi si schianta nelle viscere e mi fa bloccare un singhiozzo in gola. Non gli ha nemmeno parlato. Se non si può fare affidamento su di lui per una banale telefonata, come faccio a fidarmi che si assicurerà di tenere Jon al sicuro da Hook?

Mi sento pervasa dal senso di colpa, ora che mi rendo conto che Jon è stato completamente da solo. Che ha dovuto ambientarsi per conto suo.

Chiudo gli occhi e soffio fuori l'aria. Una sensazione di malessere si adagia nel mio intestino e si espande, finché la realizzazione della mia situazione non mi riempie e mi circonda del tutto.

"Non mi sta forzando." Scandisco bene le parole.

"Ti sta *usando* per arrivare a me," ripete.

Non ha torto. Hook mi ha fatto chiaramente intendere che gli importa solo di arrivare a mio padre. Eppure, non mi ero resa conto, fino a questo momento, di quanto quella rivelazione facesse male. I giorni passati, che mi hanno condotta fin qui, mi hanno resa insensibile al dolore, ma con l'accettazione arriva anche la presa di coscienza, e ora mi pulsano le ferite nel punto in cui Hook si è scavato un varco nel mio cuore, solo per cavarsene fuori in seguito.

Da dietro le mie spalle proviene il flebile cigolio di una porta che si apre e si chiude, ma non mi giro per vedere chi è. Non ce n'è bisogno.

È impossibile non sentire la sua presenza quando entra in una stanza.

"Bene." Il suo accento fluttua nella brezza e mi si avvolge intorno al collo come un cappio. "Non è un posticino accogliente?"

Il calore mi avvolge la schiena, il braccio di Hook scivola intorno alla mia vita e mi attira verso il suo corpo. Il cuore mi salta nel petto, mi risale la cena in gola finché non debbo tapparmi la bocca con una mano per tenerla giù.

"Stai cercando di rubare la mia ragazza, Peter? O la stai semplicemente usando per organizzare la tua prossima, folle avventura?"

Gli occhi di mio padre si stringono in due fessure. "Qualunque cosa tu stia provando a fare, *ragazzino*, sappi che non funzionerà."

Il corpo di Hook si irrigidisce, il palmo della sua mano preme contro i miei addominali. Allungo le mani per poggiargliele sull'avambraccio, poi, veloce come un fulmine, la mia testa viene strattonata di lato e mi tirano i tendini del collo fino a farmi male. Piagnucolo per il dolore e scavo con le unghie nella pelle di Hook.

"Stai *cercando* di farla ammazzare?" Il mio cuore incespica alle parole di mio padre e lo fisso con gli occhi sbarrati. Ma mio padre non fa altro che sogghignare, mentre posa il suo sguardo su di me. "Te l'avevo detto, Piccola Ombra. Non gli importa niente di te."

Mi bruciano le viscere.

Una risatina cavernosa rimbomba nel petto di Hook, vibra attraverso le mie ossa e mi incendia le terminazioni nervose. Si china, preme le sue labbra soffici al centro della mia gola e la sua lingua scivola fuori per sentire il sapore della mia pelle.

Il calore si diffonde in mezzo alle mie gambe, prontamente seguito dalla repulsione per l'eccitazione che il mio corpo riesce a provare in questa situazione *malata*.

"Non commettere l'errore di pensare che io sia come

gli altri uomini con cui hai avuto a che fare." Hook lascia andare la mia testa, prima di spingermi con delicatezza di lato e incamminarsi verso mio padre. "Non mi importa della mia reputazione. Non mi interessano i soldi, né le attività a cui dai *fuoco*."

Le labbra di mio padre si incurvano verso il basso, e io ruoto la testa di scatto, domandandomi di cosa stia parlando.

"In effetti, non resta più niente da rubarmi che non ti sia già preso." Si avvicina ancora, finché non torreggia sulla sagoma di mio padre. "Queste sono le *mie* strade," continua. "E non sai con quanta pazienza ho atteso che tu venissi a giocarci."

Si infila una mano in tasca, e il manico marrone del suo coltello mi fa gelare le viscere dalla paura. Il mio cuore batte all'impazzata, i miei piedi si muovono prima che io faccia in tempo a fermarli e mi lancio di corsa in mezzo a loro, con mio padre che barcolla all'indietro di un passo.

"Non farlo," supplico Hook. "*Ti prego*... solo... non fargli del male."

Hook sgrana appena gli occhi, ma per il resto rimane impassibile, e gli si forma sul viso un lento ghigno. Allunga le dita e mi sfiora la mascella. "Così fedele." Poi sposta lo sguardo alle mie spalle, verso mio padre. "E dove sono le tue suppliche, Peter?" Le sue sopracciglia si alzano. "O forse preferiresti che versassi il suo sangue per coprire i tuoi peccati?"

Silenzio.

Assordante. Uno straziante *silenzio*.

Gli occhi di Hook si inchiodano nei miei e io mantengo il contatto visivo, il mio stomaco si alza e si abbassa insieme ai battiti irregolari del mio cuore, le mie narici si dilatano per il dolore lancinante del mio petto che si sta spaccando in due.

Hook espira e piega il collo di lato fino a farlo scrocchiare, poi annuisce e tende una mano. "Molto bene."

Il sollievo mi inonda le vene e il mio corpo è scosso dal tremore quando infilo il palmo della mia mano nel suo. Mi tira e il mio corpo si schianta contro di lui. Gli appoggio le dita sul petto, lui mi cinge la parte bassa della schiena con un braccio e la sua bocca trova il mio orecchio.

"Voglio che memorizzi questo momento, tesoro. Ricorda cosa si prova davanti alla presa di coscienza che tuo padre era disposto a lasciarti *morire* pur di salvarsi."

E poi mi porta via, mentre la mia anima si sbriciola.

33

Wendy

Hook non spiccica parola durante il tragitto in limousine, ma riesco a sentire la rabbia che si irradia da lui e impregna l'aria. È densa. *Soffocante.* I miei occhi vagano da lui alle strade che ci sfrecciano accanto, mentre mi domando se ce l'abbia con me e soprattutto perché mi importi saperlo.

L'auto svolta l'angolo della strada e mi si blocca il respiro nei polmoni quando rintraccio i punti di riferimento familiari. *Conosco* questa strada.

E non è il porto turistico.

"Hai detto che non mi avresti riportata qui!" commento trafelata, col panico che mi attanaglia le viscere.

"E tu hai detto che non ti saresti comportata male." Si stacca dei pelucchi invisibili dal vestito.

Resto a bocca aperta. "Non mi sono comportata male! Ho fatto *tutto* quello che mi hai chiesto."

"Pensi che andartene a spasso con tuo padre fosse fra le cose che ti avrei chiesto io?" scatta.

Mi sprofonda il cuore nello stomaco. "Quello..." Deglutisco. "Quello non aveva niente a che vedere con te." Rabbrividisco, sapendo quanto suoni patetico, perfino alle mie stesse orecchie.

Lui ridacchia. "Tesoro, se ti aspetti che io ci creda,

allora sei davvero una ragazza stupida."

Digrigno i denti e stringo i pugni. "Io *non* sono una ragazza."

Piega la testa da un lato. "Solo stupida, allora?"

Respiro profondamente dal naso, tentando di arginare il tumulto che ho nelle viscere al solo pensiero di essere sbattuta di nuovo in quella stanza che in realtà è una buia prigione sotterranea. "Per favore, non voglio tornare in quel seminterrato."

Fa un sospiro e le sue dita mi accarezzano la mascella. "Non ci andrai."

Alzo la testa di scatto e mi sento inondare dal sollievo. "Ah, no?"

L'auto si ferma e delle luci blu e rosse mi lampeggiano sulla pelle attraverso i finestrini.

Cosa diavolo succede?

Si apre lo sportello e Hook scende dall'auto, prima che la sua mano mi compaia davanti. Il mio cuore sussulta quando metto la mia mano nella sua per permettergli di tirarmi fuori dalla macchina. Quest'uomo è una dicotomia: minaccia la mia vita un attimo ed è un gentiluomo quello dopo. È terrificante come riesca a fare entrambe le cose in maniera così impeccabile, come se fossero parti integranti di lui che coesistono pacificamente in un tutt'uno. Questo fatto lancia fuori dalla finestra tutto ciò che mi è stato insegnato sul bene e sul male, finché non si distorce e si confonde nel mio cervello.

Avverto una fitta di shock quando scendo dall'auto, col respiro che mi sguscia fuori dai polmoni.

Si sente un forte odore di cenere nell'aria, che mi solletica il naso per la sua acredine. Ci sono camion dei pompieri e ambulanze, oltre ad alcune volanti della polizia da un lato. E il JR è andato. Arso al suolo, nient'altro che un cumulo di macerie.

Mi porto una mano sulla bocca per coprirmela. "Dio mio. Cosa è successo?"

La faccia di Hook esamina i danni senza scomporsi.

"Tuo padre, suppongo."

"No." Ho un tuffo al cuore e mi scivola una difesa dalla lingua prima ancora che io rifletta sulle parole. "Ma era con noi stasera, non avrebbe potuto..."

Hook, allora, mi guarda, e le mie parole si smorzano, man mano che il ricordo di questa serata si riaffaccia nella mia mente. Ingoio la tristezza che mi sta montando nelle viscere per diffondersi in ogni arto.

Dal marciapiede proviene un pianto acuto e la mia testa scatta nello stesso momento in cui la cameriera del JR corre verso Hook e gli getta le braccia al collo.

Mi si contrae il petto mentre li guardo abbracciarsi, ma mi allontano per concedergli il loro momento. *Che m'importa se si consolano l'un l'altra?*

Hook solleva lentamente le braccia e se la stacca di dosso. "Moira."

"Hook, è stato orribile. Non so..." Singhiozza. "Non ho idea di cosa sia successo. So solo... un secondo andava tutto bene, e quello dopo..." Si tappa la bocca con una mano, e scoppia di nuovo a piangere. Io mi guardo intorno, con lo stomaco sotto i piedi, sperando che nessuno all'interno si sia fatto male.

Ma non posso fare a meno di provare anche sollievo per il fatto che, se non c'è più il JR, allora non ci sono nemmeno scantinati con ceppi e catene.

Non rimaniamo a lungo sul luogo prima che Hook ci faccia risalire nella limousine e ci riporti al suo yacht.

Non so come, ma siamo finiti sdraiati sul suo letto, con ancora indosso gli abiti eleganti della serata, senza dirci una parola e muovendoci a malapena. Ripercorro a mente gli ultimi giorni, ripassando tutto quello che è successo avanti e indietro, e non posso non chiedermi se tutto quello che dice Hook sia vero.

Se sia davvero mio padre il responsabile di tutti questi danni.

Mi si rivolta lo stomaco e il mio cuore scalcia contro la sua gabbia. "Hai sul serio intenzione di uccidermi?" gli chiedo, fissando il soffitto.

Se ne sta con le dita intrecciate e appoggiate sull'addome, che sale e scende a ogni suo respiro regolare. "Non ho ancora deciso."

Mi si forma un nodo pesante al centro del petto. "Credi davvero che sia stato mio padre a fare quello?"

Sospira e si strofina la fronte con una mano, a occhi chiusi. "Tesoro, le tue domande stanno cominciando a irritarmi parecchio."

Mi mordo l'interno della guancia fino a sentire il sapore del sangue e trattengo le altre parole che muoiono dalla voglia di uscir fuori. Arrischio un'occhiata al suo viso. Ha i lineamenti intrisi di tristezza: è sottile, ma è lì, dal modo in cui i suoi occhi sono ricurvi verso il basso e il silenzio si appiccica alla sua pelle… un'aura di malinconia, quasi come se fosse a lutto.

"Mi dispiace per il tuo locale," sussurro.

"Non era il mio."

Le mie sopracciglia scattano e la sorpresa tremola nel mio petto. "Ah, avevo dato per scontato..."

"Era di Ru."

Mi mordo il labbro e annuisco. "E Ru... dov'è?"

Gira la testa, ha i capelli leggermente scarmigliati sul cuscino, mentre il suo sguardo rovente si posa sulla mia pelle. Rimango immobile, sperando che trovi quello che sta cercando.

Si passa la lingua sul labbro inferiore. "Morto."

Quella parola - per quanto me l'aspettassi - mi colpisce come una mazza, e le conversazioni della serata ora si incastrano come i pezzi mancanti di un puzzle. Ru è morto. E mio padre ha chiesto dove fosse con un sorrisetto tronfio sulla faccia.

Rabbia e incredulità sono in guerra dentro di me e si

stanno scontrando in una catastrofica esplosione di dispiacere. Dispiacere per l'uomo che mi ha cresciuta. Dispiacere per il padre che ho perso.

Non dico a Hook che mi dispiace per la morte di Ru. Qualcosa mi dice che non apprezzerebbe quelle parole, che farebbero solo incrementare il suo rancore nei miei confronti, e l'ultima cosa che voglio è innervosirlo ancora di più. Non ora che abbiamo trovato una strana specie di equilibrio, una tregua temporanea.

"Quando ero una bambina," comincio. "Mio padre mi portava sempre delle ghiande." Hook si irrigidisce accanto a me e rimango un attimo in silenzio, ma visto che non parla, corro il rischio e proseguo. "Era una cosa... *insignificante*, davvero. Avevo cinque anni ed ero la bambina di papà, la più preziosa al mondo, sebbene lui fosse via la maggior parte del tempo." Sento una fitta al petto. "Ma, quando tornava a casa, veniva nella mia stanza e mi scostava i capelli dalla faccia, si chinava e mi dava un bacio sulla fronte per augurarmi la buonanotte." Le lacrime mi annebbiano la vista e chiudo gli occhi, prima che dei rivoli caldi e bagnati mi righino il viso. "Facevo finta di dormire poiché avevo paura che, se si fosse accorto che ero sveglia, avrebbe smesso di affacciarsi di soppiatto."

Mi si forma un groppo in gola ed esito, visto che non sono sicura che riuscirei a tirare fuori le parole.

"A cosa servivano le ghiande?" La voce di Hook è bassa e roca, il suo sguardo puntato dritto davanti a sé.

Sorrido. "Mi venivano delle crisi tutte le volte che se ne andava, avevo il terrore che sarebbe volato via e non sarebbe mai più tornato a casa. Una sera, mentre mi stava salutando, cadde qualcosa a terra dalla mia finestra aperta, e quando mi risvegliai al mattino seguente, lui l'aveva messa sul mio tavolino assieme a un biglietto, promettendomi che sarebbe tornato." Rido, scuotendo la testa. "Era solo una stupida ghianda, ma... non lo so." Alzo le spalle, mentre allungo una mano per asciugare una lacrima raminga. "Ero una stupida bambina. Mettevo del sentimentalismo in cose che probabilmente non lo meritavano. Fatto sta che, da quella sera in poi, tutte le volte che se ne andava, mio padre mi portava una ghianda nuova e me la metteva sul tavolo, promettendo che sarebbe tornato."

L'agonia mi ustiona il cuore infranto e scende nelle parti più profonde della mia anima. "E io collezionavo quelle ghiande come baci."

"Perché mi stai raccontando questo?" mi chiede.

Mi giro verso di lui, appoggiando la guancia bagnata sul dorso della mia mano e il cuscino si modella sotto la mia testa. "Non lo so. Per mostrarti che non è sempre stato così cattivo? Che un tempo teneva davvero a me?" Mi sfugge un singhiozzo e mi porto di getto la mano alla bocca, cercando di ricacciarlo indietro.

Hook si gira verso di me, allora, tende la mano e mi cinge il viso, asciugandomi col pollice le lacrime che stanno sgorgando. "È impossibile non *tenere* a te, Wendy. Se lo fosse, saresti già morta."

Una risata mi ribolle nel petto per l'assurdità di tutta questa situazione, per il modo in cui l'uomo che mi tiene in ostaggio sta consolando il mio cuore spezzato. Per la sua abilità nel dire qualcosa di così truce e farlo sembrare così dolce.

"Vuole suonare romantico?" sibilo, tra una risatina e l'altra.

L'accenno di un sorriso gli abbellisce il viso. "Vuole essere la verità."

Le risate si spengono e ci ritroviamo a fissarci l'un l'altra, con dei sentimenti contorti che mi turbinano dentro e marchiano ogni angolo del mio cuore sballato. E lo so: *so* che dovrei odiarlo.

Ma, in questo momento, non lo odio.

"Comunque..." Sospiro, interrompendo il contatto visivo per il desiderio di alleviare il fuoco che mi sta montando nelle vene. "Le ghiande sono scomparse una volta che mia madre è morta." Tiro su col naso. "E anche mio padre, immagino."

Hook non dice altro, e nemmeno io. Alla fine, si alza in piedi, si dirige verso il comò dall'altra parte della stanza e mi passa un paio di boxer e una semplice maglietta nera. Degli indumenti coi quali non riuscirei a immaginarlo nemmeno se ci provassi. E li prendo senza oppormi, me li infilo e mi arrampico di nuovo sul suo letto, sapendo di non avere altra scelta.

"Hook," sussurro nel buio.

"Wendy."

"Non voglio morire."

Fa un sospiro. "Mettiti a dormire, tesoro. La tua anima è al sicuro stanotte."

"Okay."

Alzo la mano e le mie dita giocherellano con il girocollo di diamanti che avevo troppa paura di togliere. Mi ha detto di tenerlo indosso, e non so se valga anche quando siamo qui, a casa sua, ma non voglio rovinare la serenità che abbiamo creato. Sono già stata destinataria della sua ira, e non ho la benché minima voglia di trovarmi di nuovo in quella posizione.

"Hook," mormoro di nuovo.

La stanza rimane in silenzio.

Mi sento lo stomaco fatto di piombo, ma so che, se non riesco a pronunciare queste parole ora, forse non mi capiterà mai più un'altra occasione. "Io ti osservo, sai? Qu... quando pensi che nessuno ti guardi." Le mie dita si muovono e si intrecciano fra loro sotto le coperte. "E se mio padre è in qualche modo coinvolto in quello che ti fa apparire così triste..." Mi allungo alla cieca e il lato della mia mano sbatte contro la sua. "Ti *capisco*. Volevo solo che tu lo sapessi."

Non risponde, ma non sposta nemmeno la mia mano. Ed è così che restiamo finché non mi addormento.

34
JAMES

Resto a letto a guardare il saliscendi uniforme del petto di Wendy e ad ammirare il suo aspetto apparentemente così pacifico, nonostante si stia lamentando nel sonno.

Non ci sarà riposo per me stanotte.

Tutti i miei piani pregressi per quanto riguarda Peter sono volati fuori dalla finestra, la rabbia mi scorre nelle vene, si plasma nelle mie cellule e si cementa nel mio cuore.

Il JR è andato.

Carbonizzato, finché non è rimasto altro che un cumulo di macerie e cenere. E anche se sono riusciti a uscirne tutti sani e salvi, non è stato recuperato nient'altro.

Non che tenessi lì dentro qualcosa di importante. Quando operi al di fuori dei confini della legge, impari alla svelta che conservare gli oggetti dove la gente se lo aspetta non ti torna mai utile.

Tuttavia, il JR era la nostra attività più rilevante per riciclare il denaro e, alla fin fine, rivestiva più che altro un significato *personale*. È lì che sono cresciuto, dove ho imparato a essere *Hook*, anziché soltanto un mostro allevato in una gabbia. Certo, possediamo anche altre attività, alcuni strip club alla periferia della città e una discoteca in centro, ma il JR era *casa*.

A ciò si aggiunga che ora non so cosa fare con Wendy. Ho sopravvalutato la relazione tra lei e suo padre, presumendo stupidamente che i giornali stessero dicendo la verità quando tessevano le lodi del loro rapporto. Ma nessun uomo con un minimo senso di amore nel proprio cuore permetterebbe a sua figlia di stare di fronte a un assassino e implorarlo di risparmiar*gli* la vita.

Patetico.

Non sono più dell'avviso che Wendy mi abbia tradito. Eppure, per qualche ragione, non voglio comunque lasciarla andare.

Ma se Peter Michaels pensa di poter venire nella mia città, rubare la mia droga, dare fuoco alle mie attività e uccidere la mia gente senza andare incontro alla mia ira, si sbaglia di grosso.

Scivolo fuori dal letto, esco dalla stanza e chiudo la porta dietro di me prima di entrare in cucina, solo per fermarmi di colpo quando vedo Smee seduto all'isola centrale, con una tazza di tè in mano.

"Pensavo avessi detto che saresti restato fuori stanotte."

Smee si gira, e il berretto rosso che ha in testa gli scivola all'indietro mentre mi sorride. "Ho finito quello che dovevo fare prima di quanto pensassi. Hai bisogno di qualcosa?" Solleva la tazza. "Tè?"

Scuoto la testa. "No, ho delle questioni da sbrigare. Ascolta, Wendy è qui. E non deve lasciare questa barca. Intesi?"

Gli occhi di Smee sbirciano in fondo al corridoio prima di tornare su di me. "Tutto bene, capo?"

Annuisco. "Se causa problemi, chiamami all'istante. *Non* devi metterle un dito addosso per nessun motivo."

Beve un altro sorso dalla sua tazza. "Intesi."

"Bravo." Sogghigno.

Sono quasi uscito dalla cucina quando lo sento.

Tic-tac.

Tic-tac.

Tic-tac.

Mi viene un giramento di testa e il cuore mi pompa talmente forte che sento le vene sul punto di scoppiare. Giro lentamente sui tacchi e i miei occhi si fissano sul punto in cui Smee sta armeggiando con qualcosa sul bancone della cucina.

"Smee," dico lentamente, con le mani che mi tremano lungo i fianchi. "*Cos'è* questo rumore?"

Smee alza gli occhi e gli si incurva un lato della bocca. "Mm?"

Faccio un passo avanti scattoso, il nodo che ho allo stomaco si attorciglia così violentemente da squarciarmi a metà e, quando raggiungo l'isola, faccio un respiro profondo e cerco di mantenere il controllo.

"Ah, questo?" Tiene in mano un orologio dall'aspetto vintage attaccato a una catenina d'oro che penzola sul bancone. "L'ho trovato in un banco dei pegni e non ce l'ho fatta a non prenderlo." Si passa il pollice sul viso. "So che è un po' rumoroso, ma..."

Mi si appanna la vista, tanto faccio fatica a trattenermi dal fracassargli ogni singolo osso della mano solo per fermare quel frastuono *incessante*.

"Stai bene, capo?"

"Per favore." Digrigno i denti. "Porta quell'affare fuori da casa mia."

"Io…"

La mia mano guizza all'infuori e va a sbattere contro la sua tazza. Il tè si versa tutto sul bancone e la porcellana va in frantumi sul pavimento di legno. "Ho detto: *Porta. Quell'affare. Fuori.*"

I suoi occhi si sgranano e il suo corpo sobbalza all'indietro. "Va bene." Corre sul ponte, si precipita di lato e lo lancia in mare.

Chiudo gli occhi e mi concentro sul meraviglioso silenzio, facendo dei respiri profondi man mano che la foschia della rabbia si allontana e mi permette di riprendere il controllo.

Smee rientra e i suoi occhi sfrecciano fra me e i frantumi sul pavimento.

Faccio scrocchiare il collo e mi riempio i polmoni di aria. "Non portare mai più un orologio a bordo di questo yacht. Ci siamo capiti?"

Deglutisce e fa di sì con la testa.

Mi giro, esco dalla porta e mi scrollo di dosso i resti della mia ira, mentre sento che tutti i tasselli del mio autocontrollo tornano al loro posto, uno alla volta.

La prima cosa che faccio è convocare una riunione di emergenza con i ragazzi al Lagoon, lo strip club alla periferia della città. Non mi faccio vedere spesso lì, ma ho bisogno di un luogo temporaneo, e questo è quello con l'ufficio migliore.

La seconda cosa che faccio è chiamare Moira e dirle di venire qui. Avrei dovuto parlarle subito, oppure farle fare compagnia da uno dei ragazzi finché non fossi riuscito ad andarmene, ma ero troppo preso da Wendy e dalle mie emozioni contrastanti per pensare lucidamente. Una svista, di certo.

Ma ora che so che Wendy è chiusa a chiave nella mia camera da letto, riesco a respirare più facilmente e a permettere alla mia concentrazione di spostarsi altrove.

Trenta minuti dopo che ai ragazzi è stato dato l'ordine di mettersi in marcia, Moira entra nell'ufficio, con un luccichio negli occhi e le labbra dipinte di quel rosso sgargiante.

"Hook," fa le fusa. "È passato un po' di tempo."

"Sono stato impegnato." Comincia a fare il giro della scrivania, ma io alzo una mano per fermarla. "Non sei qui per questo."

Le sue labbra si piegano all'ingiù e increspa le

sopracciglia. "Ah."

"Raccontami cos'è successo ieri sera." Congiungo i polpastrelli delle mani e me le poggio davanti alle labbra.

Moira fa un sospiro e si passa una mano tra i capelli, mentre si mette seduta sulla poltrona dall'altra parte della scrivania. "Ho già detto a Starkey tutto quello che sapevo, Hook."

Sorrido, ma la mia pazienza si sta assottigliando. "Ripetilo."

"Non lo so, va bene?" sbotta, scagliando le braccia ai lati. "Andava tutto bene, e poi è stato come... *bum!*" Batte le mani. "Un'esplosione o qualcosa del genere. A essere onesta, ero così preoccupata di accertarmi che uscissero tutti dal locale che non ho riflettuto più di tanto su quello che stava succedendo."

Mi gratto la barba appena ricresciuta con le dita. "Okay."

Sorride. "Okay."

La indico. "Resta lì e non aprire bocca."

La sua fronte si corruga, ma fa come dico. E, almeno all'inizio, sta zitta e mi lascia dare un'occhiata alle spese sostenute dal Lagoon. Non che ne abbia necessariamente bisogno, ma quello di cui *ho bisogno* è di passare il tempo, e sebbene in passato potessi essere interessato a usare il corpo di Moira per farlo, ora la sola idea mi ripugna.

Moira fa un sospiro rumoroso e si batte le mani sulle cosce. "Vogliamo fare qualcosa o no, Hook? Mi sto *annoiando*."

I miei occhi incontrano i suoi. "Ho detto di non parlare."

Si alza e mi viene incontro. "Potrei pensare a qualcos'altro da fare."

La guardo muoversi verso di me e l'irritazione mi divampa nel petto. Si inginocchia, le sue unghie rosse scivolano lungo le mie cosce finché non mi sfiora il cazzo e lo avvolge con le dita al di sopra del tessuto. Le allontano bruscamente la mano e l'afferro per il mento, tirandola con forza finché il suo viso non è al mio livello.

"Ti ho detto di toccarmi?"

Prova a scuotere la testa.

Col dorso della mano libera le accarezzo il lato della guancia. "Non vuoi procurarmi *piacere*?"

Annuisce. "Sì."

Mi avvicino, e il mio naso sfiora il suo. "Allora mettiti seduta e stai zitta. La tua bocca non mi serve più."

Chiude gli occhi quando le lascio andare la faccia, il suo corpo barcolla all'indietro mentre si strofina la mascella e torna verso la poltrona, dove incrocia le braccia e punta lo sguardo a terra.

Nel corso dell'ora successiva, restiamo seduti in silenzio. Di tanto in tanto chiedo a qualche dipendente a caso di venire sul retro, per nessun altro motivo se non per assicurarmi che mi vedano qui, con Moira, in questo preciso momento.

Ma quando qualcuno bussa questa volta, si tratta finalmente della persona che stavo aspettando.

"Avanti," affermo, con un sollievo che mi filtra nel petto non appena compaiono i gemelli. "È fatta?"

Annuiscono e lanciano un'occhiata a Moira.

Mi appoggio allo schienale della poltrona e la soddisfazione mi danza nelle viscere.

Vedete, quello che Peter non capisce è che mentre lui ha i soldi e la posizione sociale, io ho la *lealtà*. E la lealtà nasce dal rispetto. Tu ti prendi cura delle persone e loro si prenderanno cura di te. E se c'è una cosa che Ru e io abbiamo fatto in questa città, è stato prenderci cura della nostra gente.

Bloomsburg, nel Massachusetts, non assomiglia a nessun'altra parte del mondo, e i suoi abitanti non prendono troppo bene l'arrivo dei forestieri e quando la loro città va in fiamme.

Guarda caso, l'addetto alla sicurezza della nuova pista di atterraggio della NevAirLand è un mio amico. Sua figlia ha avuto un brutto tumore qualche anno fa, e Ru ha pagato per la sua chemioterapia e per tutte le visite mediche da quel momento in poi.

Dovrà cambiare aria, ovviamente, dopo aver alterato il circuito di sicurezza e aver permesso ai miei ragazzi di entrare e dare fuoco a ogni singolo aereo. Ma le persone sono disposte a fare qualsiasi cosa per coloro che amano, e lui sa che sua moglie e i suoi figli saranno accuditi e protetti dai Bimbi Sperduti fino al loro ultimo respiro.

Il vero amore a volte richiede sacrificio.

Qualcosa di cui Peter evidentemente non sa nulla.

Guardo Moira e mi si allarga un sorriso sul volto. "Ora puoi andartene."

Si alza, col mento ancora arrossato nel punto in cui l'ho stretta prima, e si gira per andarsene senza dire una parola.

"Moira," la chiamo. Si ferma sulla porta. "Sentiti libera di raccontare in giro che ti ho fatto fare un bel giro oggi. Dopotutto, non vorrei infangare la tua reputazione."

Sbuffa e si sbatte la porta alle spalle, mentre io sorrido e balzo in piedi, con un tale bisogno repentino di tornare in barca che mi fa girare la testa.

Proprio quando raggiungo la mia macchina, mi vibra il cellulare in tasca. Un solo messaggio sullo schermo.

Smee: La tua ragazza se n'è andata.

35

Wendy

Al mio risveglio, mi stiracchio e il mio corpo esce dal sonno più profondo che io abbia avuto da molto tempo a questa parte, anche da prima di essere sbattuta nel seminterrato del JR. Sbadiglio, e mentre mi stropiccio gli occhi e mi guardo intorno man mano che rimetto a fuoco, una parte di me si aspetta di trovare Hook beatamente addormentato al mio fianco.

Ovviamente non c'è.

Sono tutta sola. Mi metto seduta sul letto e mi interrogo su cosa dovrei fare. Vado in bagno, mi spruzzo dell'acqua in faccia e uso lo spazzolino che mi è stato fornito ieri prima del gala.

È strano svegliarsi nel lusso e adoperare i servizi di questo posto come se fossero i miei. Mi getta in confusione. Inclina le mie viscere fuori asse, rendendo arduo al mio cervello rammentare che *in realtà* non sono libera di fare nulla.

Anche se le mie catene ora sono invisibili, ci sono ancora.

Il mio sguardo si posa sul collier.

Beh, quasi invisibili.

Torno nella stanza di Hook e punto lo sguardo sulla porta della camera da letto, aspettandomi di trovarla chiusa a chiave come ieri sera. Ma quando mi avvicino, afferro la maniglia e la tiro, si apre.

Lo yacht è immerso nel silenzio e mi sento in preda a una trepidazione che mi fa saltellare i nervi sottopelle, mentre percorro il corridoio ed entro in cucina con passo felpato.

Arrivata sull'uscio, mi fermo di colpo quando vedo Smee in piedi accanto al lavandino.

Mi porto una mano al petto. "Oh, mio Dio! Ciao."

Sorride. "Buongiorno, signorina Wendy. Non volevo spaventarla."

"No, avrei dovuto sapere che avrei trovato qualcuno qui." Agito una mano e mi guardo intorno. "Dov'è Hook?"

Inarca un sopracciglio. "Vuole dire James?"

Inclino la testa. È la prima volta che sento qualcun altro chiamarlo così, e mi chiedo quanto siano intimi lui e Smee. Una volta mi ha detto che non ficca il naso nella vita privata di Smee, ma non riesco proprio a vedermelo che permette a una persona *qualunque* di chiamarlo con il suo nome di battesimo.

E, se sono amici intimi, significa che Smee è cattivo come tutti gli altri.

Aspetto che sopraggiunga l'ondata di rabbia rovente, che mi faccia venir voglia di distruggere tutto e tutti i responsabili della situazione in cui verso al momento, e invece non arriva mai. Piuttosto, è una presa risoluta di coscienza quella che mi si deposita nella pancia. Seguita subito dopo da una sensazione di malessere, che mi fa capire quanto velocemente mi sia adattata a questa nuova realtà.

"È fuori per delle commissioni. Mi ha detto di farla sentire a casa." Mi sorride. "Caffè?"

Lo scruto con attenzione, incerta se accettare da bere da uno sconosciuto. Dopotutto, è stato il proprietario di questa stessa barca a drogarmi, quindi non mi sorprenderei più di nulla. Questo è il *loro* mondo, e io sono qui, sto solo cercando di guadare nelle loro acque. Non ho la benché minima idea di quale sia il codice di condotta dei criminali.

Anche se, tecnicamente, suppongo che Smee non sia un criminale. Lavora solo per uno di loro.

Scuoto la testa e mi forzo un sorriso sulla faccia. "Pensi che andrebbe bene se andassi a sedermi all'esterno?"

Mi esamina per un minuto, lasciando vagare i suoi occhi, quasi come se stesse riflettendo sulla risposta da darmi. Trattengo il respiro, sperando che dica di sì. Muoio dalla voglia di prendere una boccata d'aria fresca, di ricordare a me stessa che non sono più sigillata in una stanza buia e abbandonata a me stessa, in compagnia soltanto dei miei pensieri.

"Per piacere, ti giuro che non andrò da nessuna parte. Ho solo..." Le mie dita si aggrovigliano sul piano di lavoro. "Voglia di prendere un po' di sole."

Annuisce. "Vada pure, signorina Wendy."

Mi si allarga un sorriso sul volto e salto via dal tavolo, prima di precipitarmi fuori dalla porta laterale e sbucare sul ponte esterno.

Mi sdraio su uno dei lettini, ma, nonostante tutti i miei sforzi, non riesco a mettermi a mio agio, dato che un'energia nervosa rende le mie gambe irrequiete. Mi guardo intorno, ma non vedo Smee da nessuna parte. Adocchio il bordo del molo a pochi passi da me, e l'idea di poter fare un giro, magari mettere perfino i piedi a mollo nell'acqua, mi fa contrarre i muscoli dal bisogno.

Torno verso la posta, e sto per entrare dentro e chiedere a Smee il permesso, quando mi fermo di botto. *Ma che diavolo mi passa per la testa? Mica ho intenzione di andarmene.*

Resterei comunque in vista per chiunque si affacciasse dal ponte della barca e mi volesse guardare. Ritraggo la mano dalla maniglia della porta e, con il cuore in gola, mi dirigo verso l'uscita, scendo dallo yacht e poggio i piedi sulla terraferma.

Una parte di me si aspettava che, una volta scesa dalla barca, mi sarebbe venuta subito voglia di scappare.

E invece, con mia enorme sorpresa, non la avverto. E mentre passeggio verso l'estremità opposta del molo, coi raggi del sole che mi penetrano nella pelle, realizzo che magari non sento tutto questo bisogno disperato di andarmene perché, se lo facessi, non sarei comunque sicura della situazione in cui farei ritorno.

Non riesco a immaginare di tornare in quella villa e vivere con mio padre. Non alla luce di tutto quello che ho scoperto. Non dopo esserci rimasta così male.

Sono certa di aver perso il lavoro al Vanilla Bean. Non presentarsi ai turni di lavoro è il modo buono per farsi licenziare, e ormai sono passati giorni.

Angie sarà in pena oppure mi avrà depennata come una causa persa. Per quanto andassimo d'accordo, non eravamo delle vere e proprie amiche, e lei mi conosceva solo da un paio di mesi.

Jon sarà ancora fuori.

E io resterei tutta sola. Senza lavoro, senza prospettive e senza famiglia.

Mi si stringe il cuore nel petto.

Non so quant'è che sono seduta qui, coi piedi penzoloni sull'acqua, ma la mia attenzione viene distratta dal mio riflesso quando sento lo scalpiccio di passi dietro di me. Mi giro e vedo Hook che sta camminando sulla passerella di legno, con la bocca piegata in una smorfia e gli occhi stretti in due fessure.

Ha un'aria *tremendamente* contrariata.

Mi si raggomitola lo stomaco su sé stesso.

Apro la bocca per salutarlo, ma non faccio in tempo a farlo prima che mi agguanti il braccio in una morsa che mi lascerà il segno e mi strattoni. Inciampo nel rimettermi in piedi e mi aggrappo al suo completo con entrambe le mani per non cadere.

Non dice una sola parola, si limita a trascinarmi di peso verso *Giglio Tigrato*, coi muscoli della mascella che gli si contraggono mentre io mi affretto a tenere il passo.
"Ahia, mi stai *facendo male*!"

La sua presa si stringe ulteriormente quando glielo

faccio presente, e i miei piedi fanno tre passi per ognuna delle sue falcate. Mi guardo intorno, chiedendomi se al porto ci sia qualcun altro che magari potrebbe allarmarsi, ma non si vede anima viva. E se c'è, sono sicura che Hook tiene comunque tutti in pugno. Quest'uomo sembra in grado di arrivare ovunque, fare *qualsiasi* cosa e restare intoccabile.

Torniamo allo yacht e lui apre la porta, ci fa entrare nella dinette e mi lancia sul divano. Il mio corpo rimbalza quando cade sui cuscini, i capelli mi volano in faccia e alzo la mano per scostarli, con un fastidio che mi ribolle nelle vene per il modo brusco in cui mi sta trattando.

"È davvero necessario?" Mi massaggio con le dita il punto in cui mi ha stretta, per lenirlo.

"Credi che sia uno *scherzo*?" mi domanda con voce tagliente.

Corrugo la fronte. "Che cosa? Io..."

"Dev'essere così," taglia corto. "Perché, per quanto mi sforzi, non riesco davvero a immaginare cosa ti induca a pensare di poter scendere da questa barca."

"Io..."

Viene avanti, e il suo corpo torreggia su di me. Il cuore mi pompa adrenalina nelle vene.

I suoi occhi si inchiodano nei miei e ho lo stomaco sottosopra.

"Non confondere la mia magnanimità con debolezza, Wendy." Mi preme il pollice sul labbro inferiore. "Altrimenti ti terrò legata al mio letto finché non ti spezzerò la volontà di andartene."

"Oddio!" esplodo, con una collera che mi ustiona le viscere, sfinita da questo suo atteggiamento sempre così altalenante. "Tu sei totalmente fuori di testa, *cazzo*!"

Nello stesso istante in cui le parole mi attraversano le labbra, so di aver commesso un errore. Mi tappo la bocca con le mani e i miei occhi diventano enormi e rotondi.

Si scosta all'indietro di scatto e piega la testa da un lato. "Come mi hai appena chiamato?" La sua domanda scivola lenta, come uno sciroppo denso, controllata e pericolosamente dolce.

Lascio cadere i palmi dalle labbra, e anche se so che dovrei rimangiarmi quello che ho detto - scusarmi prima che sia troppo tardi – non lo faccio. La sua personalità alla dottor Jekyll e Mr. Hyde mi ha portata al punto di rottura. Mi sollevo sui gomiti finché il mio naso non sfiora il suo. "Ti ho dato del *fottuto* pazzo."

Schiude le labbra e lascia uscire un lento respiro. Il suo fiato mi scorre lungo il viso e mi ritrovo a passarmi la lingua sul labbro inferiore come se stessi cercando il suo sapore, con le mani che mi tremano lungo i fianchi.

Mi prende il viso fra le mani e mi bacia.

Mi coglie alla sprovvista, e il suo tocco mi provoca uno shock tale da inchiodarmi sul posto. Ma quando la sua lingua spinge per aprire la mia bocca, mi abbandono alle sensazioni, liberando tutte le mie emozioni e le riverso in lui.

Mi lancio in avanti, gli afferro la mascella e i nostri denti sbattono fra loro mentre mi arrampico sul suo corpo, cercando di avvicinarmi, di assaporarlo più *a fondo*. Geme, mi aggroviglia una delle mani nei capelli, mentre mi cinge la vita con l'altra e stringe.

Il bacio è tutt'altro che dolce. È deviato e tossico – un veleno ricoperto di zucchero, che ti fa amare il sapore della morte.

Ma non riesco a trovare la forza di fermarmi.

Le sue labbra si staccano e mi dà dei morsi lungo la mascella e sul collo, getto la testa all'indietro con un gemito, mentre mi aggrappo alle sue spalle. Le sue dita serrano la presa attorno alla mia vita, l'altra mano lascia andare i miei capelli per sollevarmi e farmi girare. La parte frontale del mio corpo sbatte contro lo schienale del divano e allungo le braccia per trovare un appiglio. Le sue mani scendono lungo i miei fianchi, la sua massiccia erezione preme sul mio sedere, mentre appoggia il viso nell'incavo della mia spalla. Fa passare un braccio davanti al mio petto finché la sua mano non mi stringe la gola. I miei capezzoli si induriscono e una scarica di calore mi tuona in corpo.

Mi viene la pelle d'oca quando Hook mi sfiora il ventre con il suo tocco e si infila sotto i boxer che indosso, fino a quando il suo palmo non mi cinge il sesso e le sue dita scivolano in mezzo alle mie pieghe.

I miei addominali si contraggono.

"Pensi che io sia fuori di testa?" mi mormora roco all'orecchio. "Sei *tu* a farmi impazzire." Affonda i denti nella giuntura del mio collo nello stesso momento in cui le sue dita scavano nel mio sesso, e avverto una fitta lancinante di dolore che si mescola al piacere di sentirmi riempita.

La mia testa vola all'indietro contro il suo petto, e la sensazione mi fa roteare gli occhi.

"Dimmi che ti piace avere le mie mani addosso, cucciola," mi ordina. "Dimmi che ti sono mancate le sensazioni che ti fanno provare."

"Mi... mi sono mancate... Oddio." Il suo pollice pigia con vigore sul mio clitoride gonfio e vi compie sopra dei cerchi decisi, mentre le sue dita fanno dentro e fuori e con l'altra mano limita l'afflusso di aria ai miei polmoni.

Mi gira la testa per l'eccitazione, il calore si avvolge nel mio grembo e si diffonde verso l'esterno, gettandomi nell'oblio finché non sono sull'orlo dell'esplosione.

"Ti penti di aver infranto le mie regole?" Rallenta i suoi movimenti.

I miei fianchi scattano verso di lui, alla disperata ricerca del contatto: sono così vicina all'orgasmo che non riesco a concentrarmi su nient'altro. "Sì," ansimo.

Le sue dita tornano dentro, si arricciano all'interno e colpiscono un punto che mi fa inarcare la schiena e aprire la bocca in un sussulto.

"Brava ragazza," mi adula.

Il piacere dettato dalle sue parole mi deflagra dentro come un'esplosione di stelle, i miei succhi gli gocciolano sulle dita e si accumulano nel palmo della sua mano.

Hook aumenta la pressione sulla mia trachea, e i miei respiri ora sono ridotti a minuscoli sorsi d'aria. Il panico inizia a insinuarsi nel momento, i recessi più oscuri della mia mente mi sbraitano contro: mi implorano di tenere a mente che questo è lo stesso uomo che ha minacciato la mia vita meno di ventiquattr'ore fa; che potrebbe finirmi anche subito, se lo volesse, e io morirei in questo stato disastroso, patetico ed eccitato.

"E non hai intenzione di disobbedirmi di nuovo, vero?" Mi morde il lobo dell'orecchio, e il formicolio mi corre lungo tutta la schiena.

"N... no." Spingo la parola fuori dalla mia gola costretta. Mi si annodano le viscere, le gambe tremano, ho tutti i capelli arruffati sul viso mentre il piacere fa delirare il mio cervello per il bisogno. Piagnucolo, il mio corpo implora l'orgasmo, in bilico sull'orlo dell'estasi.

"Eccola, la mia ragazza," mi sussurra contro la pelle.

Mi pizzica il clitoride e serra la morsa attorno al mio collo finché non mi toglie tutto l'ossigeno, ed è questo - abbinato alle sue lodi - a mandarmi il corpo in fiamme, e milioni di luci intense mi punteggiano la visuale mentre cado a pezzi sotto le sue mani.

Respiro a pieni polmoni, mentre intanto le mie pareti interne si contraggono ritmicamente intorno a lui e, man mano che riscendo dal picco, recupero lentamente la logica.

Il mio corpo trema contro il suo, il petto ansima in preda al mio affanno.

Mi sfila la mano da dentro, me la porta alla bocca e mi fa scivolare fra le labbra le dita ricoperte della mia eccitazione. Il mio sapore, mescolato alla sapidità della sua pelle, mi fa attraversare da altre scariche di piacere che mi gocciolano dentro, e io lo lecco per pulirgli tutta la mano, mentre lui mi tiene sollevata.

"Non provare *mai* più a lasciarmi."

Vorrei ribattere. Vorrei dirgli che *non* me ne stavo andando. Che è stato il suo stupido 'primo ufficiale' a darmi il permesso di uscire. Ma sono troppo stanca di combattere.

Quindi annuisco contro il suo petto, scegliendo di

vivere nella mia beatitudine ancora per un po', prima che la vergogna e il dolore riaffiorino e mi inghiottano in un sol boccone.

36

JAMES

Non sono più sicuro di quali siano le mie intenzioni con Wendy. Quando Smee mi ha detto che se n'era andata, mi si sono presentati nella mente un centinaio di scenari diversi. *L'ha presa Peter? Uno dei miei altri nemici?*

Solo quando sono tornato al porto mi sono reso conto che i miei pensieri erano incentrati sulla *preoccupazione* e non sul fatto che, se le fosse stata data la prima opportunità buona, sarebbe fuggita da me e non sarebbe mai più tornata.

E questo mi imbestialisce a livelli inauditi.

Sia il fatto che Wendy avrebbe potuto andarsene, sia il fatto che mi sarebbe importato.

Ma ignorare una situazione non ti porta mai lontano nella vita – ti arreca solo problemi. La vera padronanza del controllo consiste nell'accettare le tue emozioni e poi imparare a gestirle, a prescindere da come ti senti.

Il mio problema ora è che Wendy mi fa *perdere* quel prezioso controllo.

E non mi è mai successo prima.

La lascio andare e faccio un passo indietro. La logica sta filtrando nel mio cervello, nonostante il cazzo mi stia pulsando contro i pantaloni.

Wendy si accascia sul divano, il suo corpo si alza e si abbassa sotto i suoi respiri pesanti, e io la fisso, con lo sgomento che mi si riverbera nelle ossa. Non ha avuto paura di me, sebbene le avessi quasi promesso la morte.

Dà del pazzo a me, ma quella veramente fuori di testa è la persona che mette la propria vita in una condizione così precaria nelle mie mani.

Ero arrabbiato perché mi ha fatto preoccupare.

Ero furibondo perché lei mi fa *sentire*.

E ora mi ritrovo qui, a prendere in considerazione l'ipotesi che in realtà Wendy sia arrivata a significare qualcosa – qualcosa in più di uno strumento, o anche semplicemente di un momento piacevole.

In un qualche momento non meglio definito, ho iniziato a tenere a lei.

La presa di coscienza che non desidero più usarla contro suo padre mi si abbatte addosso, strappandomi il respiro dai polmoni e facendo battere forte il mio cuore martoriato. Ma, se le darò la libertà, lei fuggirà lontano, molto lontano.

Wendy appoggia la testa all'indietro, con gli occhi chiusi e le labbra appena aperte, mentre riprende fiato. Il cuore mi scalcia nel petto mentre la consumo con gli occhi. "Sei piuttosto bella, lo sai?"

Apre gli occhi e la sua lingua sbuca fuori per bagnarle lentamente il labbro inferiore. Il sangue mi scorre verso il centro e la mia erezione già dura mi pulsa contro la gamba.

Le si forma un pigro sorriso sul viso. "Scommetto che lo dici a tutti i tuoi ostaggi."

"Mm," mormoro. "Sempre con quella tua bocca sfrontata." Mi avvicino a lei. "Sai, credo che il tuo sarcasmo sia andato *peggiorando* da quando sei sotto la mia protezione."

Fa uno sbuffo col naso, e la testa le dondola da un lato quando mi siedo accanto a lei. "È così che la chiamiamo ora? '*Protezione*?'"

Scrollo le spalle. "Credi davvero che saresti più al sicuro là fuori di quanto tu non sia con me?"

Aggrotta la fronte. "*Hook*."

Il soprannome mi fa contorcere lo stomaco – come succede sempre quando lo pronuncia lei. Non mi piace che mi conosca come Hook, specialmente dal momento che è l'unica persona al mondo che mi fa sentire *James*.

"Hai letteralmente minacciato di uccidermi più e più volte," aggiunge.

Mi avvicino e le scosto i capelli dal lato del collo. "Questo non ti ha impedito di venire sulle mie dita, cattiva ragazza." La mia mano scivola lungo la sua clavicola e mi godo il rossore che si diffonde sulla sua pelle. "Ti eccita quando la tua vita è in pericolo?"

Mi schernisce, ma sussulta sotto il mio tocco, e io mi rilasso contro lo schienale del divano, con un sorrisetto compiaciuto sulla faccia.

Mi squilla il telefono, e anche se non vorrei far altro che ignorare il mondo e restare nella bolla di Wendy, me lo sfilo dalla tasca e leggo il nome di Starkey sullo schermo. "Parla."

"Ehi, capo. Ha un attimo oggi per un incontro? Abbiamo un colloquio a cui penso che le interesserà assistere."

Mi si contraggono le viscere, la mia attenzione lascia Wendy e si concentra ancora una volta sui problemi della mia vita. I colloqui significano solo una cosa. È successo qualcosa, e hanno delle persone da interrogare.

"Benone. Dove si tiene?"

"Al Lagoon."

Sospiro, riaggancio e picchietto il telefono contro il mio mento, mentre scruto Wendy, indeciso su come muovermi con lei. Potrei lasciarla qui, ma Smee ha dimostrato in modo più che evidente che non è in grado di tenerla d'occhio.

E, per quanto non voglia più usarla per scopi nefasti, non ho nemmeno intenzione di lasciarla sola e rischiare che si dia alla fuga. Non che cambierebbe un granché. Malgrado il suo sarcasmo e il suo atteggiamento, non si è tolta la collana che le ho messo intorno al collo. E, finché se la terrà addosso, la rintraccerò ovunque.

Ma, se scappa via, la perderò per sempre. E ho appena capito che Wendy è qualcosa che desidero tenere per me.

"Come hai fatto a uscire dalla camera da letto?" le domando.

Si passa le dita tra i capelli spettinati. "Che intendi?"

"Intendo esattamente quello che ho detto. La porta era chiusa a chiave, come sei uscita?"

Scuote lentamente la testa. "La porta non era chiusa a chiave."

Il mio petto si stringe. "Sì. Lo era."

"Non quando ho provato ad aprire la maniglia." Alza una spalla.

Il disagio nuota nelle mie viscere come uno squalo che si aggira intorno alla sua preda. "Mi stai dicendo una bugia?"

"Che motivo avrei di mentirti?"

Alzo un sopracciglio. "Me ne vengono in mente diversi, in realtà. In teoria, non dovrei essere la tua persona preferita in questo momento."

I suoi occhi si restringono. "*Non* sei la mia persona preferita. In realtà sei la persona che prediligo *meno* di tutte."

Ridacchio e mi rimetto in piedi, prima di stendere la mano per aiutare anche lei ad alzarsi. Mette le sue dita nelle mie, permettendomi di sollevarla dal divano. Io attiro il suo corpo contro il mio, stendo il palmo della mano sulla parte bassa della sua schiena e il cotone della sua maglietta si arriccia sotto il mio tocco.

La sento sussultare quando sfioro le sue labbra con le mie. "Hai un modo piuttosto divertente di dimostrarlo, tesoro." Mi allontano per vedere le sue pupille che si dilatano, e mi scorre dentro un'ondata di piacere. "Ho bisogno di sbrigare una commissione, e visto che di te non ci si può fidare, verrai con me."

Sospira. "Va bene, ma come vuoi che venga vestita? Con *questo*?" Si fa correre le mani lungo il corpo, indicando la mia maglietta poggiata sul suo corpo flessuoso.

Sogghigno. "Trovo piuttosto eccitante averti nei miei vestiti."

Sbuffa.

"Ci farò raggiungere da Moira per portarti qualcosa." I miei occhi la scrutano e il mio corpo si crogiola nel modo in cui i suoi lineamenti si contraggono al nome di Moira. "Avete più o meno la stessa taglia."

I suoi occhi si scuriscono e un sorrisetto tirato si fa strada sul suo viso. "E lo sai perché hai una memoria '*tattile*'?"

Le sfioro una guancia con le dita. "La gelosia ti dona proprio. Sfortunatamente, non abbiamo tempo per questo al momento."

Wendy incrocia le braccia. "Non sono gelosa, è solo che non mi sta simpatica lei."

Sorrido, e la soddisfazione mi divampa nel petto, mentre mi domando se lei provi per me più di quanto non voglia ammettere; se, forse, io non abbia irrimediabilmente rovinato tutto.

Il Lagoon, come la maggior parte dei nostri locali, è dotato di un seminterrato. Lo adoperiamo principalmente come deposito o per la conservazione temporanea di beni non propriamente legali che passano nelle nostre mani.

Ribadisco, incontrarsi qui non è l'ideale, ma dal momento che il JR è andato, ci dobbiamo accontentare.

Wendy è nell'ufficio al piano di sopra, con Curly a vegliare su di lei, e io sono qua sotto, circondato da scatole e casse, a guardare in faccia l'*ennesimo* spacciatore da quattro soldi che ha ritenuto tradirmi una mossa saggia.

Non ho idea di come si chiami, e in tutta franchezza

non mi interessa. Quello che *mi interessa* è che mi stanno facendo perdere tempo con questioni futili invece di concentrarci sul quadro d'insieme. I ragazzi non sono così bravi a cavare i segreti dai traditori; tuttavia, quando si tratta di qualcuno che cerca di arrampicarsi in cima e usurpare il mio posto, ho bisogno di tutte le informazioni che riesco a ottenere.

"Dimmi." Mi avvicino all'uomo legato e imbavagliato. Gli strappo via lo straccio bianco dalla bocca, costringendolo a sputacchiare e tossire mentre riprende fiato con delle profonde boccate d'aria. Gli faccio scivolare il coltello sulla guancia. "Com'è che ti chiami?"

"T… Tommy."

"*Tommy.*" Annuisco. "E, Tommy, cosa speravi di guadagnare tradendomi?"

Deglutisce e sposta lo sguardo di lato. Gli afferro il mento con le dita guantate e gli impongo di incontrare il mio sguardo. Faccio pressione con l'uncino sulle sue labbra, e la tensione della lama contro la sua pelle gli fa uscire delle gocce di sangue. "Non ho tempo per i tentennamenti, *Tommy*. Quindi smettiamola di sprecare dei secondi preziosi e arriviamo al punto. Non uscirai vivo da qui." Gli do uno schiaffetto sulla guancia e gli lascio andare il viso. "Ma sono un uomo giusto." Mi allontano e mi arrotolo le maniche della camicia sugli avambracci. "Ti lascerò scegliere fra una morte dolorosa o rapida."

Rimane in silenzio.

Sollevo le braccia ai lati. "Ebbene? Come sarà?"

"Si è trattato di una donna," risponde trafelato. "È arrivata qualche mese fa, ha iniziato a uscire un po' con noi, sai? Ha cominciato a, ehm..." I suoi occhi rimbalzano in giro per la stanza, fra i gemelli e Starkey, che stanno alle mie spalle, prima di tornare su di me. "Ha iniziato ad andare a letto qua e là; a raccontarci tutto del suo capo e di come lui si sarebbe preso più cura di noi; di come ci avrebbe dato di più rispetto a quello che…"

Esita, e io sollevo il mento. "Di più rispetto a cosa?"

"Ehm... rispetto a quello che ci è stato dato finora."

La mia mascella scatta, la rabbia mi sfrigola nelle viscere. Mi giro e lancio un'occhiata ai ragazzi. "Non sono un datore di lavoro generoso?" Mi rivolgo di nuovo a Tommy. "Non ti garantisco un accesso illimitato al tuo prodotto e alle mie strade?"

I suoi occhi si spalancano. "No... No, cioè, lo fai. È solo... guarda, avrei voluto dire di no. Ma voglio essere parte di qualcosa, amico." Si avvicina. "Volevo ricevere il marchio."

La curiosità si deposita alla bocca del mio stomaco. *Finalmente,* informazioni nuove. "E di che marchio si tratta?"

"Di un tatuaggio. È una cosa troppo fica, fratello."

Il fastidio mi fa schizzare i sensi e devasta le vestigia del mio controllo.

"Capisco," rispondo, facendo un passo verso di lui. Scaglio la mano verso il basso e la punta della mia lama taglia i suoi tendini come burro, affondando nella sua coscia. Caccia un urlo, e quello strepitio mi stride nelle orecchie e graffia le mie viscere.

Gli tappo la bocca con una mano per smorzare il rumore e mi sporgo, finché la mia faccia è a pochi centimetri dalla sua. "Sai cos'è che mi piace maggiormente dei coltelli?" L'altra mano, ancora sul manico del mio uncino, inizia a ruotare lentamente, pigiando contro la resistenza che oppone il suo muscolo. "È la possibilità di essere così delicatamente *precisi*. Vedi, sette od otto centimetri più in là, avrei trafitto la tua arteria femorale e ti avrei lasciato dissanguare in un baleno. La tua mente avrebbe perso coscienza e ti avrebbe garantito una morte facile."

Tommy frigna, e il suo corpo vibra mentre si agita contro le fascette.

"Ma, dal momento che hai stabilito che tu e io siamo '*fratelli,*' penso che passeremo un po' di tempo di qualità insieme." Un sorriso mi increspa la faccia. "Posso mostrarti quanto mi piace giocare con degli oggetti che *affettano*."

Gli tolgo la mia mano dalla bocca e mi si gela lo stomaco dal disgusto per il modo in cui lacrime e moccio gli rigano il viso.

"È il tatuaggio di un coccodrillo!" sputa fuori. "Avvolto attorno a un... un orologio. È... è il marchio che ricevi quando ti unisci ai suoi ranghi."

Lo shock mi prende a pugni lo stomaco e gli spasmi mi contraggono le viscere alla visione che le sue parole generano.

"Cos'altro?" sibilo, spingendo il coltello più a fondo.

"Tutto qui, amico. Te lo giuro."

Le mie dita si tendono. "Starkey, porta il sale per favore."

"Lo chiamano Croc!" sbraita Tommy. "Ti prego, fermati, io..."

Mi scivola via la mano dal manico, ma riguadagno la presa, con una furia che mi scorre nel sangue, l'oscurità che mi imperversa dentro come un uragano. Estraggo la lama dalla sua pelle e colpisco di nuovo, stavolta più in alto, prima di trascinarla lungo la carne con dei movimenti netti e frastagliati, mentre lui urla in agonia.

"Bugiardo," sibilo. "Come fai a sapere questo nome?"

"Ti sto di… dicendo la verità. Lo giuro." La sua faccia è diafana, il sangue si sta accumulando sul pavimento sotto di noi. "Si fa chiamare Croc. Io… io non l'ho mai visto di persona, ma la donna si chiama..."

Bum!

37

Wendy

Mi sento il cuore pesante mentre sto seduta nell'ufficio freddo e umido di uno strip club e aspetto che Hook sbrighi questa sua commissione.

Che palle.

Curly è seduto dietro la scrivania dell'ufficio e sta scorrendo il telefono, mentre *Moira*, per qualche ragione, si è fatta carico di tenerci compagnia. Mi sta lanciando delle occhiate roventi che mi scartavetrano le viscere, ma le rivolgo dei sorrisi smaglianti, sperando che la stia distruggendo sapere che Hook mi ha voluta qui. Ha portato dei vestiti, ma io li ho rifiutati e non sono riuscita a evitare la scintilla di piacere che mi è divampata nel petto quando ha visto quello che stavo indossando.

Ho passato l'ultimo paio di ore a fare i conti con il fatto che sono emotivamente disastrata. Permettere a un uomo come Hook di toccarmi – e *crogiolarmi* nelle sensazioni che mi provoca quando lo fa – sembra a dir poco morboso. Hook ha messo abbondantemente in chiaro di non essere un cittadino onesto. Fa delle cose orribili, la cui stragrande maggioranza spero di non vedere mai.

Ma, nonostante quello che ha fatto sia a me che agli altri, non posso cambiare il fatto che, quando sono con lui – quando sono *veramente* con lui – scopro di più di me stessa. Di chi *posso* essere.

È ironico come aver perduto il mio libero arbitrio mi abbia aiutata a trovare la mia voce.

E forse questo mi rende più simile a mio padre di quanto voglia ammettere.

Del resto, siamo tutti un po' contorti, e non esistono cose come il bene e il male. Esistono solo delle prospettive, e le percezioni cambiano a seconda dell'angolazione.

Le persone non sono statiche. La nostra morale non è costante. È cangiante, in continua evoluzione, e si plasma in diverse versioni di sé stessa: è come un'energia che può essere spostata e riallineata.

"Posso prendere in prestito il tuo cellulare?" chiedo a Curly.

Alza gli occhi al cielo. "Splendore, la risposta di ora è la stessa delle ultime venti volte che me l'hai chiesto. No."

"Voglio solo sentire come stanno i miei amici. Mio fratello."

Moira alza gli occhi dal punto in cui si sta mordicchiando le unghie e il suo sguardo curioso si posa su di me. "Perché non hai il tuo cellulare?"

La spina dorsale di Curly si raddrizza, e mi lancia un'occhiata di avvertimento.

"L'ho perso!" ribatto, cercando di mascherare il mio errore.

"Ah." Moira annuisce. "Che peccato!" Un luccichio le illumina gli occhi mentre mi guarda da capo a piedi, con le labbra incurvate. "Sai... ti capisco, però. In realtà ero preoccupata anch'io di aver perso il mio telefono ieri sera, ma mi sono resa conto di essere uscita così di corsa per vedermi con Hook che non me lo sono nemmeno portato dietro."

Il mio stomaco si stringe. *Sta mentendo.* "Ieri sera?"

Moira mi ricorda molto Maria, con la quale non ho mai avuto la possibilità di difendermi, troppo preoccupata com'ero di essere accettata. Ma ho smesso di essere la ragazza docile che prendeva gli insulti della gente e se li metteva sulle spalle come un fardello. "È interessante, perché Hook era con me ieri sera."

Il suo sorriso si allarga, e piega la testa da un lato. "Sei sicura di questo?"

"Io..." Mi fermo, quando mi rendo conto che in realtà non so dove sia andato dopo che mi sono addormentata. Ho pensato che si fosse svegliato appena prima di me, ma mi sento avvolgere da un filo di dubbio che mi fa diventare le viscere verdi di gelosia.

"Moira, chiudi quella cazzo di bocca!" scatta Curly. "Non frega niente a nessuno delle tue attività extracurriculari con il capo. Lascia perdere."

"Ma io…"

Curly si alza dalla scrivania. "Ho detto fuori dai coglioni."

Moira scatta in piedi ed esce dalla porta. *Bella liberazione.*

"Quindi, lui *era* qui?" chiedo dopo che se ne è andata, girando la testa verso Curly.

Mi guarda, con la mascella serrata e gli occhi leggermente ricurvi agli angoli, come se stesse provando pena per me e non volesse rispondere.

Sbuffo e incrocio le braccia sul petto. *Non mi interessa.* Non importa con chi trascorre il suo tempo. Sono solo completamente disgustata dal fatto che potrebbe essere andato con lei, poi tornato a casa e aver messo quelle stesse dita dentro di *me.*

E io gliel'ho lasciato fare senza opporre alcuna resistenza. Praticamente l'ho supplicato.

La porta si apre con un tonfo e Hook irrompe come un tornado, risucchiando immediatamente tutta l'energia nella stanza. Il ragazzo della prima sera al club - quello che ci ha fatte entrare - lo segue da presso. "Hook, io..."

Hook si gira. "Starkey, non *aprire bocca* a meno che tu non voglia perdere la vita."

Il mio stomaco si contrae in una morsa stretta. Spalanco gli occhi nell'osservare l'aspetto di Hook.

Indossa quei suoi guanti di pelle nera e ha le maniche della camicia arrotolate fino ai gomiti. Ha degli schizzi di rosso lungo la pelle e i capelli arruffati e tutti scompigliati, come se li avesse tirati dalle radici.

Starkey deglutisce e fa una smorfia col viso, mentre china il capo. Hook fa scrocchiare il collo e, sebbene all'apparenza sembri piuttosto composto - al di là del suo aspetto - riesco a scorgere il leggero tremore delle sue mani e la tensione nei suoi lineamenti. E l'aria... sembra diversa. Non so come spiegarlo, ma ogni volta che il suo umore passa da un estremo all'altro, io lo percepisco. Come se quel cambiamento si allungasse per toccarmi e mi volesse trascinare con sé, perché lo aiuti a salvarlo dall'annegamento.

Me lo sento fin dentro le ossa che è a pochi secondi dallo scoppio.

E, quando Hook scoppia, suppongo che non andrà a finire bene per nessuna delle persone coinvolte.

Non sono sicura di cosa mi spinga a fare quello che faccio dopo. Forse ho degli istinti suicidi, o forse mi sono rassegnata al fatto che, se Hook avesse voluto uccidermi, l'avrebbe già fatto. Fatto sta che mi alzo dal divano su cui sono seduta e mi incammino lentamente verso di lui, senza fermarmi finché non sono proprio davanti alla sua faccia.

Lui fa un sospiro e si lascia cadere la mano dai capelli, mentre le sue narici si dilatano alla mia vista.

"Ciao," mormoro.

I suoi occhi si scuriscono. "Ciao."

"So che potrebbe non essere un buon momento," provo a scherzare.

Gli angoli della sua bocca si contraggono.

Mi avvicino, augurandomi che mantenga il contatto visivo con me, poiché ho paura che, se distogliesse lo sguardo, lo perderei per sempre, e quel piccolo pezzo di *James* che si sta lentamente insinuando sparirebbe del tutto.

Gli poggio le mani sul petto, e il ritmo regolare del

suo respiro fa alzare e abbassare i miei palmi. Mi metto in punta di piedi. "Posso parlarti da solo?"

Mi agguanta i fianchi, i suoi occhi mi trafiggono, il suo sguardo si avviluppa intorno al mio petto e mi tira. Le sue dita si piegano di scatto sulla mia vita.

"Per favore," sussurro, sbirciandolo da sotto le mie ciglia.

"Andatevene!" ringhia.

I miei sensi sono in tumulto, la mia attenzione è tutta su di lui, ma sento il clic della porta che si chiude dietro di noi.

Le sue mani mi accarezzano la schiena, facendomi attraversare da un formicolio. E, di punto in bianco, non sto solo cercando di calmare le acque. All'improvviso, desidero *disperatamente* averlo tutto per me – i ricordi di prima mi fustigano e rinfocolano il desiderio finché l'ardore non mi ribolle nelle vene.

Questa volta, sono io che mi sporgo e lo bacio.

38
JAMES

Non mi sono mai drogato in vita mia, ma immagino che debba fare un effetto simile a quando Wendy mi scorre nelle vene.

Qualcosa che ti consuma.

La avvinghio con ferocia quando la sua lingua si aggroviglia con la mia. Ho voglia di immergermi nel suo sapore per affogare i ricordi che stanno prendendo il sopravvento sulla mia mente. Sono stato *a un soffio* dal perdere il controllo. La paura e la furia mi pompavano nel sangue finché mi sono ritrovato a vedere tutto rosso, ma ho resistito, in attesa di sentire il nome di *Tina Belle* scivolare dalle labbra di Tommy.

E poi Starkey, da cretino idiota qual è, ha piantato una pallottola in testa a Tommy, adducendo che gli era scappato il dito sul grilletto.

Deve essere davvero stupido a pensare che io abbocchi a una scusa così pietosa. Ma mi occuperò di lui dopo che avrò affrontato i miei demoni.

Croc.

Il solo nome mi fa attraversare dal disgusto, seguito subito dopo da una vergogna che si avvolge come una spirale dentro di me. È *impossibile*. Peter non lo conosce… *nessuno* sa chi sia.

A meno che non l'abbia tirato fuori a Ru a forza di

torturarlo.

Il pensiero che il mio amico più caro abbia rivelato i miei segreti più oscuri al mio acerrimo nemico scatena un inferno di furia, che riverso nella bocca di Wendy e lei lambisce come acqua, come se le piacesse il sapore che ha.

Le mie viscere ribollono e sputano rabbia, la mia mente dibatte se spaccare tutto ciò che incontra sul suo cammino o aprirmi uno squarcio, fino a quando il marchio della memoria di mio zio non verrà prosciugato via dalla mia anima.

Stacco la bocca da quella di Wendy quando una fitta lancinante mi ustiona il petto e gli incubi della mia infanzia guizzano in primo piano nel mio cervello.

Wendy prende la mia mano e se la mette sul cuore, mentre mi mordicchia il labbro inferiore. "Dallo a me," sussurra.

Scuoto la testa, col corpo che trema. "Non ho niente da dare."

La sua bocca sfiora la mia mascella, dandomi dei baci soffici sulla pelle. "Allora dammi tutto il tuo *niente*," risponde.

Le sue parole fanno breccia nella parte più profonda di me, mescolandosi con la mia furia fino a quando non mi spezzo. Le mie mani la agguantano con foga e faccio girare entrambi, prima di piegarla all'indietro sopra la scrivania, di portarle le braccia sopra la testa e di bloccarle i polsi con una mano. "Non fingere di tenere a me," sbotto. "Non adesso. Non ce la faccio a sopportarlo." La voce mi resta bloccata nel bruciore che mi arde la gola.

Gli occhi di Wendy si spalancano mentre mi scruta, le sue labbra sono gonfie e rosate per il bacio. "E se non stessi fingendo?" sussurra.

Mi si ribalta lo stomaco e sento una morsa al petto alle sue parole. "Non ti ho dato alcun motivo per affezionarti a me." Premo il mio busto contro il suo, i miei fianchi si assestano in mezzo alle sue cosce, i fogli sulla scrivania si spiegazzano sotto il nostro peso. "Non sono un brav'uomo."

"Lo so," sibila.

"Ho torturato." Avvicino le labbra per sfiorarle il collo. "Ho ucciso." Le sollevo la maglietta con la mano libera, le sfioro il fianco con le dita, le mie labbra assaggiano la sua clavicola, per poi scivolare sul rigonfiamento dei suoi seni. "E farò di nuovo entrambe le cose, senza mai pentirmi di nulla. Mi *piace* farle."

Le sue cosce si stringono attorno ai miei fianchi.

Le lascio andare i polsi, abbasso la mano per cingerle il viso e sento la sua pelle morbida sotto i polpastrelli delle mie dita. Ho un'altra fitta al petto quando il cuore mi sbatte contro le costole. "Ma rimpiango, con ogni fibra del mio essere, che tu abbia sofferto anche solo per un momento sotto le mie mani."

Wendy sgrana gli occhi e le splendide sfumature marroni dei suoi occhi si velano di lacrime.

"Tu sei – senza ombra di dubbio – l'unica cosa buona che io abbia mai conosciuto." Appoggio la mia fronte sulla sua, i miei respiri incerti le soffiano sulle labbra, mentre le accarezzo la guancia con il pollice. "Quindi... non mentirmi, Wendy, tesoro. Perché il mio cuore non sopravvivrà se lo fai."

Si solleva, la sua bocca si schianta contro la mia e la passione esplode sulle mie papille gustative. Gemo quando mi cinge il bacino con le gambe, e il cazzo mi diventa sempre più duro a furia di sfregare contro di lei.

Tutto il mio fermento è convogliato su di lei piuttosto che verso il mondo, e mi abbandono al momento.

Afferro lo scollo della sua maglietta con entrambe le mani e lo strattono fino a quando non si squarcia in due, scoprendo i suoi capezzoli rosa, induriti e *stupefacenti*. Me ne succhio uno in bocca, facendolo roteare sotto la mia lingua, mentre le abbasso i boxer lungo le gambe.

Trasalisce e la sua schiena si inarca verso di me. Mi si gonfia il cuore nel petto per il bisogno di farle vedere. Di mostrarle quello che provo, perché non sono mai stato bravo con le parole. Non con le parole che contano, in ogni caso.

Voglio che lei mi *scelga*.

Non perché glielo impongo io, ma perché ne ha facoltà.

Le mie dita affondano tra le pieghe della sua fica e scivolano nella sua eccitazione bagnata.

Mi faccio strada lungo il suo busto con le labbra, baciandola e mordicchiando, chiedendole perdono con la lingua e con i denti per tutti i modi in cui l'ho ferita – per tutto il dolore che so di averle causato.

Il mio viso finisce in mezzo alle sue cosce e inspiro a fondo. L'aroma della sua eccitazione ricopre la mia pelle di desiderio.

"Sempre così bagnata per me, cucciola." Infilo due dita dentro e osservo come le sue pareti strette le risucchiano. "Sei una ragazza così brava. Lo sai?"

Le tremano le gambe mentre le divarica, aprendosi per permettermi di divorarla. Si eccita con gli elogi. Intreccia le dita tra le ciocche dei miei capelli e mi attira a sé. Ci vado volentieri, faccio roteare il suo clitoride nella mia bocca e il suo sapore mi esplode sulla lingua. Mugugno quando affondo ancora di più il viso contro di lei, nel desiderio di annegare nella sua essenza finché non la sentirò fin dentro la mia anima. Faccio scorrere le dita dentro e le arriccio verso l'alto prima di estrarle, poi le faccio scendere più in basso, per inumidire un'apertura *diversa* con la sua stessa eccitazione.

Le sue gambe si serrano intorno alla mia testa e la saliva si accumula sulla punta della mia lingua. Mi sollevo appena e le divarico le cosce con una spinta decisa fino a quando non è aperta in due e bene in mostra. Lascio gocciolare la saliva e osservo il modo in cui cola dalla mia bocca e finisce in cima alla sua bella fica rosata, prima di scivolare più giù, oltre la sua fica e ancora più in basso, fino a che non si va ad accumulare sulla scrivania sotto di noi.

Lei è scossa da un fremito, io sogghigno e il mio

cazzo pulsa alla vista lasciva. Il mio dito si immerge nella sua fessura e scorre lungo le sue labbra fino a raggiungere l'anello stretto di muscoli che ora è scivoloso e bagnato.

"Sei una ragazza sporca, non è vero?" mormoro con tono roco e lo stomaco contratto per il desiderio. Riprendo a succhiare il suo clitoride, facendo ruotare la lingua a formare un otto, mentre le stuzzico col dito l'orlo del buco del culo.

"Oh, mio *Dio*!" geme acuta Wendy.

Apro ancora di più la bocca, la mia saliva si mescola ai suoi succhi e la inzuppa fino a che non si riversa tutto insieme sulla scrivania.

"Io non pens..."

"Sss," la placo. "Non pensare, cucciola. Prendilo e basta."

Spingo la punta del dito all'interno, assicurandomi che sia abbastanza lubrificato per farle provare piacere e non dolore.

"*Cazzo!*" piagnucola.

La mia bocca si tuffa di nuovo dentro, la mia lingua passa dall'immergersi nella sua fica al volteggiare intorno al suo clitoride. Le escono di bocca dei gemiti disarticolati, il suo corpo sussulta, e io sollevo la mano libera e gliela premo sull'addome.

Quando non sento più il suo busto alzarsi e abbassarsi a un ritmo irregolare, so che è vicina.

Sta trattenendo il respiro.

Faccio entrare e uscire il dito dal suo buco stretto allo stesso ritmo della mia lingua nella sua fica, mentre compio dei cerchi decisi con il pollice sul suo clitoride.

Tutto il suo corpo inizia a tremare, io alzo lo sguardo e il mio cazzo sussulta quando vedo le chiazze di rossore sulla sua pelle.

Apre la bocca in un urlo silenzioso, la sua schiena si stacca dalla scrivania e i muscoli interni del suo culo stritolano il mio dito come in una morsa.

Continuo a stimolarla per tutto il tempo del suo

orgasmo, mentre bevo i suoi succhi e mugugno per il loro sapore. Gli scossoni si trasformano in brividi, e io risalgo sul suo corpo leccandola fino a che le mie labbra non sfiorano il suo orecchio. Scivolo fuori dal suo culo finché solo la punta del mio dito vi resta premuta contro.

"Un giorno," le sussurro. "Ti prenderò qui. Sentirò i tuoi muscoli spremere tutto lo sperma dal mio cazzo mentre tu procurerai piacere a quella dolce, piccola fica."

Inspira a fondo, ha gli occhi stralunati e le guance arrossate.

"Ti piacerebbe?" le mormoro, strofinandole la guancia col naso.

Allunga le mani e mi afferra il viso per attirarmi verso di lei. E poi *lecca* i suoi succhi dalla mia bocca, con gli occhi a mezz'asta mentre geme al gusto.

Le mie viscere si serrano, mi sussulta il pene.

Sposta le mani dalla mia mascella, mentre la sua lingua scivola tra le mie labbra e i suoi palmi scendono verso il basso per afferrare la fibbia della mia cintura. La aiuto ad accelerare il processo e mi abbasso i pantaloni fino a quando il mio cazzo non si libera, spesso e gonfio, grondante del *bisogno* di entrare dentro di lei.

Porta le dita sulla mia camicia e io mi blocco e alzo le mani di scatto per coprire le sue, non volendo che veda le imperfezioni del passato che deturpano la mia pelle.

"Va tutto bene," sussurra. Si drizza a sedere fino a quando il suo viso non è all'altezza del mio e mi tiene appoggiata una mano sul petto, dritta sopra il mio cuore. "Non sto fingendo."

Respiro profondamente, le mie emozioni vanno in tilt, il timore mi inonda le vene mentre mi slaccia lentamente la camicia, un bottone alla volta, prima di infilare le mani sotto le maniche e far scivolare il tessuto via dalla mia pelle. Rimango impassibile, con la mascella tesa, e mi preparo a quello che so che Wendy sta per vedere.

Si avvicina coi fianchi, avvolgendo le gambe attorno ai miei e incastonando la mia erezione contro il suo sesso.

"James," sussurra.

Il nome che rotola dalla sua lingua mi sfalda, una specie di bisogno bollente mi esplode nel petto. Alzo le braccia, permettendole di sfilarmi la camicia e gettarla di lato.

E poi aspetto.

Mi sfiora il busto con le dita, e azzardo un'occhiata verso il basso, terrorizzato all'idea di trovare un'espressione di pietà sulla sua faccia.

Ma non la trovo.

Tiene gli occhi ben aperti mentre tocca ogni cicatrice, molte delle quali risalgono alle notti in cui mio zio ha deciso di sfregiarmi la pelle, sapendo che la vista del mio sangue mi cagionava un terrore in grado di paralizzarmi sul posto.

Il cuore mi batte a un ritmo irregolare nel petto. La sua mano poi vaga verso il mio bacino, la cicatrice frastagliata mi brucia lungo tutto il fianco, arroventata al suo tocco.

"Cosa ti è successo qui?" mi chiede.

Stringo i denti. "Incidente aereo."

I suoi occhi cercano i miei, poi si abbassa e poggia le labbra sul segno. I miei polmoni si contraggono e sento un nodo in gola per quel gesto. Vorrei dirle che sta baciando la cicatrice che suo padre ha contribuito a realizzare e della quale, in qualche modo, lei è riuscita ad alleviare il dolore già solo con il suo tocco.

Ma non so come dirglielo, e quindi attiro il suo viso alla mia bocca e glielo mostro con il mio corpo.

Succhio il suo respiro nelle mie labbra e la sbatto con la schiena sulla scrivania. La mia erezione scivola tra le pieghe della sua fica e crea un attrito che mi fa tendere l'addome, mentre il piacere mi formicola lungo la spina dorsale.

"Dillo di nuovo," le mormoro contro le labbra.

"Dire cosa?"

"Il mio nome." Sfrego il mio corpo contro di lei e il calore si diffonde in ogni singola cellula.

Gli occhi le roteano dietro la testa quando la punta del mio pene le preme contro il clitoride. "James," sussurra.

Il mio cazzo scivola dentro con una sola spinta, fino in fondo.

Sussultiamo insieme, la sensazione di essere circondato da lei travolge ogni mio senso. Ho paura di esplodere al primo movimento, mentre invece voglio che questo duri per sempre.

Mi sfilo lentamente prima di penetrarla di nuovo, la potenza dei miei fianchi è abbinata all'ondata delle mie emozioni, mi fa delirare per il bisogno di andare più in fondo possibile.

Mi chino e faccio correre la lingua sul suo orecchio. "Sei così perfetta. Mi stai facendo impazzire, *cazzo*."

Geme, mi scava con le unghie nella spalla mentre i suoi fianchi si alzano per venire incontro ai miei.

Non c'è nessuno scambio di potere qui, nessuna pretesa di obbedienza, né la necessità di tenere tutto sotto il mio controllo.

C'è solo Wendy.

Sempre e *solo* Wendy.

Che sta facendo quello che sa fare meglio: sta consumando ogni parte di me.

Il mio cuore lacero sbatacchia contro la sua gabbia annerita, batte solo per lei, sperando che Wendy impari ad amarlo in mezzo alla sporcizia.

"Di nuovo," le ordino.

"James," geme.

Mi mordo il labbro, le mie viscere infuriano per l'ardore mentre i miei fianchi sbattono contro di lei, le mie palle le schiaffeggiano il culo a ogni affondo. "Voglio che tu mi dica che sei mia."

Fa un urlo quando cambio il ritmo, il mio cazzo è immerso completamente dentro di lei, i miei fianchi strusciano contro il suo clitoride.

"Sono…"

La interrompo con un bacio, perché ho bisogno che

lei capisca quello che le sto chiedendo. "Voglio che tu me lo dica, ma non perché sono io a pretenderlo, non perché te lo chiedo io." Abbasso la testa nella giuntura del suo collo, ho il fiato corto e caldo, il mio orgasmo monta nelle profondità delle mie viscere ogni volta che mi tiro fuori e poi scivolo di nuovo dentro e strofino il bacino contro di lei. "Voglio che tu lo dica perché *sei* mia. Perché resterai, anche se sappiamo tutt'e due che dovresti andartene."

Il suo respiro incespica, le sue mani mi incorniciano il viso mentre mi fissa negli occhi. "Sono *tua*, James."

Il calore divampa nel mio petto e aumento il ritmo, le sue parole si riversano nella mia anima e riempiono le crepe del mio cuore.

Lo schiocco di quando la nostra pelle si incontra si mescola ai suoi gemiti, finché Wendy non si irrigidisce e poi esplode. Le pareti della sua fica si stringono intorno a me e portano le mie palle a contrarsi e i miei muscoli a tendersi al punto da farmi male. Lo sperma pulsa lungo la mia erezione, il mio cazzo sussulta selvaggiamente dentro di lei mentre le inondo il grembo con il mio seme.

Crollo su di lei, in preda a un forte affanno, ma con la mente finalmente in pace.

È in questo momento che so, per quanto possa sembrare folle, che la amo.

E questo mi terrorizza più di ogni altra cosa.

39

Wendy

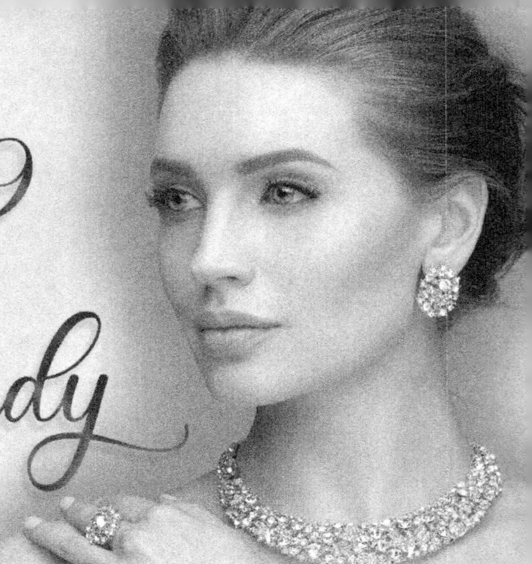

Sono davanti allo specchio, a sistemare i vestiti della taglia sbagliata che Moira ha comprato, visto che quelli che indossavo ora sono a brandelli sul pavimento – una cosa che ho notato che a James piace fare. I miei occhi guizzano attraverso lo specchio su di lui, che è in piedi dietro la sua scrivania. Si è finalmente lavato via il sangue dalle braccia e ora si sta abbottonando la camicia, coprendo le cicatrici che sfigurano ogni centimetro del suo busto. Ho una stretta al cuore mentre mi domando come siano finite lì, e sento montarmi dentro una forte risolutezza davanti alla consapevolezza che lui me le ha mostrate.

Apre un cassetto ed estrae una pistola, se la infila nella cintura dei pantaloni, dietro la schiena, prima di afferrare la giacca, farsela scivolare lungo le braccia e abbottonarsela sul davanti.

I miei addominali si contraggono alla vista.

"Sei davvero troppo, troppo attraente," ammetto.

La sua testa si alza di scatto e un sorrisetto gli si insinua sul volto mentre mi viene incontro, finché non arriva alle mie spalle e mi dà dei baci sul collo.

"James?" Il battito del mio cuore mi rintocca nelle orecchie.

Non sono sicura di come siano messi i nostri

rapporti, una parte di me si sente come se mi trovassi in equilibrio al centro di un'altalena, senza sapere in quale direzione dondolerà.

"Mm?" mi mormora contro il collo.

"Posso…" Mi giro e gli poggio le mani sul petto. "Voglio vedere mio fratello."

Annuisce. "Va bene."

Avverto un moto di sollievo. "E…" Mi mordo il labbro. "Vorrei riavere il mio cellulare."

"Andata." Inarca le sopracciglia. "Nient'altro?"

"E voglio che tu mi dica che non sei andato con Moira," aggiungo in un sol fiato, con le guance in fiamme.

Fa una pausa. "Mai?"

Rabbrividisco. "Beh, ovviamente non ora. So che mentiresti."

Le sue dita mi sollevano il mento finché non lo guardo negli occhi. "Non sono stato con Moira, né con nessun'altra donna dal momento in cui ho toccato te."

Faccio un respiro profondo, nel mio stomaco si sciolgono lentamente i nodi che si erano formati. "Okay."

Le sue labbra si incurvano. "Bene."

"Okay," ripeto.

"E tanto per essere chiari." Mi preme il pollice sul mento. "Se qualcun *altro* dovesse toccarti, gli taglierò le mani, così non potrà metterle più addosso a *nulla*."

Ho uno spasmo al petto. "Come sei violento!"

Sorride. "Sono fatto così, tesoro."

"Sono il tuo tesoro? Noi… non mi stai più tenendo…"

"Wendy, sei libera di fare tutto ciò che desideri. Tuo padre, ecco…"

"No, lo so," taglio corto, non avendo voglia di parlare con mio padre: le ferite sono ancora troppo fresche.

"*Non* lo sai." Si tocca il fianco, nel punto in cui quella cicatrice frastagliata gli deturpa la pelle. "L'incidente aereo…" Gli si dilatano le narici. "È successo durante uno dei voli di tuo padre."

Boccheggio. "Cosa?"

Scuote la testa. "Non è questo il posto adatto per parlarne, tesoro."

L'irritazione mi esplode nelle viscere: non voglio essere liquidata così, come lo sono sempre stata ogni volta che volevo capire cosa stesse succedendo.

Apro la bocca, ma mi mette un dito sulle labbra. "Ti dirò tutto quello che desideri, ma non qui."

Mi sento un peso gravarmi sullo stomaco. "Hai intenzione di ucciderlo?" sussurro.

Sospira. "Devi capire che tuo padre mi ha portato via quasi tutto." Ora mi sfiora il labbro con il pollice. "E anche se soddisferei *ogni* tuo desiderio, ti prego, non chiedermi questo."

Ho una stretta al cuore, la desolazione mi scorre nelle vene. "Ma io..." Mi si riempiono gli occhi di lacrime. "Lui è mio *padre*."

"Sì, beh." Piega la testa da un lato. "È anche l'uomo che ha ucciso il mio."

Sono di nuovo a bordo della barca di James, seduta sul ponte esterno nello stesso identico punto in cui mi ha portata per il nostro primo appuntamento. Sono passati due giorni da quando mi ha scopata sulla scrivania del suo strip club, prima di fare a pezzi la mia mente quando si è aperto sul suo passato. Su mio padre.

Mi brucia la bile in fondo alla lingua quando penso a James, un bambino, che ha dovuto affrontare tutto quello che ha passato per mano di suo zio; ha dovuto vivere il lutto per la morte dei genitori e stare a guardare la persona responsabile di quella perdita sorridere per anni sulle copertine delle riviste senza alcuna ripercussione.

La mia anima si sente male al solo pensiero del tormento che ha *segnato* il suo cuore.

Ciononostante, non riesco a conciliare tutto questo con il suo omicidio di mio padre e una mia mera accettazione dei fatti. D'altro canto, come faccio a chiedergli di non uccidere mio padre, dopo quello che so che ha fatto?

E non capisco il *perché*. Perché avrebbe dovuto uccidere il suo socio in affari? Perché dover uccidere Ru?

Semplicemente, non ha senso.

Detto questo, conoscere l'origine del problema riduce il dispiacere per quello che mi ha fatto James. Non me lo fa dimenticare, ma comprendo la sua rabbia, almeno un pochino.

E forse questo mi rende stupida. Forse resto un'ingenua, ma James è l'unico ad essersi mai fidato abbastanza di me da dirmi la verità. Da farmi capire cosa diavolo sta succedendo, cosicché almeno io possa raccapezzarmi un attimo. Ha corso un rischio dicendomelo. E quindi anche io posso correre il rischio di fidarmi di lui quando sostiene di tenere a me.

Ho riavuto il mio cellulare da più di quarantotto ore. Ho controllato i messaggi e le chiamate di Angie e del Vanilla Bean, da cui sono stata licenziata perché non mi sono presentata al lavoro. Ma non c'è stata una sola chiamata persa da parte di mio padre.

Nemmeno *una*.

Niente, nemmeno da Jon, nonostante gli abbia mandato un messaggio e gli abbia chiesto come stessero andando le cose.

La porta scorrevole si apre e Smee attraversa il ponte con un vassoio di verdure tagliate e un sorriso sulle labbra. Lo poggia e si mette seduto. "Il capo ha detto di assicurarmi che lei si nutra mentre lui non c'è."

"Avrei potuto prepararmi qualcosa da sola." Gli restituisco il sorriso.

Smee sventola una mano. "Ma si figuri! Questo è il mio mestiere, ricorda?"

Spinge il vassoio sul tavolo verso di me, e io allungo la mano, afferro un peperone verde e me lo infilo in bocca mentre lui stappa una birra e fa una lunga sorsata.

"Da dove vieni, Smee? Come sei finito alle dipendenze di James?"

Prende una carota e la mordicchia, rilassandosi contro lo schienale. "Oh, non è nulla di così interessante. Ho passato dei momenti difficili anni fa e lui mi ha dato una mano."

Ho un tuffo al cuore. "Ah, sì?"

Annuisce. "Mi ha tolto dalla strada. Mi ha messo in questo posto e mi ha detto che sarei potuto restare, purché avessi imparato tutto quello che c'è da sapere sulla manutenzione di uno yacht."

"E sei cresciuto qui a Bloomsburg?"

Non so perché gli sto facendo tutte queste domande. Forse è perché, se ho intenzione di restare su questa barca, mi sentirò più a mio agio se entrerò in confidenza con coloro che vivono a bordo, o forse è perché sono alla disperata ricerca di una distrazione dallo shock causato dalle recenti rivelazioni di James.

Beve un altro sorso della sua birra. "Sicuro! Vivo qui da sempre."

"Che bello," mormoro. "Famiglia?"

Qualcosa di oscuro gli attraversa lo sguardo.

"Scusa." Mi sento sprofondare dalla vergogna, e mi sale l'acido nello stomaco per l'espressione sul suo viso. "Sono stata indiscreta."

Ridacchia, mentre si risistema il berretto rosso sulla testa. "No, non si preoccupi. Probabilmente mia madre è ancora in giro da qualche parte, alla ricerca della sua prossima dose di droga."

Sento un'ondata di senso di colpa per la mia invadenza. "Oh, mi dispiace moltissimo."

Mi liquida con un gesto della mano. "Me ne sono fatto una ragione molto tempo fa. Mio padre era un brav'uomo, in compenso. Anche se ho scoperto chi fosse solo pochi anni prima della sua morte."

"Anche mia madre è morta," confesso, con una fitta al cuore. "Il rammarico per il tempo perso non si allevia mai, non trovi?"

Le sue labbra si incurvano verso il basso e stringe il collo della birra fra le dita. "Decisamente no, signorina Wendy."

Dei passi distolgono la mia attenzione. James sale sul ponte, con un aspetto impeccabile come sempre nel suo completo a tre pezzi.

Smee si alza e si spolvera la parte anteriore dei pantaloncini. "Dovrei tornare al lavoro. Grazie per la compagnia."

Faccio un ghigno. "Grazie dello spuntino."

Passano l'uno accanto all'altro e James gli rivolge a malapena un'occhiata.

"Non hai caldo con quello addosso?" gli domando.

Ignora la mia domanda, si abbassa e le sue labbra incontrano le mie per un bacio. La sua lingua scivola nella mia bocca e io chiudo gli occhi, perdendomi nel suo gusto.

"Mm." Si stacca, appoggia la fronte sulla mia e mi accarezza la guancia col pollice. "Purtroppo, ho delle questioni che richiedono la mia attenzione. Ti va bene restare qui?"

"Sì. Starò benissimo. Comunque, stavo pensando di fare un salto al Vanilla Bean."

La sua bocca si piega in una smorfia.

"James, mi *avevi detto* che ero libera di muovermi, e ora stai..."

"Tesoro, per favore." Sospira, prima di darmi un altro bacio sulle labbra. "Lo sei. Perdonami se voglio tenerti tutta per me. Ti lascio le chiavi all'Aston se vuoi prendere quella."

Il nodo nel mio petto si allenta. "Grazie."

"Mi puoi fare un favore? Tieniti quella collana addosso."

Le mie sopracciglia si increspano. "*Ancora*?"

"Fammi contento." Sogghigna. "Mi piace saperti con

la pelle adorna di gioielli." Le sue dita sfiorano i diamanti. "Torni a casa per cena? Ho una sorpresa."

"D'accordo." Sorrido, con le farfalle che mi svolazzano nello stomaco.

Casa.

Lo dice senza alcuno sforzo, come se questo posto fosse mio e io vi appartenessi. Ma cammino ancora sui cristalli: non so se tutto questo sia fin troppo bello per essere vero o se piuttosto James non mi stia ancora usando per un qualche disegno più grande.

Accantono quei pensieri ed entro sottocoperta, scegliendo deliberatamente di ignorare i sussurri del dubbio.

40

JAMES

Sospiro e cambio canale per togliere il telegiornale. Non hanno fatto altro che parlare degli incendi della NevAirLand, e per quanto avverta dei rivoli di soddisfazione ogni volta che vedo le macerie e la distruzione, non posso fare a meno di essere frustrato per il fatto che, alla fine, non è servito a nulla.

In effetti, per essere un uomo così popolare, sembra che Peter sia scomparso dalla faccia della terra. Mi mette a *disagio*. Sembra che *tutto* mi renda inquieto negli ultimi tempi – una specie di brutto presagio - una tempesta che si sta preparando fuori dai radar, senza avere idea di quando colpirà, né della distruzione che si lascerà alle spalle.

I gemelli sono seduti di fronte a me, cupi in volto, mentre mi raccontano dell'ennesima spedizione che non è mai arrivata in porto – un milione di dollari in polvere di fata scomparsi nel nulla.

Resto seduto dietro la scrivania in un accesso d'ira, poiché mi sento come se stessi fissando un puzzle gigante di cui mi manca il pezzo centrale.

E dove cazzo è finito Peter?

Guardo i gemelli e mi lascio uscire un respiro profondo, mentre cerco di arginare la mia rabbia crescente. "Ho bisogno che facciate un giro. *Oggi stesso.*

Voglio che andiate all'angolo di ogni singola strada e raccattiate *chiunque* abbia mai messo le mani sul nostro prodotto. Spogliateli e perquisiteli. Se trovate il tatuaggio di un coccodrillo, di un orologio o di una qualsiasi loro variante su uno di loro, li portate qui e li incatenate nel seminterrato. Ci siamo capiti?"

"Intesi, Hook."

"Bene." Mi faccio scrocchiare il collo. "Per favore, mi mandate Starkey mentre uscite?"

Loro se ne vanno, e a me si rivolta lo stomaco al ricordo del tatuaggio, come se fosse stato strappato direttamente dai miei incubi e disegnato sulla mia pelle con l'inchiostro. Ma è *impossibile*.

Starkey apre la porta, con gli occhi sbarrati e guardinghi. "Signore."

Mi alzo in piedi a denti stretti, mi abbottono la giacca del completo e faccio il giro attorno alla scrivania per andargli incontro. Regna il silenzio per dei lunghi istanti, finché non sono io a parlare. "Ricordami di nuovo, Starkey, per quale motivo l'altra sera ti sei messo in mezzo?"

"È stato un incidente, Hook. Non *volevo*." Abbassa lo sguardo. "Sono disposto ad accettare qualsiasi punizione lei ritenga opportuna."

L'angolo della mia bocca si incurva all'insù, benché dentro il mio stomaco stia ruzzolando. "E se ritenessi opportuno porre fine alla tua vita? Dopotutto, la punizione dovrebbe essere congrua al crimine, non convieni?"

Deglutisce e contrae le dita lungo i fianchi. I miei occhi seguono il movimento. "È stato un incidente," ripete.

Annuisco e faccio un passo verso di lui. "Non vi pago per avere *incidenti*."

Mi si allargano le narici, e mi fremono le dita dalla voglia di agguantare la mia lama e affondarla nella sua carne. Ma il morale non ne gioverebbe se lo uccidessi ora. Fino a questo momento, Starkey non è mai stato un problema, e tra la morte di Ru e le voci che circolano per le strade, l'ultima cosa di cui ho bisogno è che la mia cerchia ristretta si senta di non essere al sicuro in mia presenza.

"Sei sempre stato estremamente leale, Starkey. Uno dei migliori. Uno a cui, fino all'altro giorno, avrei affidato la mia stessa vita."

Digrigna i denti e io tiro fuori il mio uncino, faccio ruotare la lama e uso la punta per sollevargli il mento. "Non fare mai più qualcosa di così sciocco, o la prossima volta non sarò altrettanto clemente."

Fa di sì con la testa, i suoi occhi fissano il punto in cui le mie dita stanno premendo il metallo sulla sua pelle. "Grazie," afferma. "E mi dispiace, non era mia intenzione..."

Alzo la mano e faccio un passo indietro. "Voglio che trovi l'assistente di Peter Michaels, Tina Belle. E voglio che la porti da me. Capito?"

Deglutisce e annuisce ancora una volta.

"Va'."

A ogni minuto in più che passa una volta che Starkey se n'è andato, il mio corpo diventa sempre più rigido e mi sento il cervello come se stessi guardando lo schermo scattoso di una TV. *Ci dev'essere qualcosa che mi sfugge*. Ma, per quanto mi sforzi, non riesco proprio a capire cosa.

Quando finalmente torno al porto turistico, dopo aver fatto una breve sosta sulla strada di ritorno per rimediare una bottiglia di champagne e un mazzo di rose, mi sento stremato. Non voglio fare altro che abbandonarmi in compagnia di Wendy.

Entro in cucina, metto lo champagne in fresco e il silenzio nell'aria sfalsa i battiti del mio cuore, mentre mi domando se magari Wendy non abbia cambiato idea e abbia deciso, alla fin fine, di lasciarmi. Mi strofino il petto con il palmo della mano, non mi piace come il mio battito cardiaco sia all'improvviso fuori dal mio controllo.

"Romantico."

Mi giro al suono della voce, e Smee sta entrando

nella stanza.

"Sì, beh, immagino che si possa dire che sto voltando pagina." Gli rivolgo un sorriso tirato.

Ha gli occhi che gli brillano mentre mi viene incontro, e mi studia con la testa piegata. "Ti sei proprio attaccato a lei, eh?"

Ho una fitta al petto, ma annuisco. Non sono uno che parla apertamente di emozioni, ma immagino sia palese quello che provo, soprattutto quando siamo qui, a casa mia. Non ha senso cercare di negarlo. "Lei è diventata *essenziale* per la mia felicità."

"Mm." Smee si ferma davanti al bouquet e si sporge per annusare le rose. "Beh," sospira, raddrizzandosi. "Ho aspettato a lungo che tu portassi qualcuno qui."

Inarco un sopracciglio. "Ma dai."

Sogghigna. "Per vederti felice, intendo."

Mi sbottono la giacca e la tolgo, prima di appoggiarla sul retro di uno degli sgabelli della cucina. "A essere onesto, non so bene come comportarmi." Mi passo una mano tra i capelli. "Non siamo proprio partiti con il piede migliore."

Smee ridacchia. "A volte, capo, devi solo portare pazienza e lasciare che le cose prendano una loro piega."

Mi sfrego la mascella su cui è ricresciuta appena la barba, annuendo alle sue parole.

"Lei è qui?" chiedo.

Punta la testa verso la camera da letto. "Non credo sia uscita da lì per tutto il giorno."

L'impulso di vederla è troppo forte perché io possa resistere, così mi alzo, ma mi fermo prima di raggiungere il corridoio. "Smee," lo chiamo.

"Sì, signore?"

"Sei un brav'uomo. E apprezzo tutto quello che fai. Sono sicuro di non dirtelo a sufficienza."

Smee china la testa, e io mi dirigo verso la donna che è diventata il centro del mio universo.

41

Wendy

Ci ho ripensato e non sono più andata al Vanilla Bean, visto che non mi andava per niente di trovarmi faccia a faccia con un'Angie arrabbiata e senza peli sulla lingua. Se i suoi messaggi valgono da indizio, non è per niente contenta di me, e si è convinta che io non mi sia più fatta vedere e abbia mollato tutto poiché ho deciso che non avevo bisogno di soldi. Quindi, mi sono comportata da vigliacca e me la sono sbrigata con un messaggio. Non ha risposto.

Non che la biasimi: dal suo punto di vista, passo per una persona inaffidabile, una compagnia a tempo, una che poi li pianta tutti in asso. E forse è meglio che li lasci con questo ricordo di me. Non sono sicura che riuscirei a trovare una scusa sul motivo per cui sono scomparsa, al di fuori della verità. E non so perché, ma non credo che sarebbe una buona idea presentarmi e raccontare a tutti loro che sono stata tenuta in ostaggio, ma non c'è problema perché penso che essermi innamorata del mio rapitore.

Mi lascio uscire uno sbuffo di scherno, alzo gli occhi al cielo e mi appoggio alla testiera del letto di James, e mi viene da ridere quando mi torna in mente una delle prime conversazioni che abbiamo avuto qui. Quando ho fatto una battuta sulla *sindrome di Stoccolma,* fatalità. A proposito di ironia.

Mi scappa una risatina nello stesso momento in cui la porta si apre ed entra James, con gli occhi vuoti e tormentati.

"Cosa c'è di così divertente, bella ragazza?" mi domanda, venendo a sedersi accanto a me sul letto. Allunga una mano per accarezzarmi sotto gli occhi, e le mie viscere si sciolgono come burro alle sue parole e al suo tocco.

Sorrido. "Stavo solo pensando alla prima volta che mi sono risvegliata qui dentro, ricordi?"

Si avvicina e sfiora le mie labbra con le sue. "Ricordo ogni singolo momento tra di noi, tesoro."

"Beh... non trovi divertente che abbiamo parlato di rapitori gentili, e poi lo sei diventato e mi hai rifilato tutto l'*Hook* che c'è in te?"

Inarca un sopracciglio.

Scoppio di nuovo a ridere. "Giusto per dire." Alzo una mano. "È buffo se ci pensi."

Inclina la testa. "Stai bene?"

Sospiro e mi appoggio ai cuscini. "Sto bene. Sto solo cercando di trovare un po' di umorismo nell'inizio tutt'altro che ideale del nostro rapporto. Che storia da raccontare ai nostri nipoti, eh?"

I suoi occhi si accendono, e io mi rendo conto di quello che ho appena detto e mi tira il petto. "Non che io pensi che avremo dei figli, o che *loro* avranno dei figli. È solo una battuta, sul serio. So che siamo ancora agli inizi, anche se quello che voglio dire è che *tecnicamente* conviviamo, giusto?"

Gli si allarga un sorriso sulla faccia e si alza in piedi, prima di spogliarsi e arrampicarsi sul letto, sospeso sopra di me. "Non credo di averti mai sentita parlare a vanvera prima, tesoro."

Mi sdraio e il peso del suo corpo si adagia sul mio.

"Per la cronaca." Abbassa la testa, le punte dei suoi

capelli mi solleticano il collo mentre mi bacia la pelle. "Io ti darei il mondo. Devi soltanto chiedere. Vuoi dei bambini? Andata." Poggia le sue labbra sulla mia mascella. Il mio stomaco si contrae. "Vuoi restare qui e non lavorare mai più?" Un altro bacio, questa volta appena sotto il mio orecchio. " Andata."

Mi pulsa il sesso e il calore si diffonde nel mio corpo.

"Vuoi vedere il mondo bruciare?"

"Fammi indovinare, gli darai fuoco?" domando.

Ridacchia, e quel suono mi vibra dentro e va a depositarsi nelle mie ossa. "No, tesoro. Ti passerò il fiammifero e resterò alle tue spalle a guardarti diventare la regina delle ceneri."

Mi si mozza il respiro alle sue parole. Al reale senso di quello che sta dicendo. E *quello*, per quanto morboso possa sembrare, mi colpisce al centro del petto, facendo diffondere un calore a ogni battito del mio cuore.

Perché James mi vede come una sua pari. Come una persona degna di stare al suo fianco.

Le sue labbra incontrano le mie e io sprofondo nel bacio, mi abbandono completamente e scendo a patti col fatto che è questo che voglio.

Voglio tutte le parti profonde, oscure e leggermente folli di lui. Le scelgo una a una.

Io scelgo *lui*.

Tira su la mia maglietta troppo grande - un'altra delle sue che ho indossato - le sue dita affondano tra le mie gambe e geme quando incontra la pelle esposta. Riporto il suo viso sul mio, lo guardo dritto negli occhi e scruto le pagliuzze bianche che fendono il ceruleo. Mi sporgo e lo bacio.

Geme di nuovo e si spinge via i boxer, mentre le sue dita mi accarezzano fra le pieghe. "Avevo programmato una cena, ma sento di meritarmi un premio."

Il mio stomaco sussulta, nel mio corpo divampano calore, amore e *accettazione*.

Ho smesso di combatterli.

James potrà pure non essere un eroe, ma anche i

cattivi provano delle emozioni. E non si può decidere di chi innamorarsi.

Si afferra il membro e ne fa scorrere la punta su e giù lungo il mio ingresso, e il piacere serpeggia attraverso il mio sesso.

"Sei una così brava ragazza, pronta e in attesa di prenderti il mio cazzo," mi sussurra all'orecchio con voce roca.

Mi svolazzano le farfalle nello stomaco e mi risalgono nel petto, i miei fianchi si sollevano per costringerlo a entrare, nel *disperato* tentativo di sentirmi riempire da James nel modo in cui solo lui può fare.

"James, *ti prego,*" lo supplico.

Fa ruotare la punta del suo pene sui miei nervi sensibili finché non cominciano a tremarmi le gambe, e solo allora si sposta verso la mia apertura ed entra fino in fondo dentro di me. Si scosta all'indietro, i suoi fianchi si schiacciano contro i miei, e si strappa di dosso la maglietta intima, lasciando che il suo busto sfregiato aleggi su di me.

"Sei bellissimo." Trasalisco quando lui si tira fuori e spinge di nuovo dentro.

Fa un sorrisetto. "Trovi?"

"Sì." Sento il mio cuore gonfiarsi nel petto, e alzo una mano per sfiorargli la mascella. "Sei oscuro, e tenebroso, e misterioso. Ma bellissimo."

Si china e mi succhia nella sua bocca, mentre si muove a un ritmo costante e le mie pareti si contraggono intorno alla sua lunghezza come se il mio corpo lo volesse ancora più vicino. Come se avesse *bisogno* di sentirlo più in fondo. Le sue labbra si staccano, mi mette una mano intorno alla gola nel modo esatto che sa che amo.

"Tesoro, se io sono le tenebre, allora tu sei le stelle."

E poi stringe, interrompendomi l'afflusso di aria, e pochi istanti dopo mi si annebbia la vista. Le mie mani affondano nelle sue scapole, le unghie gli tagliano la pelle mentre mi abbandono al bruciore nei miei polmoni, il mio ventre si irrigidisce a ogni secondo che passo in cui mi avvicino al limite dell'incoscienza. Esplodo, vedo tutto nero, ho la mente sempre più confusa e le mie pareti si contraggono attorno alla sua erezione. L'euforia mi sfrigola sottopelle.

James mugugna nel mio orecchio, tenendo il suo ritmo focoso mentre io torno lentamente in me e i miei polmoni si espandono a ogni respiro.

"Vuoi il mio sperma, cucciola?" mi domanda.

Gemo. "Sì, *per piacere*."

"Mi piace quando supplichi." Si tira fuori e sale lungo il mio corpo finché non appoggia le ginocchia su entrambi i lati del mio petto. "Fai la brava ragazza e succhiamelo."

Il suo pene ondeggia davanti a me, brilla per i miei succhi e pulsa per il bisogno di liberarsi. Lo prendo tra le mani, lo sento palpitare sotto le mie dita e me lo tiro in bocca, gemendo al gusto della mia eccitazione sulla sua pelle.

Faccio ruotare la lingua intorno alla punta e rilasso la mascella mentre lui pompa coi fianchi e il suo membro va a sbattere contro la parte posteriore della mia gola. Mi si riempiono gli occhi di lacrime, ma faccio dei respiri profondi dal naso, mentre mi tiene stretti i capelli nei pugni. Ha la testa gettata all'indietro e la bocca leggermente socchiusa.

Vederlo in balia del piacere mi fa correre una scarica vertiginosa di potere nel corpo. Succhio forte mentre lui affonda, soffoco quando spinge oltre la parte posteriore della mia bocca e mi scivola in gola, la saliva mi gocciola dagli angoli delle labbra e mi cola lungo il viso. Mi bruciano gli occhi, le lacrime mi appannano la vista, e intanto il suo bacino sprofonda fino a quando non è premuto contro il mio viso.

"Eccola la mia ragazza," mi elogia. "Che si prende il mio cazzo in gola come una piccola puttana perfetta."

L'insulto mi squarcia la pancia, ma il modo in cui lo dice mi fa venire *voglia* di essere la sua puttana. Di essere sconcia e depravata solo per lui.

Sempre e soltanto per lui. E basta.

Di punto in bianco si tira fuori dalla mia bocca, e io boccheggio con la mascella dolorante. Se lo prende in mano e lo strofina, spingendo al contempo i fianchi contro il suo pugno. Lo osservo, il desiderio si accumula nel mio basso ventre, mentre i suoi muscoli si tendono e la vena nella parte inferiore della sua erezione pulsa fisicamente nel momento in cui dei densi schizzi di sperma sgorgano dalla sua punta. Mi si riversano su tutta la faccia, caldi e appiccicosi, gocciolano lungo la mia guancia e mi cadono sul petto.

James si lascia uscire un lungo gemito mentre dipinge la mia pelle con il suo piacere, e la vista di lui che si lascia andare sopra di me mi fa contrarre le viscere nella morsa del desiderio.

Il suo petto si alza e si abbassa mentre riprende fiato, allunga una mano per accarezzarmi i capelli e sfiorarmi il viso, sparpagliando il suo seme su tutta la mia pelle.

"Così brava per me," mi loda. "Così assolutamente perfetta."

Il mio petto si scalda, la soddisfazione mi ammanta come una coperta riscaldata in una notte d'inverno. Mi appoggio contro la sua mano. "James?"

"Sì, tesoro?"

"Penso di amarti."

42
JAMES

Mi ama. Ed è la prima persona, al di là di mia madre, ad aver mai detto quelle parole.

Non mi ero reso conto finora di quanto avessi bisogno di sentirle. Ma, invece di dirle che l'amo anch'io, l'ho baciata ardentemente e le ho dato cibo e rose, in modo da compensare il fatto che non sono riuscito a far passare quelle parole dalle mie labbra. Non che non le senta. Le provo. Ma non so proprio come *pronunciarle*. Ed è qui il problema.

Ma sebbene la paura stia prendendo a botte la mia anima, preoccupata che Wendy si rimangi le parole o che sia ancora convinta che la sto usando per qualche altro scopo, spingo tutto in fondo, perché quello a cui sto per prendere parte non ha nulla a che vedere con l'amore.

Osservo i tre uomini legati e imbavagliati, incatenati alle pareti nel seminterrato del Lagoon. Sono nudi, i loro patetici corpi tremano per colpa dei pavimenti di cemento umido e dell'aria condizionata che soffia attraverso le prese d'aria.

Mi avvicino a loro, il calpestio delle mie scarpe è l'unico rumore al di là dei loro lamenti. Fletto le dita dentro i miei guanti. Li guardo dall'alto e perlustro la loro pelle, alla ricerca di quel *marchio* leggendario.

E, quando lo trovo, mi pento di averlo visto.

È esattamente come lo ha descritto Tommy: un orologio da taschino d'oro con un coccodrillo avviluppato intorno al quadrante. La sola vista mi fa venire la *nausea*. Mi dà tanto di un affronto personale. Ma come è possibile che qualcuno lo sappia? D'altro canto, come è possibile che questa sia solo una coincidenza?

I gemelli si avvicinano ai tre uomini, gli tolgono i cappucci neri dalla testa e gli strappano il nastro adesivo dalle labbra. I loro occhi si spalancano quando vedono me, in mezzo alla stanza, intento a guardarli.

"Ciao, ragazzi." Sorrido. "Che deliziosi tatuaggi. Ditemi…" Piego la testa. "Dove ve li siete procurati?"

Nessuno di loro parla.

"Ah." Faccio schioccare la lingua. "Volete fare scena muta. Capisco." Mi pianto le mani sui fianchi e soffio fuori l'aria. "Beh, speravo di risolvere la questione con le buone, ma mi pare di capire che non funzionerà."

Uno di loro mi sputa ai piedi. "Va' a farti fottere, Hook."

Getto la testa all'indietro, verso il soffitto, e ridacchio. "Avanti, non c'è bisogno di essere scortesi." Sfilo l'uncino dalla tasca e me lo faccio ruotare nella mano. Mi giro e faccio un cenno ai gemelli, che raggiungono la parete più lontana e prendono tre secchi.

"Normalmente, mi diverte questo tipo di botta e risposta. Ma vedete, sono un po' contrariato, perché c'è qualcuno che sta cercando di guastare il mio buon umore. E mi è *giunta voce* che voi, signori potreste sapere di chi si tratta."

I secchi sbattono contro il pavimento quando i gemelli li posano accanto agli uomini.

Mi avvicino e mi accovaccio di fronte a quello che ha sputato, con una rabbia che distorce i miei lineamenti in un ampio ghigno. "Gemelli," dichiaro, senza staccare lo sguardo dall'uomo davanti a me. "Vi dispiacerebbe portarmi i nostri ospiti?"

"Eccoli, capo." Compare un quarto secchio, da dentro

il quale provengono dei suoni stridenti e degli squittii.

"Li senti?" Mi accosto il palmo della mano all'orecchio. "Sembrano *entusiasti*." Metto una mano nel secchio e tiro fuori un animaletto peloso, la cui coda frusta contro la manica del mio completo. Lo sollevo davanti alla mia faccia e fisso i suoi occhietti vispi. "Probabilmente è perché hanno molta fame." Il mio sguardo torna al patetico traditore incatenato al mio muro. "Dopotutto, i topi sanno sempre quando sono sull'orlo della morte."

Metto il primo roditore nel secchio accanto all'uomo, prima di prenderne un altro dal contenitore e ripetere il processo, finché non ce ne sono almeno sei a graffiare i bordi, tentando di scappare.

Appaiono i gemelli, che mi passano un lungo accendino prima di avanzare, raccattare il secchio e capovolgerlo per poggiarlo sottosopra sulla pancia dell'uomo. Si chinano e tengono gli avambracci poggiati sul bordo del secchio, per assicurarsi che non si sposti.

L'uomo si contorce – starà sentendo senza dubbio i topi che gli corrono sulla pelle.

"Ora," riprendo. "Ho intenzione di chiederlo ancora una volta con gentilezza. Chi vi ha fatto quel tatuaggio?"

Il corpo dell'uomo è scosso dal tremore, gli escono di bocca dei piagnucolii patetici, ma continua a non parlare.

"Molto bene. Avrei preferito che dimostrassi questo tipo di lealtà a *me*, ma lo rispetto lo stesso." Accendo la fiamma dell'accendino. "Sai cosa succede quando fai morire un topo di fame?" chiedo, sorridendo all'uomo penoso. "In genere non hanno bisogno di molto cibo. Ma, se glielo neghi abbastanza a lungo, scoprirai che diventano piuttosto *famelici*."

Il primo urlo fende l'aria poco dopo che ho puntato la fiamma sul fondo del secchio, riscaldandolo dall'esterno verso l'interno. Alzo la voce per sovrastare il fracasso. "Aggiungi un po' di calore e diventano scatenati per il bisogno di scappare." Sghignazzo. "Penso che scoprirai che hanno uno spiccato istinto di sopravvivenza. A un certo punto cominceranno anche a rosicchiare carne... e intestino... e ossa."

"Fermati!" sbraita. "Per favore! Dio! Era una do... donna!"

Tengo la fiamma accesa, la sete di sangue prende il sopravvento sul mio cervello finché il rosso non inizia a filtrare dagli angoli degli occhi e il mio cuore non pompa altro che *vendetta* contro tutti coloro che osano andare contro di me.

"So già che era una donna, imbecille. Dimmi qualcosa di utile prima che ti lasci divorare per intero."

Ma è troppo tardi, i suoi occhi roteano all'indietro nel cranio e perde i sensi mentre i topi banchettano sul suo corpo.

Sospiro, tolgo la fiamma e occhieggio gli altri due idioti incatenati. "Chi è il prossimo?" Sorrido, facendo ruotare l'accendino tra le mie dita.

"La donna," si precipita a dire uno di loro. "Lavorava al locale."

I miei movimenti si bloccano e le viscere si serrano in una morsa. "Quale locale?"

"Il tuo!" urla. "Il JR."

Faccio scrocchiare il collo ed emetto una lunga, sonora risata, con un'incredulità che mi scorre nelle vene. Perché non è possibile che quest'uomo stia dicendo quello che penso io; che la donna non sia Tina Belle, né un'estranea. Lo raggiungo in un battibaleno, gli abbranco la mascella con le dita e il mio coltello guizza in un lampo, squarciandogli la guancia.

"Ti prego," implora.

"Non mentirmi," gli ordino. "Stai insinuando che qualcuno ha approfittato della mia accoglienza?" chiedo, col fuoco che mi brilla dietro agli occhi. "Come si chiama?"

Il suo corpo trema sotto la mia presa, il singhiozzo e i singulti pesanti gli fanno sputacchiare le parole.

"Dimmelo!" tuono, premendo l'uncino più a fondo, e ora le gocce del suo sangue gli rigano il viso.

"Moira!" sbraita. "Si chiama Moira."

43

Wendy

"Wendy?"

Avverto un'ondata di sollievo quando sento la voce di Jon. Ero sotto la doccia, e quando sono uscita ho trovato una sua chiamata persa, così ho cominciato a bombardarlo finché non mi ha risposto. Non avevo voglia di fare altro, finché non mi avesse risposto.

"Jon, ciao!" rispondo trafelata dall'altro capo della linea. "Come stai?"

"Sto bene."

"Mi manchi così tanto, fratellino mio!" Mi si spezza la voce, mentre riaffiorano in superficie tutte le emozioni delle settimane passate. "Mi dispiace così tanto di non averti potuto fare una telefonata fino a adesso."

"Oh, ma non ti preoccupare. James mi ha detto che stavi poco bene."

Mi si blocca il respiro. "Ja… cosa?"

"Sì, ha detto che è per questo che si stava tenendo lui in contatto con me, piuttosto, per sentire come stessi. Ascolta, non mi servono davvero dei babysitter."

Il cuore mi esplode nel petto, la mia mente guizza alle parole di Jon; al loro significato.

"Quando..." Mi schiarisco la gola. "Quando hai parlato con James?"

"Quasi tutti i dannati giorni da quando sono qui,

Wendy. È questo che sto cercando di dire. È un po' prepotente."

"Ti telefona?" Mi viene un groppo in gola.

"Sì, non lo sapevi?"

Il mio petto si spalanca in due, le lacrime mi orlano il bordo inferiore degli occhi. Si è preoccupato di Jon anche mentre stava minacciando me. *Vuol dire che ha bluffato fin dall'inizio?*

"No, lo sapevo." Tiro su col naso. "Gli dirò di non insistere."

"Va bene, grazie. Ehi, sei a casa stasera?"

Corrugo la fronte e mi guardo intorno. "Sì, perché?"

"Papà ha detto che mi passa a prendere e di farti uno squillo per avvisarti."

Mi si aggrovigliano le budella quando mi rendo conto che sta parlando della villa. "Papà passa a prenderti?" ripeto, poiché credo di non aver sentito bene.

"Sì. Ha detto che ha qualcosa da dirci. Non lo so, ma non mi va di stare da solo con lui."

La mia lealtà si divide in due: voglio restare fedele a James - che so bene che non mi vorrebbe mai vicino a mio padre - ma allo stesso tempo voglio anche dare supporto a Jon. E anche se vorrei poter dire di no, aspettare che James torni a casa e far finta che mio padre non esista, so di non esserne in grado. Non se questo mi dà la possibilità di vedere mio fratello. "Va bene. Vado subito."

"Fantastico."

"Fantastico," ripeto, sorridendo mentre riaggancio.

Mi sento una sorta di ebbrezza addosso per la smania di rivederlo, anche se il senso di colpa mi fascia il petto, sapendo già che James odierà che io stia lì. Ma mi auguro che sarà in grado di vedere le cose dal mio punto di vista.

Mi sono sentita giù di corda per tutta la mattina. Ho detto a James che *lo amo* e lui non ce l'ha fatta a dirmelo di rimando. Non che me lo aspettassi, ma comunque, quando metti a nudo le tue emozioni, ti fa male se non vengono ricambiate. D'altra parte, le sue continue premure nei confronti di Jon, pur mentre a me stava raccontando una storia completamente diversa, significano più di quanto qualsiasi parola riuscirebbe mai a fare. Cerco il numero di James sul mio cellulare e lo chiamo, col cuore gonfio di gratitudine per il suo gesto. Voglio che sappia che *lo so*, e voglio anche avvertirlo sui miei spostamenti. Non farà salti di gioia, ma ha promesso di non controllare la mia vita.

Non sono più un ostaggio e non lascerò che sia lui a dirmi chi posso e non posso vedere.

Il suo telefono squilla e squilla, ma non risponde. Mi acciglio, mentre cerco di dissipare il disagio che mi gocciola nelle viscere. Gli lascio un messaggio in segreteria e poi gliene invio uno di testo, per ogni evenienza, prima di lasciarmi uscire un lungo sospiro per spazzare via l'ansia.

Un'ora dopo, sto svoltando con l'Audi di James sul vialetto privato della villa e mi fermo davanti ai cancelli.

Aggrotto la fronte alla vista di tutte le abbondanti novità sul sistema di sorveglianza che delimita il perimetro. Ci sono quattro uomini appostati all'esterno, uno dei quali si avvicina al mio finestrino e bussa sul vetro.

Abbasso il finestrino, avvolta in una spirale di smarrimento. "Ehm... Salve. Sono Wendy."

Inarca le sopracciglia.

"Sai, la figlia di Peter?" specifico. "Suppongo mi stia aspettando."

L'uomo non parla, annuisce e si allontana, sussurrando all'orecchio di un altro prima che aprano i cancelli e mi facciano passare.

Che diavolo succede?

Sento i miei nervi scoppiettare e sfrigolare a fior di pelle, come formiche che mi scorrazzano nelle vene. Sono così disgustata da mio padre che riesco a malapena a vedere nitidamente. Non che io sia una custode della moralità: dopotutto, sono innamorata di un uomo la cui morale è, nel migliore dei casi, gravemente lacunosa. Ma almeno James riconosce ciò che è. Mio padre, invece, inscena uno spettacolo e prende in giro le masse.

Prende in giro *me*.

Parcheggio la macchina e percorro il viale di mattoni, prima di aprire la porta d'ingresso ed entrare. C'è un silenzio insolito che mi stringe lo stomaco per la tensione.

"Jonathan? Papà?" La mia voce riecheggia dagli alti soffitti dell'atrio d'ingresso, ma non risponde nessuno.

Strano.

Entro nel soggiorno di rappresentanza e tiro fuori il cellulare per richiamare Jon.

"Sei venuta."

Resto scioccata al suono della voce e mi giro. Mi vola il telefono dall'altro lato della stanza e si spacca quando cade per terra. Mi porto di scatto la mano al petto, col cuore che mi martella sotto il palmo. "Gesù, Tina. Mi hai spaventata."

Tina sorride e avanza nel salone finché non è che a pochi passi da me. "Scusa."

"Dov'è papà?" le domando, guardandomi intorno. "È andato a prendere Jon?"

Ha gli occhi leggermente sfocati, le pupille rotonde e dilatate, mentre mi sfodera un ghigno.

"Tina." Le sventolo una mano davanti alla faccia.

Fa un movimento brusco, uscendo dalla sua trance. "Che?"

"Mio padre è qui?" Mi risale un formicolio allarmato lungo la spina dorsale mentre la esamino - c'è qualcosa che non va in tutto questo incontro. All'improvviso mi pento di non aver aspettato che James rientrasse a casa, così almeno avrebbe potuto tentare di dissuadermi dal venire.

C'è qualcosa che suona *sbagliato* qui.

"Mmmmm… no." Fa una risata. "Però mi ha detto di aspettarti."

Inclino la testa, i battiti del mio cuore mi rintoccano nelle orecchie, i miei occhi passano al setaccio tutto quello che mi circonda. "Okay."

Mi viene incontro e inciampa prima di riprendere l'equilibrio.

"Ti senti bene?" *È ubriaca?*

"Sto bene. Tuo padre ha un nuovo socio in affari. Nuovo di zecca, in realtà, e io ho fatto da tester per assicurarmi che il prodotto fosse impeccabile." Si picchietta il naso.

Strabuzzo gli occhi e mi sento sprofondare lo stomaco sotto i piedi. "Sei *drogata*?"

"Solo un po' di polvere di fata." Lei sorride. "A Pete non piace toccare quella roba, ma qualcuno deve pur assicurarsi che non lo stiano fregando." Mi rivolge un'occhiata torva. "E non c'è nessuno di cui tuo padre si fidi più della sottoscritta."

Lancia la sua frecciatina e colpisce nel segno, ma non mi squarcia come avrebbe fatto un tempo. Mi punzecchia e basta: una specie di dolore fantasma per ciò che avrebbe potuto essere.

Non che avrei *mai* accettato di assumere droghe a beneficio dei suoi affari.

Le lancio un'occhiata sprezzante. "Sei disgustosa. Come puoi avallare quello che fa?"

Tina sbuffa divertita. "Questa è bella! Dimmi un po', ti chiedi la stessa cosa mentre ti lasci spaccare in due dal cazzo di Hook?"

Mi sale una vampata di calore alle guance e digrigno i denti. "Non sono affari tuoi."

Continua a fissarmi, e il sorriso le svanisce dal volto. "Aaah, che palle. Mi è stato detto di non farti del male."

Mi si rizzano i peli e il mio corpo scatta in allarme alle sue parole. Indietreggio un passo alla volta, non volendo fare movimenti bruschi. "Chi te lo ha detto?"

"*Tutti.*" Mi guarda in cagnesco, facendo un passo verso di me. "Wendy *questo* e Wendy *quello. 'Non farle del male, Tina.'* 'Ci serve, *Tina.' 'È mia figlia, Tina.'*"

Vado a sbattere con la schiena contro il muro, il tavolo accanto a me trema per il tonfo, l'ansia mi brulica nelle viscere mentre Tina continua a venirmi incontro, con gli occhi stretti in due fessure. "Hai idea di quanto sia estenuante arrivare sempre al secondo posto?"

Scuoto la testa, mettendo le mani davanti a me, mentre il mio sguardo cade sul cellulare dall'altra parte della stanza. "Non ho mai chiesto io di essere messa al primo posto."

"Bugiarda!" urla. La sua mano schizza all'infuori e mi schiaffeggia in faccia, la mia testa guizza da un lato e sento la guancia che mi brucia. Digrigno i denti, cercando disperatamente di mantenere la calma. Sbatto le palpebre lentamente, inspiro e, quando riapro gli occhi, mi rendo conto di quanto abbia sbagliato a chiuderli del tutto.

Perché Tina è proprio di fronte a me, con un vaso di vetro azzurro in mano, sollevato in aria. Alzo le braccia nel tentativo di fermarla, ma lei è più veloce e me lo schianta in testa. Cado a terra, con delle fitte roventi che mi trapassano il cranio. Me lo scaglia di nuovo addosso, e diventa tutto nero.

44

JAMES

Il mio ufficio è distrutto.

Lancio un'occhiata a Curly, Starkey e i gemelli che mi stanno guardando camminare avanti e indietro per la stanza. Sono abbastanza svegli da sapere che non c'è nulla da dire per placare la rabbia che mi sta scatenando questo caos nelle viscere. Nello specifico, ho convocato Curly perché so che lui e Moira sono in confidenza.

Moira.

Incredibile.

Mi giro e indico Curly con un dito tremante. "Tu lo sapevi?"

Gli si dilatano le narici e gli scrocchiano le dita quando pianta il pugno nell'altra mano. "Diavolo, no, Hook. Non le avrei mai permesso di farla franca per una cosa del genere."

Annuisco, appoggio i palmi delle mani sul bordo della scrivania e lo stringo in una morsa così forte che mi si sbiancano le nocche. "Portatela da me."

"Non so se..."

Il mio braccio spazza via tutto quello che c'è sulla scrivania e lo fa cadere a terra, i cavi si strappano dalle prese e le penne rotolano sul legno. "Portatela da me. *Adesso.*"

Curly annuisce, tira fuori il cellulare e fa per uscire.

Ma non ha bisogno di andare da nessuna parte, perché, quando apre la porta, Moira è sull'uscio, dall'altra parte. "Ciao, ragazzi."

Alzo la testa di scatto, una rabbia repressa mi straccia i muscoli e mi sanguina dalle ossa. "Moira," mormoro suadente. "Che bell'idea hai avuto a presentarti qui." Faccio il giro intorno alla scrivania e serro il manico del mio coltello con un tale vigore da ammaccarlo.

Moira entra in ufficio e mi viene incontro a metà strada, con un sorriso sulla faccia. Le scosto i capelli dal lato del collo e le lascio il dorso della mano appoggiato sulla guancia. "Dimmi, dolcezza, pensavi davvero che l'avresti fatta franca? O hai solo voglia di morire?"

Mi guarda dritto negli occhi e sorride. "Sono ancora convinta di farla franca. *James*."

Il dorso della mia mano impatta sulla sua guancia con uno schiocco secco, e il suo corpo cade sul pavimento. Mi si allargano le narici quando incombo su di lei e le pianto il tacco della mia scarpa nella schiena. Mi appoggio di peso e mi godo il modo in cui si lagna sotto di me. Mi cade lo sguardo su quel disgustoso tatuaggio di un coccodrillo che le decora la nuca, e mi balena in mente un ricordo.

"Scusa, tatuaggio nuovo. Fa ancora un po' male."

Scuoto la testa e rido della mia stessa stupidità. Mi allungo verso il basso, la capovolgo e la blocco tenendole un avambraccio sul petto. "Ah, quanti ricordi di te sotto di me come la lurida puttana che sei sempre stata."

Sbatte le mani sul pavimento ed emette un urlo stridulo. "*Vaffanculo*, Hook! È esattamente per questo che ti ho voltato le spalle. Tratti di merda le persone."

"Risparmiami le sceneggiate. Tratto di merda *te* perché non sei mai valsa più di quello." Premo il mio uncino contro la sua giugulare. "Dimmi quello che voglio sapere."

"Preferirei morire," sibila.

Sorrido. "Oh, sta' pur certa che lo farai." Mi chino e le sussurro all'orecchio. "Hai fatto un errore a scegliere

Peter."

Increspa le sopracciglia prima di scoppiare a ridere, sbattendo la testa contro il pavimento finché non le sgorgano le lacrime agli angoli degli occhi. "Oh, mio *Dio*, non lo sai nemmeno, non è vero?"

Digrigno i denti, sposto la mano libera e le afferro i capelli, prima di sollevarle la testa e di sbattergliela di nuovo a terra. Grida quando le spingo la faccia contro il pavimento e le porto di nuovo il coltello alla gola. "Continua a parlare per enigmi e ti taglio le labbra."

Fa una smorfia. "Io non conosco questo Peter, okay? Il *mio* uomo è Croc." Spinge il collo contro il filo della mia lama. "E sta venendo a prendersi la tua testa."

Tolgo la lama, la rimpiazzo con le dita e stringo fino a che non sento la sua trachea proprio nel palmo della mia mano. Tossisce e le si gonfiano gli occhi per la pressione. "Tu non... non vuoi farlo," ansima.

"Ti posso giurare che lo voglio."

"Lui ha la tua *preziosa* Wendy. E io so dov'è."

Prima di questo momento, sono sempre stato convinto di aver conosciuto la paura. Avevo sempre pensato che guardare mio zio in faccia e sentire i ticchettii dell'orologio mentre chiudeva a chiave la porta della mia camera da letto fossero la quintessenza di quella parola.

Mi sbagliavo.

Perché in realtà non ho mai sperimentato la morsa gelida del vero terrore, come quella nel momento in cui il nome di Wendy è passato sulle labbra di Moira.

Le scaglio l'estremità acuminata del mio uncino sulla testa prima che possa aprire bocca di nuovo, e la mando al tappeto. Lascio cadere il suo corpo a terra, corro a cercare il mio telefono e apro l'app con il localizzatore

GPS installato nella sua collana, augurandomi con tutto me stesso che ce l'abbia ancora addosso.

Ce l'ha.

Ed è al Covo dei Cannibali.

Ma se non è Peter, allora perché sono lì?

Non appena ho la sua posizione esatta, sono già fuori dalla porta, con Starkey e i gemelli al mio seguito, mentre Curly è rimasto in ufficio. Aspetta la mia telefonata. Una volta che mi sarò assicurato che Wendy è davvero lì, dovrà piantare una pallottola nella testa di Moira.

Vorrei prolungare la sua tortura, ma l'incolumità di Wendy è della massima importanza, e non mi va di lasciare questioni in sospeso.

Per arrivare al Covo dei Cannibali ci metto la metà del tempo che mi occorre di solito, il mio piede è come piombo sul pedale, la mia mente vortica in mille direzioni diverse.

Sono stato così stupido a pensare che i miei nemici non me l'avrebbero portata via.

Che *Peter* non avrebbe usato sua figlia. L'ho sottovalutato per l'ennesima volta.

I ragazzi sono relativamente silenziosi in macchina, Starkey è seduto al posto del passeggero con una pistola in grembo e i gemelli stanno parlottando a bassa voce fra loro sul retro. E dentro di me sto infuriando, la mia mente prega un dio che mi ha già condannato all'inferno - sto barattando la mia anima, purché tenga Wendy al sicuro.

Deve essere al sicuro.

Appena raggiungiamo l'ingresso della grotta, metto la macchina a folle. "Okay." Sospiro, mi infilo i guanti e controllo il caricatore della mia pistola. "Siete pronti, ragazzi?" Sogghigno. "È giunto il momento della resa dei conti." Non aspetto che mi seguano, poiché già so che mi copriranno le spalle. Mi concentro solo sul trovare Wendy, portarla in salvo e poi uccidere chiunque abbia pensato di poterla usare contro di me. Sono sorpreso quando mi rendo conto che in questo momento non è nemmeno la vendetta ad avere importanza per me, non a costo della vita di Wendy.

Entro nell'ingresso della grotta, attraverso lo stretto corridoio roccioso e sbuco nell'ampia caverna. Mi blocco quando vedo Wendy, priva di sensi, legata a una sedia e con del sangue rappreso su un lato del viso.

Mi cade il cuore per terra, il fuoco decima le mie viscere a quella vista.

Li *brucerò* tutti quanti.

"Hook, sono contento che tu ce l'abbia fatta a passare!"

Ho i crampi al petto alla voce di Peter. Ho nutrito la speranza fino all'ultimo che, in realtà, non fosse il padre di Wendy disposto a tali estremi solo per arrivare a me.

"Peter." Mi metto le mani in tasca. "Buffo vederti qui a fare, per l'ennesima volta, la figura di un padre disastroso."

Ridacchia, mentre guarda sua figlia. "Sì, beh, a volte bisogna fare qualche sacrificio."

Inclino la testa. "Faresti del male alla tua stessa figlia?"

I suoi occhi si scuriscono. "Non avrebbe dovuto ferirla. Tina si è lasciata un po' prendere la mano."

"Mm." Lancio un'altra occhiata a Wendy, mi focalizzo sui movimenti regolari del suo petto e il sollievo nel vederla respirare mi permette di concentrarmi di nuovo su Peter. "Forse devi tenere meglio a freno la tua puttana."

Si passa una mano sulla bocca, facendo spallucce. "Probabilmente hai ragione. Ma che ci vuoi fare? Le donne."

Sbuffo. "Sono stanco di giocare a questi giochi, Peter. Dimmi perché mi hai attirato fin qui." Sollevo le braccia ai lati. "Immagino fosse tutto finalizzato a questo."

"Non è stato lui."

Da dietro di me proviene un'altra voce, e mi si gela il sangue tanto mi suona familiare.

Non è possibile.

Resisto all'impulso di girarmi, non volendo voltare le

spalle a Wendy nemmeno per un momento. Ma, in poco tempo, è lui a spostarsi per mettersi di fronte a me.

Ha un aspetto diverso dal solito. I capelli sono pettinati all'indietro, un completo nero avvolge alla perfezione la sua figura. Sembra *me.*

Un sorriso increspa i lineamenti giovanili del suo viso. "Ciao, capo."

Apro la bocca e soffio fuori l'aria, il tradimento scende nel profondo del mio petto e ne spacca la cavità. "Smee."

"Sorpresa!" Fa una risatina, girando su sé stesso. "Wow, questo è *molto* più di quanto sperassi." Si poggia una mano sul petto. "Mi perdonerai, naturalmente, per il mio entusiasmo. Aspettavo questo momento da tanto tempo."

Mi ribolle lo stomaco, rabbia e dolore si mescolano insieme fino a quando non mi si annebbia la vista. I miei occhi guizzano verso Wendy, alle spalle di lui. Sta riprendendo i sensi, e ora sta scuotendo la testa avanti e indietro e dimena il corpo contro i suoi vincoli. Sento un'ondata di sollievo.

Bene. Buon segno.

Smee mi fa schioccare le dita davanti alla faccia. "Presta. Attenzione. A. *Me.*"

Sorrido a denti stretti, mentre infilo la mano in tasca ed estraggo la lama, prima di farmela ruotare lentamente tra le dita. "Sai," comincio. "Non riesco a credere, dopo tutti questi anni, di trovarti qui." Mi avvicino a lui. "A tradirmi."

Socchiude gli occhi. "Hai ragione. Siamo stati insieme per anni. E ogni giorno è stata una tortura sapere chi fossi e non ucciderti nel sonno," sibila, con un ghigno che gli deturpa il viso.

Mi premo una mano sul petto e lascio sporgere il labbro inferiore. "Fa male, Smee. Pensavo fossimo amici."

Ride. "Oh, siamo più che amici, James Andrew Barrie."

Mi si torchiano i polmoni all'uso del mio nome

intero.

"Siamo cugini."

45

JAMES

Mi si congela il respiro nei polmoni, e il cuore che mi sta sbattendo nel petto perde qualche colpo.

Se siamo cugini significa che è il figlio di mio zio.

Ma mio zio non aveva figli.

"Impossibile," ribatto.

"*Improbabile*. Ma è la verità". Smee scuote la testa. "Ero lì la sera in cui hai ucciso mio padre."

Inarco le sopracciglia e sono travolto dalla sorpresa quando ripenso alla sera in cui ho tolto la vita a mio zio. Ero piuttosto fuori di me, quindi suppongo non sia implausibile che qualcuno stesse guardando.

Sposto l'attenzione fra Smee e Wendy che si sta guardando intorno e sta agitando le braccia come se stesse cercando di liberarsi dai vincoli. Peter è in un angolo, ma i suoi occhi sono fissi su di me, il suo viso contratto in una smorfia e uno sguardo duro.

"Lo rincontrerai abbastanza presto," rispondo. Faccio un balzo in avanti e la mia lama è alla sua gola in pochi secondi. "È stato molto stupido da parte tua portarmi qui, pensando che ne saresti uscito vivo."

Ride, e il suo pomo d'Adamo preme contro il bordo uncinato. "Hai sempre sopravvalutato la tua importanza. È ciò che ha reso così facile entrare nella tua vita – ho finto di essere un senzatetto seduto accanto al locale in cui lavori." Sorride. "È anche il motivo per cui è stato così semplice convincere le persone a lavorare per me."

Il mio coltello preme più a fondo nella sua pelle. "La mia gente è leale nei miei confronti."

"La tua gente ha *paura* di te." Gli brillano gli occhi. "Ma io non sono andato appresso a loro. Ho trovato quelli che avevano subito un torto da te. E quando ho detto loro che ti avrei assicurato alla giustizia, che avrei preso io il controllo e li avrei trattati bene... beh." Sorride. "Dopo è stato un gioco da ragazzi."

"È un peccato," mormoro. "Ho cercato così tanto di tenerti lontano da questa vita." Un dolore sordo mi palpita nelle viscere. "Non sarò felice di ucciderti."

"Io non lo ucciderei affatto, se fossi in te." Una vampata mi scorre nel sangue quando i miei occhi incontrano Starkey. Ha delle chiazze rosse che gli imbrattano la maglietta e un livido che si sta gonfiando su un lato del viso – presumo per opera dei gemelli. Direi che mi sento tradito, ma la verità è che, per quanto riguarda Starkey, avrei dovuto saperlo.

Tuttavia, niente di tutto questo ha importanza, perché in questo momento non riesco a concentrarmi su altro oltre al fatto che sta tenendo la pistola puntata contro la tempia di Wendy, con il dito sospeso e pronto sul grilletto. La studio da cima a fondo, facendo correre lo sguardo su tutto il suo corpo per capire se sia stata ferita di nuovo. Ma mi sembra a posto. Ha la mascella contratta e gli occhi fissi su suo padre.

"Sammy." Peter si raddrizza dalla parete della caverna a cui era appoggiato e tira fuori la propria pistola dalla cintola. "Questo *non* faceva parte del piano."

La testa di Smee ruota, ancora premuta contro il mio coltello. "I piani cambiano, Peter. Te l'avevo detto che l'unico modo per piegare James era quello di mettere lei in pericolo. Conoscevi i rischi e hai dato il tuo consenso."

Gli occhi di Wendy si spalancano, la sua bocca si apre in un sussulto. "Tu *cosa*?"

"Ehi, tesoro," intervengo io, spostando lo sguardo su

Starkey. "È un piacere immenso sentirti parlare. Stai bene?"

I suoi occhi si addolciscono. "Intendi dire a parte la pistola puntata alla testa?"

Faccio un sorrisetto e il corpo di Starkey si irrigidisce. Abbassa la canna della pistola e la preme sotto la mandibola di Wendy. "Questo *non* è un cazzo di scherzo," borbotta. "Lascia andare Croc."

Wendy fa una smorfia quando Starkey le preme la pistola sotto il mento, e io avverto un moto di terrore nelle budella.

La vedo spalancare gli occhi, prima di inchiodarli nei miei. "James. *No.*"

Starkey scatta, le apre la mascella con un gesto brusco e le infila la pistola in bocca.

La rabbia mi logora e un terrore che non ho mai conosciuto prima la segue a ruota. Perché, anche se impazzirei all'idea di scuoiare vivo Starkey e spezzargli ogni singolo osso per aver anche solo pensato di poterle mettere *un dito addosso*, sono a metà della caverna.

E non sono disposto a mettere la vita di Wendy a rischio, nella remota ipotesi che lui stia bluffando – visto che, sotto sotto, so che non è così.

Mi passo la lingua sulle labbra, stringo le dita attorno al manico e faccio un passo indietro, alzando entrambe le mani in aria e lasciando cadere il coltello a terra.

Smee sogghigna e si precipita immediatamente a raccoglierlo. Se lo gira un paio di volte tra le mani e ne studia intrigato ogni singolo dettaglio. Torna a guardare me e punta l'estremità della lama nella mia direzione. "Qualche altra arma di cui dovrei essere a conoscenza?" Si lancia un'occhiata alle spalle, verso il punto in cui si trova Wendy, che ha le guance bagnate e la pistola di Starkey ancora infilata in bocca. Allungo una mano dietro la schiena, estraggo la pistola e faccio cadere a terra anche quella.

Ridacchiando, Smee si gira verso Peter e batte le mani. "Che cosa ti ho detto, Pete? Il ragazzo è *innamorato.*" Sospira e riporta lo sguardo su di me, mentre infila una mano in tasca e tira fuori qualcosa di bombato, coperto da un panno. Inizia a srotolare il tessuto adagio. "Volevo smorzare il rumore." Fa l'occhiolino. "Per creare un effetto drammatico."

Il panno cade sul pavimento e, con esso, anche il mio cervello.

Tic-tac.

Tic-tac.

Tic-tac.

Stringo i pugni lungo i fianchi.

Smee alza un orologio da taschino di vetro, con un sorriso sulla faccia talmente ampio da sfiorargli le orecchie. "Ti piace il mio nuovo giocattolo? È rumoroso *quasi* quanto quello che mi hai fatto buttare a mare l'altro giorno." Ridacchia, scuotendo la testa.

I miei polmoni si comprimono al rumore, mi guizzano davanti i flash di stivali di coccodrillo e gli scatti di porte chiuse a chiave che mi squarciano il petto. I miei vecchi ricordi vengono scorticati e si aprono nuove ferite.

Smee mi viene incontro finché le punte delle sue scarpe non toccano le mie, solleva l'orologio e me lo preme contro l'orecchio. "Sai quanto è difficile trovare un orologio che emetta un reale *ticchettio*? Quello che avevo era speciale. Era proprio come quello di mio padre." Si acciglia. "Ma dovevo assicurarmi che ciò che Starkey mi ha detto fosse vero."

Mi porto le mani alla testa, cercando di attutire il rumore, le terminazioni nervose mi graffiano la pelle come mille insetti che stanno tentando disperatamente di scappare. La mia visione comincia a colorarsi di rosso, l'annebbiamento si porta dietro rabbia e vergogna – un mix esplosivo che vive costantemente dentro di me. Spingo le mani in avanti, afferro la maglietta di Smee, appallottolo il tessuto e lo sollevo finché i suoi piedi non si staccano quasi da terra.

"Ah, ah, ah!" mi ammonisce. "Se tu mi fai del male,

lui la ucciderà."

Mollo immediatamente la presa, col cuore che mi martella contro le costole mentre combatto i pensieri maniacali. Per un attimo prendo in considerazione di strappargli il mio coltello dalla mano e tentare di tagliarmi le orecchie: qualsiasi cosa pur di fermare questo supplizio.

Allontana la mano e il *ticchettio* diventa leggermente meno intenso, ma poi il suo braccio ritorna e il quadrante di vetro si schianta sulla mia guancia, il mio corpo sbatte a terra e una fitta dolorosa si diffonde dal mio zigomo. Si accovaccia, facendosi penzolare il mio uncino tra le ginocchia. "Ero lì la sera in cui hai ucciso mio padre," sussurra. "Ti ho guardato, dall'altro lato della finestra, brandire *questo stesso* coltello." Lo solleva fino all'altezza del mio viso, prima di farlo scendere lungo il mio corpo e di conficcarmelo nel fianco, *in profondità*. "E ti ho visto farlo morire dissanguato sul pavimento."

Un dolore lancinante mi attraversa il busto quando lui ruota il manico, e digrigno i denti per resistere al bruciore.

"Te ne penti?" mi chiede.

Ho la faccia premuta sul terriccio, ma giro la testa quel tanto che basta perché lui possa vedere il mio ghigno. "Lo ucciderei mille volte e ti costringerei ad assistere a tutte quante."

Estrae il coltello dal mio fianco, il sangue sgorga dalla ferita e mi inzuppa la camicia, e mi sento la pelle viscida.

"Lui avrebbe dovuto essere mio," mormora. "Aveva *promesso* che mi avrebbe accolto non appena te ne fossi andato tu. Stava per mandarti via, ma poi, di punto in bianco, ha cambiato idea." Spinge il bordo smussato del manico contro la mia guancia. "E così ho aspettato... per ben *tre anni* che tu compissi diciotto anni, e tu hai rovinato tutto."

Mi si riempie la bocca del sapore ramato del sangue e lo sputo per terra, prima di tirarmi su a sedere, anche se mi gira la testa per il movimento repentino. Mi appoggio alla parete e premo subito la mano contro il fianco per cercare di fermare l'emorragia. "Ti ho fatto un favore."

"Tu mi hai portato via *tutto*!" strilla. "Quindi, io porterò via tutto a te."

Anche se sono certo che le sue parole volessero solo instillare paura, in realtà quello che generano è una presa di coscienza. Perché anche io ho pensato alla stessa identica frase. Me la sono prefigurata in un migliaio di scenari diversi, tutte le volte che ho immaginato di pronunciare le mie ultime parole a Peter. Mi risale una risata in gola e il fianco mi fa ancora più male – anche se non è niente in confronto alla devastante verità che Smee è identico a me.

Mentre, per lui, io sono proprio come Peter.

"Vuoi la mia vita?" Tossisco, il sangue mi gorgoglia in fondo alla gola. "Sarebbe bastato chiedere. È tua."

Le sopracciglia di Smee si increspano. "Non mi basta." Si avvicina a me, chinandosi finché il suo viso non è proprio di fronte al mio. "Voglio vedere la tua espressione mentre uccido l'unica persona che potrebbe mai mostrarti amore."

Sta parlando di Wendy. *Certo,* riguarda lei. Perché la vita è un cerchio, ed è calzante che lui tolga a me ciò che io avrei voluto togliere a Peter.

Bum! Bum!

Il cuore mi sbatte nel petto quando risuonano gli spari e mi si contorce lo stomaco mentre sposto lo sguardo terrorizzato su Wendy.

No. Non lei. *Chiunque* tranne lei.

Il sollievo mi inonda le vene quando mi accorgo che sta bene, non ha più la pistola in bocca e sta fissando con gli occhi sbarrati la sagoma accartocciata di Starkey, ora senza vita ai suoi piedi.

Un altro scoppio risuona nell'aria, Peter si fa avanti e spara un proiettile a Smee dietro la testa, e anche lui si accascia a terra.

Non provo soddisfazione per la sua morte. Capisco

fin troppo bene la rabbia che ti divora mentre cerchi la tua vendetta. Il modo in cui ti si insinua nei pori e avvelena il tuo sangue finché non riesci a pensare ad altro che a prenderti la tua rivincita. Spero solo che nella morte trovi la pace.

"Deficienti," bofonchia Peter, avvicinandosi a Wendy e slegandola. "Tina, adesso puoi venire fuori."

Tina si alza alle spalle di una grande roccia dietro cui era rannicchiata ed è rimasta *nascosta* per tutto il tempo. Faccio una smorfia mentre mi alzo in piedi, con la mano premuta contro il fianco e un bruciore che si irradia in tutto il mio busto. Barcollo, tanto è forte il mio giramento di testa, ma faccio dei respiri profondi e cerco di mantenere la lucidità.

"Ti chiami James Barrie?" mi chiede Peter, piegando la testa da un lato.

"Sì," rispondo.

Ho immaginato questo momento per anni – la faccia che avrebbe fatto Peter quando si fosse reso conto di chi sono. Ora, però, mi sento solo vuoto. Impongo ai miei piedi di muoversi per raggiungere il mio uncino, grugnisco per il dolore mentre mi chino per raccoglierlo e un fiotto di sangue fresco mi sgorga dalla ferita e filtra nel tessuto della mia maglietta. Non so quanto sia profondo lo squarcio, ma il mio corpo si sta raffreddando e di sicuro sto perdendo più sangue di quanto chiunque considererebbe una quantità ragionevole.

"Sei proprio uguale a tuo padre," continua Peter. "E tuo fratello ti assomiglia."

46

Wendy

Quanti parenti segreti ha James?

Mi bruciano i polsi nei punti attorno a cui era legata la corda. Apro e chiudo le dita, ignorando le pulsazioni dolorose nella testa e il sangue secco che mi tira la pelle del viso.

Mi sono risvegliata nella confusione, con una pistola puntata alla tempia e Smee che minacciava la vita di James. Ho perfino dei tagli su un polso laddove l'ho strattonato contro la corda e, onestamente, non mi sono mai sentita così impotente come quando ho visto James cadere in ginocchio, vittima del suo trauma.

Se mio padre non avesse ucciso Smee, l'avrei fatto io.

La furia mi sommerge come lava rovente per il modo in cui mio padre mi ha ingannata. Ha usato mio fratello per portarmi qui e ho permesso a Tina di maltrattarmi e legarmi.

Questo non è amore.

James fa una risata, ma socchiude gli occhi mentre si piega in avanti. La preoccupazione mi stringe forte il petto, mentre mi domando quanto grave sia la sua ferita.

"Mi stai prendendo in giro," sibila. "Un cugino *e* un fratello? Dev'essere il mio giorno fortunato."

I miei occhi volano su Tina, che si sta sempre più avvicinando al punto in cui mi trovo io.

Mio padre si batte la pistola sulla gamba, con una postura rigida e gli occhi duri come l'acciaio. Se me l'aveste chiesto un mese fa, avrei detto che non era possibile che mio padre possedesse armi. E invece eccolo qui, un gangster in piena regola.

"*Magari* stessi scherzando," ribatte mio padre.

James scuote la testa, inciampa e perde la presa sul coltello. Il mio stomaco precipita a terra e faccio per andare da lui, ma vengo strattonata all'indietro per i capelli, stretti nella morsa di Tina. "Io non penso."

Pondero per un istante se lottare contro la sua presa, ma non ho voglia di staccare gli occhi da James, temendo che, se lo facessi, accadrebbe qualcosa di terribile. Il panico mi si diffonde nelle vene.

Mio padre si fa avanti, allontana il coltello con un calcio e si piazza davanti a James, prima di premergli la pistola in fronte finché non cade in ginocchio.

"Papà," lo supplico, col cuore che mi picchia contro il petto. "Fermati."

Mi lancia un'occhiata. "Tu non noti la somiglianza, Wendy?"

"Somiglianza con *chi*?"

Tina mi tira i capelli, facendomi sussultare.

"Con Jon!" sbotta. "Il figlio bastardo di tua madre e del mio vecchio socio in affari, *Arthur*."

Mi sfugge un singulto dalle labbra, lo shock mi prende a pugni nello stomaco. "Che cosa? No, la mamma non avrebbe mai..."

"Per favore, Wendy." Mio padre scoppia a ridere. "Sei sempre la solita ingenua."

La bocca di James si schiude, il suo viso perde ogni colorito. "Jonathan è... mio fratello?"

"Tecnicamente, per metà." Mio padre si accovaccia, prende due dita e le pianta nel fianco di James. "Pensavo fossi morto assieme a loro."

James si raggomitola, gemendo per il dolore, con la faccia contratta.

Mi si rivolta lo stomaco mentre cerco di tirare fuori

delle parole concitate. "Papà, *ti prego,*" lo supplico. "Se mi hai mai voluto bene, fermati." Mi brucia il petto, e Tina sghignazza dietro di me. "Non hai già fatto abbastanza?" ansimo, mentre le lacrime calde mi scendono sul viso.

Mio padre si ferma, sfila le dita insanguinate e si raddrizza. Si gira verso di me e il suo sguardo si intenerisce. "Io ti voglio bene, Piccola Ombra. Ma non posso lasciare quest'uomo in vita. Ha *dato fuoco* a tutti i miei aerei. Ha respinto la mia offerta di fare affari con loro. Mi ha sputato in faccia e se n'è andato in giro con mia figlia sottobraccio come se fosse una puttana da quattro soldi."

Rabbia e dolore combattono fra loro per accaparrarsi il primo posto nella mia anima.

E man mano che tutte le sue affermazioni si incastrano nel mio cervello, tutta la confusione che avevo si dissolve e la chiarezza prevale su ogni senso. Ora capisco perché mio padre non ha mai avuto nessuna premura nei confronti di Jon.

Perché Jon ha i capelli neri e i lineamenti scuri, così simili a quelli di nostra madre, ma anche molto simili a *James*.

Sono sopraffatta dallo sgomento, una domanda sussurrata mi danza nel cervello.

Mio padre si rivolge di nuovo a James, preme la canna del suo revolver contro la sua testa e fa scattare all'indietro il cane. "Le tue ultime parole, Hook?"

"Scorretto, Peter," dichiara James. "Non è proprio uno scontro leale."

Guarda oltre mio padre, e i suoi occhi velati si poggiano su di me. Si passa la lingua sulle labbra, col sangue che gli gocciola da un angolo della bocca.

"Non dirlo," sibilo, con lo stomaco che mi si rivolta fino alle lacrime. "Non ti *azzardare* a dirlo."

Sorride, e giuro su Dio che quella vista mi fa venire voglia di morire.

"La cosa più bella che io abbia mai fatto in vita mia è amarti, Wendy, tesoro."

Il cuore mi si spezza nel petto, l'agonia mi squarcia così in profondità da marchiare la mia anima. Mi sfugge un singhiozzo strozzato dalla gola, facendo voltare mio padre. Mi dimeno violentemente contro la presa di Tina, sbatto la testa all'indietro contro il suo cranio, la sua presa man mano si allenta.

Mi strappo via da lei e ruzzolo a terra, mi metto a quattro zampe e gattono verso il corpo di Starkey, che raggiungo nello stesso momento in cui Tina mi afferra la caviglia.

È stata veloce.

Ma non abbastanza.

Mi volto nella sua morsa, le punto la rivoltella al viso e, senza pensarci due volte, sparo.

Le schizza il sangue da un lato della testa, e mi vengono i conati di vomito quando mi finisce sulle gambe, mentre il suo corpo senza vita barcolla all'indietro e si accartoccia sul pavimento.

Mi asciugo la bocca con il dorso della mano, mi alzo lentamente in piedi e concentro la mia attenzione sul punto in cui mio padre sta tenendo James in ginocchio.

Mi fissano entrambi, paralizzati e con gli occhi sbarrati.

Le lacrime mi rigano il viso, i frammenti del mio cuore mi lacerano la carne mentre sollevo le braccia tremanti e punto la pistola verso mio padre. "Non sarebbe dovuta andare così," sussurro.

"Wendy!" esclama James, con la voce più forte che gli abbia sentito stasera. "Fermati."

"La mamma è morta in un incidente d'auto?" gli domando, mentre il mio dito si piega sul grilletto.

"Piccola Ombr..."

"È morta così?!" grido, con la gola che mi gratta per l'intensità del mio urlo.

L'espressione di mio padre si spegne, ormai ha dismesso ogni finzione, e nei suoi occhi si fa strada un'espressione spenta e vuota. "No."

"E Jon?" continuo, sebbene lo struggimento mi stia

spaccando in due.

Alza il mento. "Jon non è mio figlio. È un *bastardo* e l'incarnazione vivente della mancanza di rispetto di tua madre."

La mia faccia si contorce, la verità fa un gran male mentre si incunea verso il centro del mio petto. Faccio dei respiri profondi e accolgo di buon grado il dolore, gli permetto di alimentarmi.

Guardo James, poi di nuovo mio padre. Le mani mi tremano così violentemente che sono sorpresa già solo di riuscire a tenerle sollevate. Ma stringo i denti e mi faccio coraggio nonostante il tremore. "Non costringermi a farlo." La mia voce si blocca ai margini stracciati della mia gola.

Mio padre fa una risatina, ma i suoi occhi guizzano nervosamente tra l'arma e il mio viso. "Wendy, non essere ridicola. Io sono tuo *padre*."

Faccio dei lenti passi avanti.

"Wendy." La voce di James è acuta. I suoi occhi sono ben aperti e intrisi di un'accettazione ormai ferma. "Va tutto bene, tesoro." Mi accarezza con le parole. "Metti giù la pistola. Non portarti questo peso sull'anima."

Le lacrime mi appannano la vista, l'agonia mi devasta l'anima, ma faccio come dice lui e abbasso la pistola.

Le spalle di mio padre si rilassano, la sua fronte si corruga. "Mi dispiace che debba andare in questo modo, Piccola Ombra. Ma, col tempo, capirai che è stato meglio così."

Si gira e preme il revolver contro la testa di James. James chiude gli occhi, come se fosse pronto e disposto ad accettare il suo destino.

Ma io non lo sono.

"Papà?" Alzo la pistola e la carico. "Dispiace anche a me."

E poi premo il grilletto.

Il mio corpo cade a terra prima del suo, sono sconquassata da singhiozzi violenti mentre collasso su me stessa. Il dolore per quello che ho appena fatto è più di quanto possa sopportare. Mi avvolgo il busto con le braccia, la nausea mi fa velare la pelle di sudore, il mio corpo si scalda, e mi vengono dei conati di vomito che risalgono dall'esofago, mi escono dalla bocca e si riversano sul pavimento.

Ho la gola arsa e l'anima a pezzi, e mi sento gli occhi così gonfi che riesco a malapena a vedere.

Delle carezze delicate mi sfiorano la schiena, e poi vengo trascinata in un grembo, e le labbra di James mi vengono incontro per poggiarsi sulla mia faccia. "Sss, tesoro. Va tutto bene. Andrà tutto bene."

Il suo abbraccio è tremante e fiacco, ma c'è.

E, in questo momento, è esattamente quello di cui ho bisogno.

47

Wendy

È passata una settimana da quando ho ucciso e sento il peso del dolore sulla mia anima.

Non credo che ci sarà mai un momento in cui non lo avvertirò, ma non mi pento di quello che ho fatto. Avevo iniziato a piangere la perdita di mio padre già da molto tempo prima e, se dovessi rifare tutto da capo, ci ritroveremmo comunque nella situazione in cui siamo oggi.

Al suo servizio funebre, io seduta in prima fila e centinaia di persone dietro di noi.

Le lacrime che mi scendono sul viso sono vere, in memoria di un padre che mi portava le ghiande e mi augurava sempre la buonanotte. Ma quell'uomo, negli ultimi tempi, non esisteva più, e prego di aver aiutato la sua anima a trovare pace. Perché non la stava trovando qui.

Non so di preciso come sia stata insabbiata tutta questa storia, e non mi interessa saperlo. Fatto sta che, per il resto del mondo, Peter Michaels è stato ucciso da un criminale di bassa lega di nome Sammy Antonis, il figlio segreto del defunto senatore Barrie, noto nel mondo della malavita con il nome di *Croc*.

James, in qualche modo, è riuscito a tirarci fuori dal Covo dei Cannibali, e ha trovato i gemelli legati a degli alberi, spezzati e contusi, ma vivi.

E, quando abbiamo fatto ritorno al *Giglio Tigrato*, James aveva perso i sensi. Curly ci ha raggiunti con il loro medico interno e, anche se ho urlato fino a sgolarmi per portarlo in ospedale, si sono rifiutati.

Troppe domande e troppi testimoni.

Quarantasette punti di sutura, qualche sacca di sangue e una settimana di riposo dopo, e non si direbbe affatto che sia stato così vicino a perdere la vita.

Io, dal canto mio, ho dovuto fare i conti con il fatto che la mia anima ora è macchiata di rosso. Un marchio pesante, che però indosserò con orgoglio.

James dice che, a volte, il vero amore richiede sacrificio. Beh, io sacrificherei la mia anima mille volte per restare assieme alla sua.

Al termine della funzione, ci accomodiamo in macchina, James mi mette un braccio intorno alle spalle e mi accosta al suo fianco. Intreccia le dita della sua mano libera con la mia, se le porta alla bocca e mi bacia ogni nocca. "Stai bene, tesoro?"

"Per quanto bene possa stare, suppongo."

"Hai sentito come sta Jonathan?"

Sospiro e scuoto la testa. Jon non è venuto al funerale. Quando ha saputo della morte di mio padre, mi è sembrato *felice*. E quando gli abbiamo detto la verità su suo padre, è parso sollevato.

Fa strano sapere che James e io abbiamo un fratello in comune, ma ora che è uscito dall'Istituto Rockford e vive con noi sullo yacht, sono entusiasta che impareranno a conoscersi. Ad amarsi, proprio come io amo entrambi.

Se c'è qualcosa che ho imparato negli ultimi mesi, è che la famiglia è quella che tu consideri tale.

"Ehi, pensi che possiamo fermarci un attimo al Vanilla Bean?" chiedo, giacché mi è venuta all'improvviso voglia di vedere la faccia sorridente di un'amica.

Angie mi ha chiamata dopo aver saputo della morte di mio padre e abbiamo ripreso il rapporto da dove lo avevamo interrotto. Non ha chiesto cosa fosse successo mentre sono stata via, e io non le ho dato alcuna spiegazione. Anche se non ci siamo ancora viste di persona, quindi non so se cambierà.

James si avvicina e accosta le sue labbra sul mio orecchio. "Possiamo fare tutto quello che vuoi, tesoro. Basta che tu lo chieda."

"Okay." Faccio un sorrisetto e mi giro verso di lui. Allungo una mano per accarezzargli il viso. "E tu? Come ti senti?"

Sorride. "Sono pronto a tornare a casa e legarti al mio letto."

"Comportati bene, *tesoro*." Gli do un bacio sulle labbra. "Senti, non per cambiare argomento, ma vorresti organizzare un funerale per Ru?"

I suoi occhi si scuriscono e la sua mascella si contrae sotto il mio palmo. In quest'ultima settimana si è aperto molto sui suoi trascorsi con Ru. Mi ha detto che si stava solo annoiando poiché era costretto a letto e aveva bisogno di chiacchierare, ma ho il vago sospetto che fosse il suo modo di aiutarmi ad affrontare il lutto.

Quando i miei pensieri avevano la meglio su di me e il mio cuore soffriva di dolore, James mi stringeva tra le sue braccia e mi raccontava le storie dei Bimbi Sperduti, guidati da Ru coi suoi capelli rosso rubino.

E ci è riuscito. Ad aiutarmi, intendo.

Scuote la testa. "No. Lui non l'avrebbe voluto."

Mi si stringe il cuore nel petto. "Va bene, ma possiamo comunque farlo. Se vuoi."

James porta di nuovo le sue labbra sulle mie, fa scivolare le dita lungo il mio vestito e le infila sotto l'orlo. "Sei una donna molto premurosa, cucciola. Lascia che ti mostri il mio apprezzamento."

"James," sussulto. "Stai ancora *guarendo*."

Fa un ghigno mentre scivola giù dal sedile della limousine e mi forza ad aprire le cosce con le mani in modo da potersi sistemare nel mezzo. "Su questo hai perfettamente ragione," dichiara, spostando di lato i miei slip con le dita, prima di sprofondarle nelle mie pieghe. "E tu negheresti un po' di piacere a un uomo ferito?"

"Penso solo che dovresti stare..." Mi si spezza la voce quando lui si china e fa scorrere la parte piatta della sua lingua lungo il mio sesso, prima di farla ruotare intorno al clitoride. Allungo le mani e gli afferro i capelli, mentre al contempo spingo i miei fianchi verso di lui.

Mi accelerano i battiti del cuore quando mi accorgo dell'autista, ma c'è il divisorio alzato e i finestrini sono oscurati, quindi sono sicura che non possa vedere. Tuttavia, il pensiero che lui senta è sufficiente a farmi contrarre il corpo.

James affonda un dito dentro di me e lo arriccia contro le mie pareti interne, facendomi uscire di bocca un lungo gemito. Ancora qualche altra leccata e non mi serve altro, il mio orgasmo mi si abbatte addosso come una valanga e le mie cosce premono con vigore intorno al suo viso.

Rimette a posto i miei slip, poggia delicatamente le labbra al di sopra del tessuto e poi risale col corpo lungo il mio, per incontrare la mia bocca per un bacio.

"Brava la mia ragazza," mormora.

Sorrido contro le sue labbra, mi si diffonde il calore nel petto e gli getto le braccia al collo. "Solo tua, James Barrie."

"E io per sempre tuo, Wendy, tesoro." Mi bacia la mascella. "Ogni notte."

"E poi dritto fino al mattino."

Fine.

EPILOGO

JAMES

DUE ANNI DOPO

Un tempo odiavo il mare.

Non lo indovinereste mai dal modo in cui me ne sto in piedi ora sul ponte del *Giglio Tigrato*, con la brezza di mare che mi soffia sul viso.

È il secondo anno che ho Wendy al mio fianco e il primo anno intero che è mia moglie. E mi ha *finalmente* accordato il permesso di portarla per mare.

Nemmeno a lei piaceva il mare, ma penso che ora stia cominciando ad apprezzarlo.

Guardo il tavolo attorno al quale abbiamo passato la nostra prima serata, prima ancora di sapere che, ben presto, avrebbe eclissato il mio mondo e sarebbe diventata la mia unica ragione di vita. È seduta proprio lì adesso, incinta del nostro secondo figlio – il primo è abbastanza grandicello da andarsene in giro per fatti suoi.

All'epoca non lo sapevamo ancora, ma era già incinta quando abbiamo seppellito suo padre.

Un maschietto. Lo abbiamo chiamato Ru.

Jon e lei stanno ridendo del nostro bambino, che sta dondolando i fianchi a ritmo della musica che filtra dagli altoparlanti. Mi si riempie il petto di calore e la felicità mi penetra in tutti i pori.

Non avrei mai pensato di arrivare ad avere questo.

Una famiglia.

Una vita.

Ma poi Wendy mi ha travolto con la sua lealtà incrollabile e il suo modo altruistico di perdonare perfino il peggiore degli errori, e mi ha mostrato che anche il cuore più danneggiato può ancora imparare ad amare.

Alla fine, dovremo tornare indietro, ovviamente. Ho ancora un impero da gestire e Jon sta iniziando la sua prima settimana di college per prendere una laurea in ingegneria.

Vuole costruire aerei, ironia della sorte.

Poco dopo che si è abbassato il polverone, Wendy ha tentato di riavere il suo lavoro al Vanilla Bean, ma hanno detto di no, adducendo tutte le volte in cui non si è presentata. Il che è stato per colpa mia, in effetti.

Quindi, gliel'ho comprato.

E prima che nascesse il piccolo Ru, Wendy trascorreva le sue giornate a preparare caffè e a legare con le sue migliori amiche, Angie e Maria.

Maria ci ha messo un po' a farsene una ragione, ma una volta che ha iniziato a uscire con Curly, si è addolcita e in questo periodo sono inseparabili.

Mi affaccio sull'acqua, chiudo gli occhi e spingo lo sguardo verso il futuro, dove attende l'avventura, e mi sento grato per il punto a cui siamo arrivati.

E pensare che è iniziato tutto con un po' di fede.

Una fiducia mal riposta.

Della polvere di fata scomparsa.

E un cattivo che aveva solo bisogno di rubare un po' d'amore.

RINGRAZIAMENTI

Se un anno fa mi aveste detto che oggi avrei pubblicato il mio quinto libro, vi avrei riso in faccia.

E invece eccoci qua. Sono cresciuta MOLTO come scrittrice – e onestamente come persona – da quando ho pubblicato *Beneath the Stars* nel settembre 2020. Quindi innanzitutto vorrei ringraziare me stessa, per non essermi mai arresa, per aver creduto in me anche nei giorni difficili, e per aver scritto sempre col cuore, anche quando so che i miei libri non saranno per tutti.

A mio marito Mike, grazie di essere la mia roccia e di avermi sostenuta fin dall'inizio, quando non avevo idea di cosa diavolo stessi facendo. Niente di tutto questo sarebbe possibile senza di te.

Alla mia migliore amica, Sav R. Miller. Grazie di essere sempre presente in ogni fase del percorso, di avermi dato tanto in ogni occasione, di avermi allontanata dai precipizi e tirata fuori dalle spirali con le tue parole, e di essere un'amica leale e pronta a tutto, oltre che una delle persone migliori che io abbia mai conosciuto. Sono onorata di conoscerti.

Alle mie lettrici alfa e beta: Sav R. Miller, Anne-Lucy Shanley, Michelle Chamberland, Ariel Mareroa. Siete tutte esseri umani straordinari, lavorate sempre a ridosso delle mie scadenze assurde e vi assicurate che non scriva qualche cazzata madornale.

Alla mia editor Ellie e al correttore di bozze Rosa: ho rinunciato a imparare la differenza tra '*further*' e '*farther*' ed è importante che voi ne prendiate atto.

Alla mia cover designer, Cat di TRC Designs: sei incredibilmente piena di talento. Grazie di aver preso la mia visione e di averle dato vita.

Al mio Street Team: sinceramente non so dirvi

quanto sia grata di avervi al mio fianco. Grazie di tutto quello che fate, di tutti i modi in cui siete presenti e di tutta la luce che portate nella mia vita.

Ai miei lettori di ARC: grazie di leggere sempre le mie parole e di aver aiutato a spargere la voce sui miei libri con le vostre recensioni. Una buona parte del mio successo è grazie a voi.

Alla mia Glam Fam (Em-C Glammers): è ironico che io ci definisca delle Glammers, visto che vivo letteralmente in accappatoio e coi capelli legati in un bun disordinato, ma eccoci qui. Grazie di esservi unite ai miei gruppi e di aver letto tutto ciò che scrivo. Avere persone che amano le mie parole è un sogno che diventa realtà e sono così felice di avere il vostro sostegno. Sto vivendo il mio sogno grazie a voi.

E mi conservo il meglio per ultimo, a mia figlia Melody: tu sei ora e sarai per sempre la ragione di tutto.

PLAYLIST

Lost Boy - Ruth B.
Control - Halsey
Heathens - Twenty One Pilots
Bad Romance - Lady Gaga
Bury a friend - Billie Eilish Blood // Water - grandson
In the Shadows - Amy Stroup
Look What You Made Me Do - Taylor Swift
Ocean eyes - Billie Eilish
Lifetime - Justin Bieber

Seguici sui nostri profili social:

Instagram: @virgibooks
Twitter: @VirgiBooksUK
Facebook: Virgibooks
Tik-Tok: @virgibooks

Printed by Amazon Italia Logistica S.r.l.
Torrazza Piemonte (TO), Italy

65921409R00191